古典文學研究輯刊

七 編

曾 永 義 主編

第 8 冊

清代《紅樓夢》繡像研究

王 欣 濼 著

國家圖書館出版品預行編目資料

清代《紅樓夢》繡像研究／王欣瀠 著 — 初版 — 新北市：花
木蘭文化出版社，2013〔民102〕
目 4+196 面；19×26 公分
（古典文學研究輯刊 七編；第 8 冊）
ISBN：978-986-322-097-8（精裝）
1. 紅學 2. 研究考訂

820.8   102001629

ISBN-978-986-322-097-8

9 789863 220978

古典文學研究輯刊
七 編 第 八 冊   ISBN：978-986-322-097-8

清代《紅樓夢》繡像研究

作   者 王欣瀠
主   編 曾永義
總 編 輯 杜潔祥
出   版 花木蘭文化出版社
發 行 所 花木蘭文化出版社
發 行 人 高小娟
聯絡地址 新北市永和區中正路五九五號七樓
          電話：02-2923-1455／傳真：02-2923-1452
網   址 http://www.huamulan.tw 信箱 sut81518@gmail.com
印   刷 普羅文化出版廣告事業
初   版 2013 年 3 月
定   價 七編 16 冊（精裝）新台幣 26,000 元

清代《紅樓夢》繡像研究

王欣濼　著

作者簡介

　　王欣瀠，國立中山大學中國文學博士。偶因《紅樓夢》而起的，兼及性別文學、現代小說、現代散文與先秦儒道，構組了我生活、研究、教學的脈絡與圖景；至今，我仍欣欣周旋其中。本文乃作於 1992 年，是我的少年之作。

　　學術界、教育界的價值與標準，幾年來瞬息多變，甚或原則與技術攪混不明。或說學術、教育是良心事業，其實做人便是良心，有幸學習中國學術這等生命學問，儒家老莊等先知經典提示「知識」與「權力」二者的純潔與危險，是而：位階是身分識別而非尊卑，知識的使用當是謙和的責任而非專傲的權力。

　　因以自期：自己若干學習心得，不論是清代《紅樓夢》繡像的社會通俗價值，或《牡丹亭》、《紅樓夢》對「情」與對「女性」的人文關懷（「《牡丹亭》與《紅樓夢》的兩種關懷——『情』與『女性』」，2009），任何一門學術研究不只是研究者的階段心得與發現，更為該研究範疇補足釐清，甚至提出一些安穩現世的實質力量。

提　　要

　　繡像在我國書籍圖文傳統中，特指古代戲曲小說的人物插圖，是因文而發、與文並置的版畫藝術，故繡像與本文、版畫有極緊密的關聯。插圖與版畫的藝術一向為文學、繪畫研究者所忽略，而《紅樓夢》的研究始終側重於文字，對其衍生的圖畫，甚至是隨文出版的繡像，學界也少有涉及。主因可能是《紅樓夢》一書高度的藝術成就，在學術的研究上已能自足，致使其圖畫雖然時有新作，而論之者卻少。是筆者欲就舊有的材料，先以清代《紅樓夢》的繡像為研究的起點，並做為紅學領域裡一個新議題的研發。

　　基於對題材的關懷和思考，本論文必須考察關於清代的《紅樓夢》：

　　1. 就各本繡像之所本的，與其底本版本，在來源上是一致的，還是另成系統？ 2. 做為圖畫創作的靈感母體而言，《紅樓夢》的描寫藝術裡，究竟提供了什麼畫題線索？脂評幫了什麼忙？3. 繡像對本文的詮釋，有否達到了和評點相同的功能？或者繡像還做了哪些？又繡像對本文的取材，是否也有各別的著重和愛好？其他形式的藝術對《紅樓夢》的取材也有類似的情形嗎？4. 以藝術論，這批繡像在中國版畫史上的排行如何？它的承襲與開展又如何？5. 繡像在社會功能上，即行銷、消費，與社會的接受情況方面，彼此產生何種影響？

　　本論文各章的研究大要及成果：

　　第一章：以新議題的開發、舊材料的運用、接受理論的考量三節，分述本論文的研究動機、材料與方法。

　　第二章：《紅樓夢》關於人物形象、場景意境的描寫藝術，其行文如繪，脂評又為之點出，足為畫題創作的線索。並論及芹脂二人的畫藝修養。

　　第三章：以詮釋本文的角度，繡像其實是另一種形式的評點，一以圖，一以文。而繡像的畫題，與其他形式的藝術一樣，在取材上，都有類似的偏好。並且繡像的描繪，或忠於原著，或以己意發揮。

第四章：藉由對中國版畫史的回顧，察看清代《紅樓夢》的繡像藝術，其木刻版畫的藝術性，正落於晚明黃金時期之後；但在清末，又發展出石印版畫的另一種美感。而在繡像的審美趣味裡，正具有與版畫藝術相同的通俗性質。

第五章：小說繡像之於社會大眾，使小說除了有教育、娛樂的功能外，又多了繪畫的欣賞，雅俗兼有，而讀者各取所好。

第六章：結論與建議，期望在古典文學與通俗藝術之間，再尋求新的開展。

附錄：清代《紅樓夢》的繡像版本，其實多自成系統，經重新爬梳後，製成一分類表。並以其中十一個版本，借為本論文論述的材料。

目
次

第一章　緒　論

第一節　新議題的開發——紅學－版畫－圖文傳統

當《紅樓夢》以小說小道、芻蕘狂議之卑，〔註1〕而登堂學術之林，甚至躋身爲本世紀漢學的三大顯學〔註2〕之一的紅學，〔註3〕但有關《紅樓夢》的圖像作品，〔註4〕如屬於舊紅學的繡像，〔註5〕則顯然未受到應有的關注。一

〔註 1〕《漢書・藝文志》：「小說家者流，蓋出於稗官，街談巷語，道聽塗説者之所造也。孔子曰：『雖小道，必有可觀者焉，致遠恐泥，是以君子弗爲也。』然亦弗滅也。閭裏小知者之所及，亦使綴而不忘。如或一言可採，此亦芻蕘狂夫之議也。」是小說原就別於大言、正史，不入士夫正統者的眼目。上語引自孫遜、孫菊園《中國古典小說美學資料匯粹》（臺北：大安，1991 年），頁 4。

〔註 2〕周汝昌在《紅樓夢與中國文化》一書中謂：「近年來，流行著一種説法，從清末以來，漢學中出現三大顯學：一曰甲骨學，二曰敦煌學，三曰紅學。」並列三者爲中華燦爛傳統中的三大文化，爲一個「天造地設的偉大景觀」。是語見該書〈卷頭總論〉（臺北：東大圖書，1989 年），頁 3～4。

〔註 3〕李放《八旗畫錄注》：「光緒初，京朝士大夫尤喜讀之，自相矜爲紅樓云。」（轉引自馮其庸、李希凡編《紅樓夢大辭典》，北京：文化藝術出版社，1990 年，頁 1070）又均耀《慈竹居零墨》記到一事：「華亭朱子美先生昌鼎，喜讀小說。自言生平所見説部有八百餘種，而尤以《紅樓夢》最爲篤嗜。……時風尚好講經學，爲欺世俗計。或問先生現治何經？先生曰：吾之經學，係少三曲者。或不解所謂。先生曰：無他。吾所專攻者，蓋紅學也。」可知最早「紅學」一稱時起自戲謔，但紅學後來能成爲一門學術的專學，還由於民初蔡元培、胡適等數位師儒的踴躍參與，及科學考證方法的奠基。上引均耀語見一粟（周紹良、朱南銑）編《古典文學研究資料紅樓夢卷》（臺北：新文豐，1989 年），頁 415。

〔註 4〕依圖像的形式，有插圖、畫冊、連環畫、扇畫、壁畫等；依製作方式，有版

來，舊紅學自胡適之開創新紅學後，〔註6〕就被學界所貶抑，而即使目前開始
對之翻案，但所重視的仍是文字資料，如：版本的重新整理、評本的重新刊
行與評點題詠的研究；〔註7〕二來，版畫藝術研究尚稱初始，〔註8〕而繡像在

畫、水墨、水彩、油畫等。

〔註5〕 一說指撚線繡成的佛教人物像。至於隋唐雕版印刷興起，佛教插圖頗得發
展，於是亦以繡像來稱呼同時統集繪、刻、印三者的佛教經書精緻插圖。明
時戲曲小說多附版畫角色插圖，因繪刻線條精細，沿用繡像之稱，表其工
緻。

〔註6〕 「紅學」有舊、新之稱，始自顧頡剛：「從前人的研究方法，不注重於實際的
材料而注重於猜度力的敏銳，所以他們專歡喜用冥想去求解釋。……這種研
究不能算是研究，……我們處處把實際的材料做前導，……希望大家看著這
舊紅學的打倒，新紅學的成立，從此悟得一個研究學問的方法，趕緊把舊方
法丟了，用新方法去駕馭實際的材料。」該語見於俞平伯《俞平伯論紅樓夢》
（上海：上海古籍，1988年），頁79，顧氏為俞平伯《紅樓夢辨》序。大抵
舊紅學以索隱，要索出書中所隱的人事，圖在故事情節與私人家事、宮闈史
事等政治情節上做等同的掛鉤；新紅學則以考證，除抨擊舊紅學為穿鑿附會、
強拉活扯的猜謎外，還要「處處存一個搜求證據的目的，處處尊重證據，讓
證據做嚮導」，以創造一個「科學方法」的《紅樓夢》研究。由此證出《紅樓
夢》作者為曹雪芹，此書是其自傳。吳恩裕、周紹良、吳世昌等學者致力考
索有關曹雪芹的家世史料，後來「考證派紅學實質上已蛻變為曹學了」（余英
時語），而周汝昌著《紅樓夢考證》時，更因書內〈人物表〉〈雪芹生卒與紅
樓年表〉「把小說當年譜看」（見1948年3月18日周汝昌〈曹雪芹的生平答
──胡適之先生〉信中自語，收於上海古籍出版社《胡適紅樓夢研究論述全
編》，1988年，頁212），而被推為曹學的最大集成者。

〔註7〕 版本的重新整理方面：繼五十年代初期俞平伯《脂硯齋紅樓夢輯評》之後，
1972年有陳慶浩編纂十二種脂評成《新編石頭記脂硯齋評語輯校》面世；1987
年則有大陸《脂硯齋重評石頭記匯校》本、朱一玄編《紅樓夢脂評校錄》。另
有以程乙本、庚辰本為底本，參照他本，陸續出版的新校注本。評本的重新
刊行方面：1986年北京齊魯書社的《八家評批紅樓夢》、1988年上海古籍出
版社出版的《三家評本紅樓夢》，即是希望借由評本的校點發行，能及時喚起
對舊紅學時評點的重估與研究。正因此，在評點題詠的研究方面：脂評部分
有孫遜《紅樓夢脂評初探》，其他評家如清王希廉、張新之、姚燮、陳其泰等
的評著研究，題紅詠紅者的作品討論，也屢見於《紅樓夢學刊》、《紅樓夢研
究集刊》等刊物。專著則有近期吳盈靜「王希廉的紅學研究」（中大中文碩，
1990年）的發表。對評點派作史觀考察與價值勘定的，如劉夢溪〈小說批評
紅學的崛起與發展〉、馮其庸〈重議評點派〉、崔溶澈的「清代紅學研究」（臺
大中文博，1990年），更以清代紅學為舊紅學的斷代，閱觀有清紅學的流程，
其研究動機亦緣自對舊紅學以中肯的再議。

〔註8〕 版畫的收集與整理始自鄭振鐸，從1940年起漸次出版《中國版畫史圖錄》、
《中國古代版畫叢刊》後，又有《中國古代木刻畫選集》、傅惜華《中國古典
文學版畫選集》等作部份的選刊。1961年王伯敏《中國版畫史》縱時的觀察

版畫史的討論重心，也一向放在高峰時期的明代名家系列，如：陳洪綬的《西廂記》、丁雲鵬的《程氏墨苑》、王文衡的《牡丹亭》等的插圖。所以，清代《紅樓夢》繡像的深入研究，不論在紅學史或版畫史都付諸闕如。並且，古即「圖書」並舉，文必附圖，圖必引文，又無書不圖，〔註9〕則繡像作為我國圖文傳統〔註10〕插圖的形式，學界的研究仍嫌未及。因此，基於對紅學、版畫、小說與繡像圖文傳統的補白，對此新議題的開發與關懷，故而有本篇論文「清代《紅樓夢》繡像研究」的撰述。

　　有關紅學的範疇，不論是以年代劃分：脂評時期、舊紅學時期、新紅學時期、當代紅學時期；〔註11〕或以治學的方法，如：索隱派、考證派、文學評論派、新索隱派；〔註12〕或以內容，如：曹學、版本學、探佚學、脂學等等，〔註13〕時間的今昔之別與內容的內學、外學之分，〔註14〕都總不外是文

　　　　後，周蕪《徽派版畫史論集》焦點專論及《中國古代版畫百圖》是為專著；臺灣雄獅圖書有《楊柳青版畫》一書；近有李浴《中國美術史綱》、張光福《中國美術史》以若干篇幅稍論版畫。行政院文建會版畫展的書面出版品慶見佳構：如 1989 年《明代版畫藝術圖書特展專輯》。整個說來，版畫作品數量不可謂不大，前人搜羅之功亦屬勞瘁，而版畫藝術的特質，適可自文學史、繪畫史、版畫史、插圖史，甚至社會史論之，議題的研發性，當不止此數。

〔註 9〕　清葉德輝《書林清話》（臺北：世界，1988 年），卷八〈繪圖書籍不始於宋人〉有：「古人以圖書並稱，凡有書必有圖」。如《漢書・藝文志》有孔子弟子畫像的《圖法》，〈兵書略〉有各家兵法的附圖。《隋書・經籍志》有《周官禮圖》，梁有《郊祀圖》。又《三禮圖》，郭璞《爾雅圖》、《爾雅圖讚》。但「古書無不繪圖者」，手繪的圖像卻因摹像難工，致古書存文而無圖。資料引自楊家駱主編「中國學術名著」第三輯、清葉德輝《書林清話》（臺北：世界，1988 年），頁 218～219。

〔註10〕　我國圖文傳統的主要兩種形式：一指繪畫的題畫藝術，即條幅上詩書畫三者的合成。另是圖書中的插圖，或用為參照、補充正文的說明性插圖，以圖解文；或無關文字而獨立的藝術性插圖。

〔註11〕　依陳慶浩的分期法，見於陳著〈紅樓夢研究簡編——「脂評研究」序〉一文，該文載於《中國古典小說研究專集》六（私立靜宜文理學院中國古典小說研究中心編，臺北：聯經，1983 年）。

〔註12〕　依此細分，尚有：探佚學，題咏派，評點派；隨園說，明珠家事說，張侯家事說，和珅家事說，傅恆家事說，宮闈秘事說，順治皇帝與董小宛的愛情故事說；讖緯說，民族主義說，無政府主義說，家庭感化說，欲念解脫說；自傳說，自敘傳說；自然主義的傑作說，釵黛合一論，感嘆身世說，情場懺悔說，為十二釵作本傳說；農民說，市民說；傳統說，共名說，總綱說，階級鬥爭說，四大家族說；政治歷史小說，愛情掩蓋政治說等，可詳參馮其庸、李希凡《紅樓夢大辭典》（北京：文化藝術，1990 年），頁 1070～1084。

〔註13〕　此周汝昌所主紅學的定義，其意見見於其書《紅樓夢的歷程》（哈爾濱：黑龍

字資料，即使目前有前瞻新課題的，如余英時、龔鵬程二位先生的意見，〔註15〕也仍是針對讀物本身的。固然，十餘年來又有因書中文字而衍發出來的庭園、飲饌、風俗的研究，〔註16〕又繼續豐富了紅學的內容，然而對於和讀物共生之一的繡像，前有阿英（錢杏邨）《楊柳青紅樓夢年畫集》、《紅樓夢版畫集》拓荒之作後，〔註17〕似乎便後繼乏人。〔註18〕如果評點是中國古典小說美學〔註19〕最重要的依據，如果王希廉、張新之、姚燮等人的評點，〔註20〕可以在紅學中佔有一席之地，那麼和評點並稱，且成為出版商促銷賣

江人民，1989年），頁172。

〔註14〕1980年首屆國際紅學會於威斯康辛大學舉行時，周汝昌由《莊子》分內、外篇的靈感，謂紅學研究似也可分為內學、外學：內學是指《紅樓夢》本身的研究、討論和版本的問題；外學則是曹雪芹家世的研究。刊於「聯合報」1980年6月22日副刊。

〔註15〕余英時認為：紅學研究史經過了索隱與考證，這「兩個佔主導地位而又互相競爭的典範後」，若干尚未解決的危機，似可再引出另一個「嶄新的典範」，並且此典範的重心將置於《紅樓夢》小說創造意圖和內在結構的有機關係上，即利用《紅樓夢》的原始本文與大量脂批，做為「文學的考證」。龔鵬程則謂新紅學的出路：「必須回頭重新審視詮釋的方法問題，檢討《紅樓夢》為什麼會構成主情與主悟兩條不同的詮釋路向」，否則小說的文史考證可能只是個「迷思」，因資料的追尋既永無止境，則考證的確然穩定性立受質疑。余英時意見可參《紅樓夢的兩個世界》，〈近代紅學的發展與紅學革命〉一文（臺北：聯經，1978年），頁1～39。龔鵬程看法則見《文化文學與美學》，〈紅樓猜夢——紅樓夢的詮釋問題〉（臺北：時報文化，1988年），頁189～216。是知其意見仍側重於文字。

〔註16〕以建築的，如關華山「紅樓夢中的建築研究」（成大建築碩，1978年）；以風俗的，如鄧雲鄉《紅樓風俗譚》（臺北：中華，1989年）；以飲食的如秦一民《紅樓夢飲食譜》（臺北：大地，1990年）。

〔註17〕《紅樓夢版畫集》收集了《紅樓夢》小說、戲曲、年畫、信箋等木刻、石印版畫作品，共九十二幅，1955年由上海出版公司出版。《楊柳青〈紅樓夢〉年畫集》收錄光緒年間楊柳青以《紅樓夢》為題材的年畫，共五十一幅，並由天津美術出版社於1963年出版。

〔註18〕辛撰〈紅樓夢的插圖〉（僅存篇名）、郭若愚〈紅樓夢中的書法繪畫〉、陸樹崙〈紅樓夢圖畫拾零〉（上二篇收於《我讀紅樓夢》一書，天津：天津人民）。徐嘯《紅樓夢繪畫史略》（該文收於《紅樓夢學刊》1985：2，頁261～268）。

〔註19〕葉朗謂中國小說美學在明代中葉後，以中國古典小說為實踐基礎發展起來的，因之是中國古典小說藝術成就、藝術經驗的理論概括與理論表現。其形式主要有序跋、專題論文、筆記、小說評點四種，而葉朗以小說評點正是中國古典小說的最主要依據。其論點詳見葉朗《中國小說美學》（臺北：天山，出版年缺），頁13～14。

〔註20〕《紅樓夢》評點三大家：王希廉《新評繡像紅樓夢全傳》，張新之《妙復軒評

點的繡像，便無論如何有一探究竟的必要；況且證諸《紅樓夢》的出版史，第一部對外發行的「程甲本」，甚至是只見繡像而不見評點，〔註21〕以後則是繡像和評點並存的本子大為流行，這些都是有目共睹，且不容忽視的事實。

第二節　搜集整理與運用舊材料

如前所述，新紅學時期學者利用若干舊紅學時期的材料以為考證的資借，但如評點被視為「烏頭巴豆，誤服必病」，〔註22〕便一概遭到除名；而繡像既然無意於字句的校定，繡像便逐漸自刊本中被刪，〔註23〕也受到淡忘，更遑論鄭重的研究。〔註24〕因之筆者論文內容，以資料而言，是舊紅學時期

石頭記》，王希廉、姚燮《增評補圖石頭記》，王、張、姚《增評補像全圖金玉緣》，三人的評點在有清時，或單評，或雙評，或合評，是《紅樓夢》評點影響最鉅的作品。

〔註21〕1791年程偉元、高鶚出版《新鐫全部繡像紅樓夢》時，增加圖贊的同時，除不刊脂評外，亦未倩筆評點，引言提到：「是書詞意新雅，久為名公鉅卿賞鑑，但創始刷印，卷帙較多，工力浩繁，故未加評點。其中用筆吞吐，虛實掩映之妙，識者當自得之。」文引自一粟編《古典文學研究資料紅樓夢卷》（臺北：新文豐，1989年），頁32。

〔註22〕晚清以來，對小說評點的評騭不一，而新紅學堅決不容小說評點的態度，承自晚清張之洞：「南皮張香濤（之洞）輯《輶軒語》、《書目答問》，以詔諸生學者，論及聖嘆金氏，尤肆詆諆，誚為粗人，譏其不學，視之若烏頭、巴豆，誤服必病，務禁人不可近而後巳。」張之洞並斥小說批評語只屬小技，既無類從於經史子集，又不足為考據、詞章、義理之用。胡適對小說評點的看法，見自〈水滸傳考證〉，胡適主張讀者應直接自小說的文字作研究，且指責金聖嘆評《水滸》，是中了機械八股的流毒，才將一部《水滸》「凌遲砍碎」成一部「十七世紀眉批夾註的白話文範」，胡氏因而鼓勵能刪盡評者評點文字的《水滸》，便算是一個「大長處」。有關張之洞的論點，引自邱煒萲《客雲廬小說話》卷一〈菽園贅談〉對張氏該看法的記載，邱煒萲在〈金聖嘆批小說說〉亦提出對張之洞語之意見，此文見於梁啓超等著《晚清文學叢鈔小說戲曲研究卷》（臺北：新文豐，1989年），頁387～393。胡適主張則見其著《水滸傳與紅樓夢》，〈水滸傳考證〉（臺北：遠流，1988年），頁61～109。

〔註23〕1927年由胡適主持，汪原放出版新式標點本的壬子年程乙本《新鐫全部繡像紅樓夢》時，原有的程乙本二十四頁繡像並未跟著附加出版。徐仁存、徐有為考定此本為程丁本，1977年臺北廣文書局據徐仁存等意見出版《紅樓夢叢書》八種，可見到汪原放之標點本中，繡像確不見附。

〔註24〕筆者目前所見對此有較深入討論的是1963年阿英〈漫談紅樓夢的插圖與畫冊——紀念曹雪芹逝世二百周年〉一文（該文收於阿英《小說閒談四種》之《小說四談》，上海：上海古籍，1985年），頁104～114。阿英以時間進序一從程甲本、雙清仙館王評本、仲雲澗本（《紅樓夢傳奇》）、藤花榭本等書籍插圖；

的舊材料。並且，以研究的時限斷在清代，而不論民國：一者，因繡像版本愈到清末更呈繁蕪，繡像與像贊錯置嚴重，不見精審的編制（見「附錄」）；另者，民國以後的諸家刊本多數無圖，即或有之，多僅就清末幾個舊本中隨意掇刪數幅，新作者少。至於《紅樓夢》諸本續書的繡像，清改琦《紅樓夢圖詠》、費丹旭《紅樓夢人物圖像》、王墀《增刻紅樓夢圖詠》等圖像繪作，其作甚佳，但創作伊始本為手繪畫冊，並非與書相附的版畫繡像；另六十年代以後發展的《紅樓夢》連環畫，乃至程十髮、劉旦宅、戴敦邦等先生的插圖作品，是《紅樓夢》插圖藝術中極精彩處，惟本文議題體大龐扯，猶恐照料未周，是悉暫置不論，而不在筆者本文繡像處理論述的範圍。

依筆者當前整梳與目驗後，論文中所採用的「清代《紅樓夢》繡像版本」（有關清代繡像版本的整理部分，請參「附錄」；至於繡像引用的版本則見「參考書目」，圖片來源分見於圖目錄，此處錄其祖本。）是：

《程甲本》：《新鐫全部繡像紅樓夢》乾隆五十六年（1791）萃文書屋刊
《程乙本》：《新鐫全部繡像紅樓夢》乾隆五十六年（1791）萃文書屋刊
《東觀閣本》：《新鐫全部繡像紅樓夢》乾隆六十年（1795）東觀閣刊
《三讓堂本》：《繡像批點紅樓夢》道光九年（1829）三讓堂刊
《雙清仙館本》：《新評繡像紅樓夢》道光十二年（1832）雙清仙館刊
《臥雲山館本》：《繡像石頭記紅樓夢》光緒七年（1881）湖南臥雲山館刊
《廣百宋齋本》：《增評補足石頭記》光緒八年（1882）上海廣百宋齋刊
《滬上石印本》：《增評補像全圖金玉緣》光緒十五年（1889）滬上石印
《上海同文書局本》：《增圖補像全圖金玉緣》光緒十五年（1889）上海同文書局刊
《古越頌芬閣本》：《石頭記》光緒十八年（1892）古越頌芬閣刊
《桐蔭軒本》：《增評加批金玉緣圖說》光緒三十二年（1906）上海桐蔭軒刊
《求不負齋本》：《增評全圖足本金玉緣》光緒三十四年（1908）求不負齋刊〔註25〕

一從改琦、王素、王墀、錢吉生、吳友如、周慕橋、柯元俊等人的繪本，除略論各本繪品的概況，亦有若干審美的評析。末則述及《紅樓夢》連環畫、年畫、箋紙等製作。
〔註25〕一粟《紅樓夢書錄》著錄《紅樓夢》版本時，版本收藏狀況不詳。筆者所引

《廣文書局本》：《精校全圖足本鉛印金玉緣》臺北廣文書局刊（引述時
仍稱《廣百宋齋本》）〔註26〕。

　　如果中國文學的抒情傳統〔註27〕是由「感情本體與文字感性所交織而成
的」，〔註28〕那麼，《紅樓夢》雖然是小說敘事的形軀，但經由曹雪芹以文人
小說家〔註29〕的筆墨情態，書中的內在蘊藉，則確實飽滲了古典詩歌抒情的
精髓，由此豐潤了文情話意的態勢。身為「開天闢地、從古到今」〔註30〕的
第一流好小說，依對《紅樓夢》理解、有感乃發而衍生的文藝，或有文字評
析的評點題詠；圖像繪製的插圖畫冊與抉其精華的戲曲改編等。〔註31〕而《紅
樓夢》小說內容最豐富的編排，依序正是繡像、小說正文、評點三部份組成。
對文學的解讀，繡像以圖，而「存形莫善於畫」；〔註32〕評點以文。如果比諸

　　　　錄的十一種繡像本，僅除《程甲本》、《東觀閣本》、《雙清仙館本》、《廣文書
　　　　局本》四種，是筆者手邊能及的資料外，餘者全承上海師範大學文學所孫遜
　　　　教授，幾經往復於上海師範大學圖書館，慷慨協助搜集與提供資料，盛情銘
　　　　感。
〔註26〕以《廣文書局本》的繡像現象與《廣百宋齋本》、《鑄印書局本》一致，筆者
　　　　的資料雖時或引自《廣文書局本》，但論文中仍沿用《廣百宋齋本》之名，是
　　　　取該繡像系統最早祖本之意。
〔註27〕是詞援引陳世驤〈中國的抒情傳統〉一文，陳世驤以中國文學的主要精髓與
　　　　本質在於其抒情傳統，正因此傳統而建構成中國文學的榮采。其文收於《陳
　　　　世驤文存》（臺北：志文，1973年）。
〔註28〕呂正惠論及中國文學抒情傳統時，歸此二者為此傳統的特質，並認為：該特
　　　　質在中國文學主流的詩歌形式中「表現的最為徹底」。但到明清時，這種抒情
　　　　特質經由文人在民俗文學形式中的遊走與汲，取即能產生「像湯顯祖《臨川
　　　　四夢》或曹雪芹《紅樓夢》那樣非常抒情化的戲劇和小說。」（參呂正惠《抒
　　　　情傳統與政治現實》，〈中國文學形式與抒情傳統〉，臺北：大安，1989年，頁
　　　　159～207）。是《紅樓夢》滿篇盈溢的抒情樣態有其遠承。
〔註29〕Scholar-novelist，夏志清語，引自《文人小說與中國文化》中，夏志清〈文人
　　　　小說家與中國文化〉一文（臺北：勁草文化，1975年），頁228～255。
〔註30〕清黃遵憲舉《左傳》、《國策》、《史記》、《漢書》正統史書之文章，以比附《紅
　　　　樓夢》文筆「並妙」於諸書。是語轉引自張秀民《中國印刷史》（上海：上海
　　　　人民，1989年），頁607。
〔註31〕據一粟《紅樓夢書錄》搜錄了以改編《紅樓夢》題材而來的，如崑曲、子弟
　　　　書、大鼓戲、彈詞、越劇、京劇等劇種，都有相當數量的《紅樓夢》戲。這
　　　　部分資料可參一粟《紅樓夢書錄》（上海：上海古籍，1981年），頁321～410
　　　　的著錄。
〔註32〕晉陸機〈士衡論畫〉：「丹青之興，比《雅頌》之述作，美大業之馨香。宣物
　　　　莫大於言，存形莫善於畫。」（俞劍華編《中華畫論類編》，香港：中華，1973
　　　　年，頁13）。

繡像是繪畫「線條的雄辯」〔註33〕下濃縮的構像,則評點便是文字上「徹底的研讀」。〔註34〕二者與小說正文親密關係的建立,在於二者作為詮解《紅樓夢》本文的創作性而言,都肇始於須要先耐心攀爬正文,對之了解、理會與取捨,才能因文而發,並且隨文並置,緊隨在書籍出版的裝幀中。繡像與評點,二者對文學的如此依賴,因之,倘若脫離了小說的正文,即陷於難能確切知悉繡像所繪(若去其繡像畫題)、評點所評指向的困境。換言之,繡像與評點二者是不能脫離文學或取代文學的,〔註35〕必須秉書以據,才能明乎所指的人物與事件。

　　清代《紅樓夢》繡像的數量相當龐大:人物繡像的,最少者有十九頁,多則達百二十幅之數;情節繡像的,少的尚有六十幅,多則每一回便置二幅,共二百四十幅。繡像的內容是因文而有,那麼,除開圖文傳統的必然並置外,《紅樓夢》飽滿的抒情文字,其文學的彈性究竟提供了多少欲罷不能的畫意,屢屢讓人好上一筆?芹筆搖文擺情的意態,妙椽仙筆的描寫藝術,將於第二章中細細道來。

　　經由小說正文的文學創作,用與文字絕異的表現媒介而詮釋出的圖繪映像,亦即由文而圖,當文學的資源被翻譯與轉換成視覺圖像時,歸返從文學的觀點,從圖返文來端詳:繡像的內容、題裁、符號等等,其詮解文學的角度之忠實程度與創發程度如何?意即當以繡像作為回顧文學描寫的功能到哪裡?比之文學,繡像是如實的敷演抑或薄弱了、或是強化了?評點配合正文「提要鉤玄,取便來者」,〔註36〕對讀者提醒解讀的文學功能,固無疑義。而

〔註33〕是語引自嬰行〈中國美術在現代藝術上的勝利〉(《東方雜誌》27:01,1930年),頁6～7。

〔註34〕引自康師來新《晚清小說理論研究》第一章〈評點對小說實用批評的建樹〉語,康師認為:「小說評點是從作品本身出發,……所有的評點者無不正視文學作品本身的權威性,他們最關心的是作品本身,全力以赴的是怎樣對作品本身作最精確的分析與闡釋,評點可以說是一種極為徹底的研讀。……如此理論與批評的結合,自然要比脫離作品的某些先驗性空洞理論批評來得具體切實許多。」(臺北:大安,1986年,頁36)。更因評點總要緊隨在作品的字裡行間,故「小說的評點應具有最精研與實效的功能。」龔鵬程則以此觀微知著、緊追正文不捨的評點文字為「細部批評」,謂此等文字並非文學主張,而是一閱讀活動中的批評方法,龔鵬程在所著《文學批評的視野》(臺北:大安,1990年),頁387～438,〈細部批評導論〉一文,有深入闡論。

〔註35〕早期繡像或為補足正文,增加美感,以引起讀者興趣,與正文實不可分。致於能有獨立審美趣味的,則是後起的了。

〔註36〕邱煒萲〈金聖嘆批小說說〉語,邱煒萲文見梁啟超等著《晚清文學叢鈔小說

繡像依文學而重新組構的文學圖像，其文學解讀的能耐如何？面對以《紅樓夢》本文為共同詮釋的書面對象，審視繡像呈現的文本理想：畫得似不似，有否錯畫，多作發揮？即在文字與圖像的搭配上，繡像可否視為另一種方式的評點？或繡像又發展了什麼？在正文、繡像、評點之間，對素材的抉取、好惡與相互的沿襲、創發一致性如何？其他文藝的傾向呢？關於這部份將於第三章時，借上述數本繡像一一挑明。

　　繡像既是版畫的藝術，清代《紅樓夢》的繡像在時代上，又恰適自明末清初版畫黃金時期後接續而來；那麼，當置這批清代《紅樓夢》的繡像於版畫史洪流中，加之審美的檢驗，除借為觀察一流文字作品與繡像有否實力相當的搭配外，應另給予它一安身立命的所在，便是第四章的任務。

第三節　基於接受理論的考量——娛樂－教育－雅俗之間

　　品讀《紅樓夢》的方式，經過「曹學」對作者傳記的歷史性追蹤〔註 37〕與作品文本至上的文學性闡發〔註 38〕後，借由對《紅樓夢》流傳的社會現象，適可端詳出文藝作品與社會所經過的時空：《紅樓夢》在社會中的升沉榮辱；讀者大眾接受的反應事實；〔註 39〕與文藝對社會的影響，〔註 40〕亦即從

戲曲研究卷》（臺北：新文豐，1989 年），頁 387～393。是評點正足以「通作者之意，開覽者之心。」（語見袁無涯刻本《出像評點忠義水滸全書發凡》卷首）。

〔註37〕 即西方文學評論中之作者論，視作者為構建作品的一個偉大的人，並對之生平交游展開亦步亦趨的追蹤，作為詮解文學的路徑。

〔註38〕 即作品論，如新批評主義（New Critisism）或形構主義（Formalistic Critisism）者的文學主張文學本身是一超越時空的存在，其已自足，不須外求，予以小說本身的內容而作完整的信任，並對小說完全信賴。對《紅樓夢》字句中潛藏的隱義作推敲，是屬於「意義礦工（詮釋型評論家）」（引詹宏志語）。

〔註39〕 即從讀者接受美學的立場看文學，是六十年代發展的西方文論，又稱接受影響美學或讀者反應美學論（Reader-Response Critisism），由德國姚斯·羅伯特·堯斯（Hans Rebort Jauss）首倡，是對前述二種文論的反撥。主張讀者才是評論的焦點，作品意義的組構是由讀者完成，故要恢復讀者的地位，而從讀者的證詞中來觀察文學影響的現象的，才是真正面對文學的事實面。

〔註40〕 即文藝社會學（Sociologie de la Litt'erature），該學科以法國羅埃斯卡皮（Robert Escarpit）為代表，以文學在社會中的活動現象為憑準，探討文學與社會間的互動關係，並考察文藝和社會的關係與文藝的社會功能。

讀者消費大眾的觀點看文學。當《紅樓夢》以印刷物〔註41〕面世後，除了是開放給讀者再解釋與補充的公物外，以致於「家家喜閱，處處爭購」，〔註42〕甚者，上自孝欽皇室，下至婦豎走卒，〔註43〕便也介入生活產生影響。我國相異的文學形式，文學功能各異，其分工是：個人抒遣吟弄的游騁於詩詞；社會市井悲歡的則渲洩於小說戲曲。在繪畫的情況上也如此：如果說《宣和十門》〔註44〕是文士藝術性的揮灑寄托；多數版畫的製作則屬於民間單打獨鬥的實用性成品。

　　小說的社會功能源自於小說本身「淺而易解，樂而多趣」〔註45〕的娛樂

〔註41〕印刷物（printing），指利用機械的印刷術而使相同的東西能夠重覆的保存。二十世紀出現視聽傳播的方法前，書籍實是傳播話語的最便利媒介。當然，小說為一印物時，「印刷物與演說二者，於社會影響最大。」（語見梁啓超等著《晚清文學叢鈔小說戲曲研究卷》，臺北：新文豐，1989年，頁427，鐵〈鐵甕爐餘〉一文）。

〔註42〕引自夢學癡人《夢癡說夢》語，見一粟編《古典文學研究資料紅樓夢卷》（臺北：新文豐，1989年），頁219。

〔註43〕徐珂《清稗類鈔》，〈著述類〉記到：「京師有陳某者，設書肆於琉璃廠。光緒庚子，避難他徙，比歸，則家產蕩然，懊喪欲死。一日，訪友於鄉，友言：亂離之中，不知何人遺書籍兩箱於吾室，君固業此，趣視之，或可貨耳。陳檢視其書，乃精楷鈔本《紅樓夢》全部……鈔之者各註姓名於中縫，則陸潤庠等數十人也。乃知為禁中物，……其書每頁之上均有細字朱批，知出於孝欽后之手，蓋孝欽最喜閱《紅樓夢》也。」而謬良《文學遊戲》則曰：「《紅樓夢》一書，近世稗官家翹楚也。家弦戶誦，婦豎皆知。」上二段分別見一粟《古典文學研究資料紅樓夢卷》（臺北：新文豐，1989年），頁424～425、349。

〔註44〕由此借指中國繪畫的正統畫科。「十門」是北宋《宣和畫譜》所分畫別，即：道釋門、人物門、宮室門、番族門、龍魚門、山水門、畜獸門、花鳥門、墨竹門、蔬菜門等。

〔註45〕梁啓超語，謂人性好嗜小說，正因此特性。並論以小說流布深遠，有熏、浸、刺、提四種不可思議的支配人道之力量，故主張：「欲新一國之民，不可不先新一國之小說。故欲新道德必新小說，欲新宗教必新小說，欲新風俗必新小說，欲新學藝必新小說，乃至欲新人心，欲新人格，必新小說。」康有為亦有：「僅識字之人，有不讀經，無有不讀小說者，故六經不能教，當以小說教之；正史不能入，當以小說入之；語錄不能諭，當以小說諭之；律例不能治，當以小說治之。」是論見梁啓超〈論小說與群智之關係〉一文（錄於梁啓超等著《晚清文學叢鈔小說戲曲研究卷》，臺北：新文豐，1989年，頁14～18）大抵晚清時暫且不議小說的藝術性，而疾呼小說隱寓勸懲、教化移易的導向，是「無不在致力於小說研討的群性發揮。這種強烈的群性實基於對國艱時難的共識，文學史上從來沒有一個時期的文學有如晚清的小說，那樣迫切地渴望和時代結合在一起，辛亥革命前十年的晚清小說，幾乎全面反映了當時的

與教化性，繡像亦是。到了晚清「文體遞嬗」〔註46〕之時，小說甚至被鄭重舉爲「文學之最上乘」，〔註47〕故小說「足以興起百世觀感之心」，又是「文學中之以娛樂的促進社會之發展」，繪畫也有「成教化，助人倫」的作用。〔註48〕天下「文心少而俚耳多」，小說「諧於里耳」〔註49〕的群眾基礎與版畫「以一印百」的宣傳通俗性格於焉確立。則繡像一秉小說的群眾性格外，又承自版畫的通俗性格，小說圖文並茂，深入淺出，讀者以社會大眾爲對象，其與社會大眾能普遍欣賞的審美趣味與習慣的血緣便深。並且，社會大眾的文娛消遣活動與其經濟條件密不可分，欣賞繡像既非畫幅昂貴；又不必尋處懸掛安放；還能隨時持書即得，價廉簡省，便利易取，正投合通俗大眾行有餘力的消費能力與要求，由此推展了小說對社會的作用。

小說與繡像同屬於俗之文藝，〔註50〕因之，就傳播情境而言，〔註51〕都

時局、政治與社會，不僅是小說創作如此，就連小說理論有似乎是政論的延伸與變形。」（上文見康師來新《晚清小說理論研究》，〈緒論〉，臺北：大安，1986年，頁2～3）。

〔註46〕「文體遞嬗」一詞由王國維提出，但明李贄《焚書・童心說》有：「詩何必古《選》，文何必先秦。降而爲六朝，變而爲近體，又變而爲傳奇，變而爲院本，爲雜劇，爲《西廂曲》，爲《水滸傳》，爲今之舉子業，皆古今至文，不可得而時勢先後論也。」（錄自郭紹虞編《中國歷代文論選》（臺北：木鐸，1981年，頁333）。既認爲文體有始盛終衰的現象，而中國文學史已經過唐詩、宋詞、元曲、明清小說等的流變。故文體遞嬗說正是從文學形式的論點，打破詩文的宰制局面，另賦予與肯定了戲曲小說應得的文學地位。以上論點自呂正惠《抒情傳統與政治現實》，〈宋詞的再評價〉一文引來，參見該書（臺北：大安，1989年），頁115～134。

〔註47〕梁啓超語，見梁啓超〈論小說與群智之關係〉一文，錄於梁啓超等著《晚清文學叢鈔小說戲曲研究卷》，臺北：新文豐，1989年，頁15。

〔註48〕分別見於孫遜、孫菊園《中國古典小說美學資料匯粹》（臺北：大安，1991年），頁105惺園退士〈儒林外史序〉；頁110覺我〈余之小說觀〉；唐張彥遠〈歷代名畫記敘錄〉（俞劍華《中國畫論類編》，香港：中華，1973年，頁27）。

〔註49〕明馮夢龍在署名「綠天館主人」〈古今小說序〉中力言：「唐人選言，入於文心；宋人通俗，諧於里耳。天下之文心少而里耳多，則小說之資於選言者少，而資於通俗者多。」點明小說通俗於俚耳的性格。該文引自郭紹虞編《中國歷代文論選》（臺北：木鐸，1981年），頁421。

〔註50〕依朱介凡、婁子匡《五十年來的中國俗文學》所示的中國俗文學包括：神話、傳說、故事、笑話、歌謠、諺語、謎語、俗曲、說書、鼓詞、彈詞、寶卷與地方戲曲通俗小說等。

〔註51〕意指出版機構與出版過程的傳播活動，包括文學的生產、市場與消費。小說對一般大眾的傳播性，並不拘謹於版本字句的考究或原作時的本來面目。

離不開其時出版事業的商業取向與出版的經濟環境等風貌。較諸小說文字的表達，繡像圖繪的媒介顯然要淺顯易懂的多，正足以美育讀者大眾。況且，繡像曾隨小說讀物的刊行，直接貼近讀者，多數書市的讀者對觀覽繡像的渴望與依賴習慣，其行銷廣大，並且影響深廣，自非其他的繪畫形式所能輕易締造；那麼，因為這既定的客觀事實，對繡像曾經存在且風行的意義，自也不能忽略。在第五章時，將試著討論：資於印刷術的便利，出版商行銷繡像的商業動機與行為；閱讀大眾對閱覽小說、繡像的消閑效應與影響。

至於雅的《紅樓夢》小說與俗的清代《紅樓夢》繡像之間，以今日人文關懷的呼聲視之，如何能再重新落實、開發古典文學的美學情境，與通俗藝術的保存、升發等議題，則於第六章建議作結。

第二章　卻從上下左右寫[註1]
──《紅樓夢》的描寫藝術

　　《紅樓夢》作爲一部細述「心路歷程」[註2]的小說而言，當曹雪芹披露一己豐滿的「生存情境」與「生活經驗」，[註3]並透過此「經驗歷程」形諸一種普遍可解的形式──文字語言時，其最受激賞的當是其沈博絕麗的描寫藝術。脂評批之「細針密縫」；[註4]永忠稱其「傳神文筆足千秋」；戚蓼生更以神技「一聲也而兩歌，一手也而二牘」、「石有三面」、「路看兩蹊」贊之。[註5]藝術作品本爲形象思維[註6]的構組：是作者依其審美心理，寓其情

〔註1〕引陳慶浩《新編石頭記脂硯齋評語輯校》（是書是筆者本論文引用脂評之依據，臺北：聯經，1986 年），頁 680，六十九回「王府回前總批」語。

〔註2〕康師來新《石頭渡海》，〈英語世界的紅樓夢〉：「在小說（指紅樓夢）的進行中我們感覺時光的流轉，因爲主人翁逐漸趨向成熟。」是以此角度，《紅樓夢》正是一部「心路歷程教育性質」（Bildungsroman）的小說。該文搜錄 1830 至 1976 年間有關《紅樓夢》譯述之作，并予評析，原刊於《中外文學》5：2，1976 年 7 月，頁 150～173。已收於康師來新《石頭渡海》（臺北：漢光文化，1985 年），頁 83～113 中。

〔註3〕柯慶明《文學美綜論》中論及文學創作時，認爲文學創作「基本上是一種心靈歷程」，而作者個人的「生存情境」與「生活經驗」，恰是在此過程「深切周至」的感受。而筆者用以喻《紅樓夢》作者，除了依文學創作的動機規律外，更著眼於作者自道按循「離合悲歡，興衰際遇」的一段風塵心事。柯慶明意見可參上書（臺北：長安，1986 年），頁 11～74，〈文學美綜論〉文中，關於文學創作的部份。

〔註4〕引自陳慶浩《新編石頭記脂硯齋評語輯校》（臺北：聯經，1986 年），頁 276，十五回「有正回末總評」。

〔註5〕見永忠〈因墨香得觀紅樓夢小說弔雪芹三絕句〉。戚蓼生〈石頭記序〉言：「第觀其蘊於心而抒於手也，注彼而寫此，目送而手揮，似謗而正，似則而淫。」

感、思想，經由想像、比興的感發而創構出種種的形象。〔註7〕而審美的形象思維既是以創造藝術形象爲整個活動的底定，要寓思想於形象，借景抒情，則作者對形象的「逼眞性」、「典型性」〔註8〕與「合情合理」便應當提出省察與實踐。

對於小說藝術眞實性的要求，明萬曆間的李贄、葉變等人便積極以傳統畫論「逼眞」一詞引入小說美學的領域，〔註9〕作爲小說創造形象的守則。順此，推動小說「逼眞」氛圍的，並不是要小說像史傳文學般的「實錄其事」；而是必須入於天下常見的「人情物理」，〔註10〕甚至是作書者「曾於患難窮愁人情世故，一一經歷過，入世最深，方能爲眾腳色摹神」〔註11〕的經驗積澱，

正是對作書人「雙管齊下」的摹刻手法的激賞，並稱之「稗官野史中之盲左、腐遷」；是戚蓼生殆深知《紅樓夢》底蘊者。所引分見一粟編《古典文學研究資料紅樓夢卷》（臺北：新文豐，1989 年），頁 10、27。

〔註 6〕 Imagination 人類思維方式之一，相對於抽象思維，二者之異：形像思維依具體形象而有；且思維過程中，情感始終貫注其中。十八世紀初，義籍美學家維柯（Giovanni Battista Vico 1668～1744）爲此，除直陳「無形象思維則無以爲詩」外，並指出形象思維有「以己度物」與「想像的類概念」兩大特點：前者近似心靈的移情想像活動，後者著重「在一般中找特性」，即對人物精神特殊性的抉發。其「類概念」，大抵可以「包青天」清廉直斷、「關公」忠義、「諸葛亮」足智多謀、「魯班」巧匠等表之。

〔註 7〕 形象思維的主要內容是藝術想像，筆者以爲在本議題內，此想像活動與藝術創作之間：針對觀念經驗而落實文字語言的藝術創構的，是形象思維的第一次摹仿；而依據文字語言賦含的意義，再予構組圖像的，則屬形象思維的第二次摹仿。即藝術創作經由形象思維的過程，小說的文字符號與繡像的繪畫符號，儘管形式不一，但對於捕捉相似經驗的目的，其實一樣；當然，繡像對經驗的追求，首先是以掌握小說語義含攝而展開的。

〔註 8〕 指文藝創作中，作家馳騁藝術想像，而自現實經驗某類人的性格特徵集中概括與凝鍊在某一人身上，而使之成爲具有鮮明個性與特徵、「定是兩個人，定不是一個人」（金聖嘆語）的人物形象。是該典型人物雖來自現實，但比諸實際人物的性格更具藝術創作所需的焦點；其又與典型環境關聯密切。

〔註 9〕 如葉晝「《水滸傳》一百回文字優劣」：「若富安，若陸謙，情狀逼眞，笑語欲活，非世上先有是事，即令文人面壁九年，嘔血十石，亦何能至此哉！亦何能至此哉！」李贄的《水滸傳》評點也多批露「逼眞」美學標準，如「妙處只是個情事逼眞」、「種種逼眞」等語，都適用以概括小說的藝術眞實性。所引見孫遜、孫菊園編《中國古典小說美學資料匯粹》（臺北：大安，1991 年），頁 51、74、75。

〔註 10〕 引自葉晝「《水滸傳》九十七回回末總評」：「《水滸傳》文字不好處只在說夢，說怪，說陣處，其妙處都在人情物理上，人亦知之否？」見孫遜、孫菊園編《中國古典小說美學資料匯粹》（臺北：大安，1991 年），頁 76。

〔註 11〕 因強調小說描寫人情的重要性，因之作家現實生活的歷練揣摩正是描摹人情

因此小說中無非是有「近情近理必有之事，必有之言」（十六回庚辰眉批）。職是，揆諸中國古典小說從英雄的獨霸傳奇轉入日常世俗人情，《紅樓夢》也能「形容一事，一事畢眞」（十九回己卯）而成爲「世情小說」的翹楚，在在是小說歷史自身萌發與轉機的一個進程。

　　小說由人物、情節組成，但以人物爲其基本的審美對象。因之，屬於情節推衍中空間與時間的要素，即場景（環境）與動作（事件）二者，則由人物主導。是以下先述作爲繡像繪製所依據的文本：使圖繪成爲可行的芹脂本身繪藝修養；人物形象的塑造；詩性情境的經營。

第一節　仙橡妙筆〔註12〕──芹脂的繪藝修養

一、芹

（一）史料的記載

　　《紅樓夢》文學藝術的成就，曹雪芹「妙心繡口」（十回回末總評）的描寫功力居功厥偉。〔註13〕雪芹所以有「妙筆仙橡」而好「哭」〔註14〕成此書，

世事的活水，則生活經驗絕不可忽視。如金聖嘆「格物」說、張竹坡「入世」說，與脂硯齋說《紅樓夢》作者實「經過之人」、「非經歷過，如何寫得出」（十八回庚辰夾批、眉批）的「親睹親聞」說，同是看重入世眞實的生活翻滾經驗，惟程度不一而已。所引張竹坡語見孫遜、孫菊園編《中國古典小說美學資料匯粹》（臺北：大安，1991 年），頁 89。

〔註12〕敦敏有「醉餘奮掃如橡筆」句，見於一粟編《古典文學研究資料紅樓夢卷》（臺北：新文豐，1989 年，頁 6）,〈題芹圖畫石〉「妙筆」取陳慶浩《新編石頭記脂硯齋評語輯校》（臺北：聯經，1986 年），頁 37，二回「甲戌夾批」語。

〔註13〕有關《紅樓夢》考證，至今未決等棘手問題，本論文不涉考證，目前筆者的意見是：其一、作者是曹雪芹；其二、《紅樓夢》爲一帶有濃厚自傳色彩的文學創作；其三、論文中涉及小說文學探述的部份，依重印程乙本的《紅樓夢》校注本（啓功等校注，臺北：里仁，1983 年）爲憑，但引用情節，則多重於前八十回。

〔註14〕第一回「甲戌眉批」：「能解者方有心酸之淚，哭成此書。壬午除夕，書未成，芹爲淚盡而逝。」是《紅樓夢》爲一哭書，見陳慶浩《新編石頭記脂硯齋評語輯校》（臺北：聯經，1986 年），頁 12。另劉鶚《老殘遊記·自敘》有：「《離騷》爲屈大夫之哭泣，《莊子》爲蒙叟之哭泣，《史記》爲太史公之哭泣，《草堂詩集》爲杜工部之哭泣，李後主以詞哭，八大山人以畫哭，王實甫寄哭泣於《西廂記》，曹雪芹寄哭泣於《紅樓夢》。」引自一粟編《古典文學研究資料紅樓夢卷》（臺北：新文豐，1989 年），頁 64。是《紅樓夢》爲雪芹「一把

曹家能文善詩的文學傳統，確使雪芹文筆直放手一瀉於書篇中。一者是曹家身居江南名門世家的背景：曹家自雪芹曾祖曹璽以來，寅、顒、頫等祖孫三代四人久任江寧織造之職，曹寅母孫氏是康熙皇乳母，寅嘗與年幼的康熙同遊共學。此外，曹寅嘗受學於周亮工，故通經史、能詩文、好書畫；又嗜風雅，喜與文人宿儒往從酬唱。〔註15〕二者是曹寅藏貯大量經史子集精刻罕見的書畫：檢視曹寅《楝亭書目》，知其藏書三十六類，包括詩詞戲曲小說雜書等，其中「說部類」即佔總卷數七分之一，是部數最多的一類，顯見「這是曹寅藏書的一大特色」、是「曹家人士，傳統上就特別愛好文藝小說」。〔註16〕並且曹寅好刻書，除了古書「曹楝亭本」外，康熙四十四年（1705）奉諭主事《全唐詩》刊刻，〔註17〕五十一年（1712）寅「詩集千首，自刪存什之六」而刻成《楝亭詩集》。〔註18〕是南京的曹家，經寅之手，確實大有「鐘

〔註15〕　有關此部分資料可參趙岡《紅樓夢論集》，〈紅樓夢的寫作與曹家的文學傳統〉（臺北：志文，1975年，頁68～83）；趙岡、陳鍾毅《紅樓夢研究新編》（臺北：聯經，1984年），頁1～72，〈曹雪芹的家世與生平〉。《楝亭書目》為寅藏書目錄，據李文藻《琉璃廠書肆記》：「乾隆己丑五月二十三日，予以調選至京師，……夏間從內城買書數十部，每部有見楝亭曹印，其上又有長白數樰氏、董齋、昌齡圖書記，蓋本曹氏，而歸於昌齡者，昌齡官至學士，楝亭之甥也。楝亭掌織造鹽政十餘年，竭力以事鉛槧，又交於朱竹垞曝書亭之書，楝亭皆鈔有副本。……」（錄自孫殿起《琉璃廠小志》，北京：北京古籍，1982年，頁100～102，第三章〈書肆變遷記〉）又清裕瑞《棗窗閒筆》記：「《紅樓夢》一書，曹雪芹雖有志於作百二十回，書未告成即逝矣。……其人身胖頭廣而色黑，善談吐，風雅遊戲，觸境生春，聞其奇談娓娓然，令人終日不倦，是以其書絕妙盡致。」是知曹雪芹文藝風度其來有自。

〔註16〕　趙岡語，見於其著《紅樓夢論集》，〈紅樓夢的寫作與曹家的文學傳統〉文內（臺北：志文，1975年，頁68～83）。曹寅藏書共三千二百八十七種，「說部類」即佔四百六十九種。而《紅樓夢》中「雜學第一」的本領，與其「雜部類」藏書更不無關涉。

〔註17〕　曹寅刊刻時奏摺：「臣寅恭蒙諭旨刊刻全唐詩集，命詞臣彭定求等九員校刊。……於五月初一日天寧寺開局。」「康熙四十五年十月初一日書成，謹裝潢成帙進呈。」刻成共九百卷，集有兩千二百餘家詩作，詩四萬八千多首。

〔註18〕　經查林大椿輯《楝亭集》未見是語（臺北：河洛，1980年）。暫轉引自趙岡《紅樓夢論集》，〈紅樓夢的寫作與曹家的文學傳統〉一文。而《楝亭集》序有曹寅學弟杜岕：「詩者，曹子不可須臾離者也。曹子以詩為性命肌膚，於是導之，引之，抑之，搔之，輾轉反側，恆有詩魁壘鬱勃於胸中。」朱彝尊更稱寅詩：「無一字無鎔鑄，無一語不矜奇；概欲抉破藩籬，直闖古人窔奧。」曹寅詩才可見。另有詳考雪芹創作《紅樓夢》時，確有寅詩詞曲作的部分語句、意念等櫽括鎔鑄現象。

鳴鼎食之家，翰墨詩書之族」（《紅樓夢》第二回）的風範，雪芹父輩也俱通文墨。即使到了雪芹一輩，秦淮舊夢已遠逝，新愁舊恨苦交加，「蓬牖茅椽，繩床瓦灶」（第一回），悲歌酒醺、粥酒常賒〔註19〕的悲涼境地，文藝家族薰陶浸淫的氣息仍始終未去。

雪芹「素性放達」，狂若阮籍，或大笑稱快，擊歌琅琅。〔註20〕而詩追李賀，畫比閻立本：雪芹結廬西郊時，交友敦敏、敦誠、張宜泉常稱美其詩畫，動輒「愛君詩筆有奇氣，直追昌谷破籬樊」、「醉餘奮掃如椽筆，寫出胸中魂礧磈時」，或者「知君詩膽昔如鐵，堪與刀穎打寒光」、「門外山川供繪畫，堂前花鳥入吟謳」，甚至還有「尋詩人去留僧舍，賣畫前來付酒家」記雪芹潦窘形狀之句。〔註21〕如今流傳的雪芹詩，除了《紅樓夢》部分之外，僅留「白傅詩靈應喜甚，定教蠻素鬼排場」二句，〔註22〕與芹《自題畫石詩》：「愛此一

〔註19〕敦誠〈贈曹雪芹〉：「滿徑蓬蒿老不華，舉家食粥酒常賒。衡門僻巷愁今雨，廢館頹樓夢舊家。司業青錢留客醉，步兵白眼向人斜。何人肯與豬肝食？日望西山餐暮霞。」錄自一粟編《古典文學研究資料紅樓夢卷》（臺北：新文豐，1989 年）語，頁 1。

〔註20〕所引全見敦誠〈寄懷曹雪芹〉、〈佩刀質酒歌〉、〈荇莊過草堂命酒聯句，即檢案頭聞笛集爲題，是集乃余追念故人錄輯其遺筆而作也〉；敦敏〈題芹圃畫石〉、〈贈芹圃〉；張宜泉〈題芹溪居士〉語。引自一粟編《古典文學研究資料紅樓夢卷》（臺北：新文豐，1989 年），頁 1～8。敦誠說芹「步兵白眼向人斜」，是用魏阮籍（嗣宗）以青白眼視人的事蹟比之。又時謂芹是「懶過嵇中散，狂於阮步兵」，雪芹性曠達不羈，有阮籍、嵇康等逸士高人之風，芹並自號「夢阮」。前句敦誠語見上註，後句爲敦誠感懷雪芹之作。敦敏〈贈芹圃〉亦有芹「一醉圍氍白眼斜」句。張宜泉（興廉）〈題芹溪居士〉詩中「羹調未羨青蓮寵，苑召難忘立本羞」二句，一取唐李白受帝親爲調羹賜食一事。二以唐宮庭畫家閻立本之事：唐太宗泛舟，見異鳥而悅，遂傳畫師立本；立本雖位郎中，猶受廝役，俯伏池旁，研吮丹粉，羞恨流汗；歸而戒子母習畫事。事見《新唐書・閻立本傳》。而雪芹工師善畫，宜泉詩透露：雪芹約曾拒絕過清廷畫苑聘召。又敦誠〈寄懷曹雪芹〉上有：「少陵昔贈曹將軍，曹曰魏武之子孫。君又無乃將軍後，於今還堵蓬蒿屯。……勸君莫彈食客鋏，勸君莫叩富兒門。殘杯冷炙有德色，不如著書黃葉村。」以杜甫贈曹霸〈丹青引〉喻雪芹善畫。

〔註21〕同註20敦敏〈贈芹圃〉詩。另敦敏〈瓶湖懋齋記盛〉中說：「雪芹初移此間，每有人自京城來求畫。以是，里中巨室，亦多求購者，雪芹固貧，饔飧有時不繼，然非其人雖重酬不應也。」是可知雪芹以善畫而偶有鬻畫。此記引自吳恩裕〈曹雪芹的佚著和傳記材料的發現〉（刊於《紅樓夢研究專刊》十輯，頁 135）。

〔註22〕二句見敦誠《白香山琵琶行》傳奇跋。爲敦誠題詩跋者幾十家，誠則僅誌雪芹此二句詩，並稱芹詩新奇可誦。引自一粟編《古典文學研究資料紅樓夢卷》

拳石，玲瓏出自然。溯源應太古，墮世又何年？有志歸完璞，無才去補天。不求邀眾賞，瀟灑做頑仙」，〔註23〕是芹不僅寫石、吟石，還畫石，〔註24〕對石頭的題材關注最多，或者正是他一生「絕似石頭」〔註25〕的寫照。

（二）《紅樓夢》的透露之一

《紅樓夢》對傳統古典文學的精神或形式的承繼〔註26〕與獨創，固不待言；而八十餘萬通篇大作中，以詩畫技法作爲寫小說的求索與應用，其例則比比可拾。詩與畫「爲異質而同趣的藝術，由於同趣，故融會較易；因爲異質，故借鏡可成」，〔註27〕語言與繪畫都需要形像思維，在創作手法與意境效果上，具有相互匯通、借鑒與轉譯的經驗要求。〔註28〕因之，小說與繪畫以

（臺北：新文豐，1989 年），頁 6。又敦敏曾編《聞笛集》中錄有芹詩，惟該集迄今仍未發現，是《紅樓夢》中詩詞韻文實爲雪芹僅有的詩傳了。

〔註23〕此是雪芹《紅樓夢》外，僅有的一首尾俱整的詩作。該詩錄自《紅樓夢研究專刊》十輯，頁 124～158，吳恩裕〈曹雪芹的佚著和傳記材料的發現〉一文：另亦收於吳恩裕《考稗小記》（香港：中華，1979 年），頁 60，八四「曹雪芹自題畫石詩」，並記爲雪芹繪巨石一幅所題的詩。

〔註24〕《紅樓夢》原名「石頭記」，是寫石；〈自題畫石詩〉是吟石、畫石。據吳恩裕《考稗小記》（香港：中華，1979 年），頁 23～24，三三「署名夢阮之畫石一幅」記：1946 年，琉璃廠書商持有一幅條屏，中繪巨石，除題詩外，有「夢阮」署名，圖章亦同。另頁 106 一三五「雪芹題陳邃畫」，亦記康熙陳邃畫石，題句者有署「曹霑」，朱印同。又頁 12，十七「雪芹之畫及兩章」有畫老松人物，題「燕市酒徒」，署「雪芹」，並印「紅樓夢主」章。及《天官圖》，見同書頁 94。

〔註25〕甲戌五回脂評：「非作者爲誰？余又曰：亦非作者，乃石頭耳。」末句下另有「石頭即作者耳」語，雖非脂批，然確得該書寓意。魯迅《中國小說史略》，〈清之人情小說〉中提到有關《紅樓夢》是否作者自敘：「迨胡適作考證，乃較然彰明，知曹雪芹實生於榮華，終於零落，半生經歷，絕似『石頭』，著書西郊，未就而沒。」（臺北：谷風，出版年缺，頁 239）

〔註26〕《紅樓夢》深受古典文學影響，除汲取其精華外，《紅樓夢》實爲傳統古典文學藝術之總結。《水滸傳》、《西遊記》、《金瓶梅》等小說及《西廂記》、《牡丹亭》等戲曲對之刻鏤痕跡。另者，與《楚辭》、《莊子》亦有淵源。又承自上古神話、六朝詩賦、唐宋詩詞等影響。或有指出其與經史之關係，如張新之〈紅樓夢讀法〉：「是書大意闡發《學》、《庸》，以《周易》演消長，以《國風》正貞淫，以《春秋》示予奪，《禮經》、《樂記》融會其中。」（此說見一粟編《古典文學研究資料紅樓夢卷》，臺北：新文豐，1989 年，頁 153～154）。

〔註27〕引張高評《宋詩之傳承與開拓》（臺北：文史哲，1990 年），〈提要〉語。

〔註28〕可參張高評《宋詩之傳承與開拓》（臺北：文史哲，1990 年），下篇〈宋代詩中有畫之傳統與創格〉一章〈緒論〉，所引各家對此的意見。

媒介互異，各有擅場，而「丹青吟詠，妙處相資」，〔註29〕是在形象傳遞與意境營造的努力上，則屬一致。這種文情畫意的融通，雪芹常自覺的信手一拈：在形式上，《紅樓夢》前八十回除有詩詞韻文近二百首，故意散韻相間，用以「傳詩」外；〔註30〕文中也穿插不少的繪畫資料，屢屢提及。

1. 直接的畫題

直接點寫古人畫幅題名的，例如：黛玉初進榮府，經榮禧堂時，見到：「大紫檀雕螭案上設著三尺多高青綠古銅鼎，懸著待漏隨朝墨龍大畫」（三回）。寶玉到可卿上房內間時，入房後抬頭往向壁上一看：「是一幅畫掛在上面，人物固好，其故事乃是『燃藜圖』」。又在可卿細細甜香的臥房中看見壁上有幅「唐伯虎畫的『海棠春睡圖』」（五回）。探春房裡「西牆上當中掛著一大幅米襄陽『煙雨圖』」（四十回）。蘆雪庭聯吟，寶琴披著鳧靨裘，丫鬟持著一株梅花，立在山坡背後，眾人笑稱：「就像老太太屋裡掛的仇十洲畫的『艷雪圖』」（五十回）。寶玉到瀟湘館探望黛玉時，見到一幅「鬥寒圖」（八十九回，八十回後為續作者所加。〔註31〕）〔註32〕

〔註29〕 蔡絛《西清詩話》語，引自郭紹虞編《宋詩話輯佚》（臺北：文泉閣，1972年），頁 358。

〔註30〕 脂硯齋語。《紅樓夢》第一回雨村自謂甄家丫鬟為知己，正值中秋，對月有懷，「因而口占五言一律云……」。脂評：「這是第一首詩。後文香奩閨情皆不落空。余謂雪芹撰此書中，亦為傳詩之意。」據計《紅樓夢》前八十回的詩詞韻文近二百首。

〔註31〕 《紅樓夢》因雪芹未盡而逝，是後四十回的描寫藝術，「遠遜本來」（清陳鏞《樗散軒叢談》語），故不依於雪芹，在本論文中暫稱之「續作者」。百二十回本《紅樓夢》首次刊印本源自程偉元與高鶚二人，無有疑義。程高本《紅樓夢》序表明：「原目一百二十卷，今所傳祇八十卷，殊非全本。即間稱有全部者，及檢閱仍祇八十卷，讀者頗以為憾。不佞以是書既有百二十卷之目，豈無全璧？爰為竭力搜羅，自藏書家甚至故紙堆中無不留心，數年以來，僅積有二十餘卷。一日偶於鼓擔上得十餘卷，遂重價購之，欣然繙閱，見其前後起伏，尚屬接筍，然漶漫不可收拾。乃同友人細加釐剔，截長補短，抄成全部，復為鐫版。……」並由高鶚「襄其役」。先前胡適除論證後四十回為高續作，對程則多貶為汲利書商，是對二人文藝素養涉及屬少。而今重新考量前引序文，高續說日漸動搖，對程偉元也多平反為一「出身書香門第，才學早著，雖未顯達，卻有科名」、「工於詩」又「擅長字畫」之文人才士。有關此考證之資料，高鶚部分（包括其文事）可參胡適〈紅樓夢考證〉中〈高鶚年譜〉（見《胡適紅樓夢研究論述全編》上海：上海古籍，1988 年，頁 114～115）；趙岡、陳鍾毅《紅樓夢研究新編》，〈高鶚小傳〉（臺北：聯經，1985 年，頁 237～244）；王利器〈關於高鶚的一些材料〉、〈關於高鶚的一些檔案材料〉、〈高鶚程偉元與紅樓夢後四十回〉（收於其著《耐雪堂集》，臺北：貫雅，

2. 間接的畫語

或與畫題、畫作無甚關聯，但雪芹也用畫語，用為擬題取樂的，例如：第三十七回，釵湘二人研墨蘸筆，夜擬菊花題時，擬了十個，湘雲笑道：「十個還不成幅，索性湊成十二個，就全了，也和人家的字畫冊頁一樣。」第四十二回，寶釵讚大觀園說：「像畫兒一般」，劉姥姥又說：「誰知今兒進這園裡一瞧，竟比畫還強十倍。」賈母讓惜春畫大觀園，惜春說道：「原是只畫這園子。昨兒老太太又說：『單畫園子成了房子樣了』，叫連人都畫上，就像行樂圖兒才好。」又黛玉促狹劉姥姥吃食的窘態，取笑地叫她是個母蝗蟲，鬧著惜春畫劉姥姥，道：「你快畫罷，我連題跋都有了：起了名字，就叫做『攜蝗大嚼圖』。」第四十五回，寶玉讓黛玉戴竹笠，黛玉不肯，又笑道：「我不要他，戴上那個，成了畫兒上畫的和戲上扮的那漁婆兒了。」第五十二回，黛玉、寶釵、寶琴、岫煙圍坐熏籠敘家常，寶玉讚道：「好一幅『冬閨集艷圖』」。

3. 論繪畫藝術

雪芹對於繪畫藝術，最重要的主張，莫過於書中第四十二回惜春畫園，由寶釵出口的一段議論：

> 藕丫頭雖會畫，不過是幾筆寫意；如今畫這園子，非離了肚子裡頭有些丘壑的，如何成畫？這園子卻是像畫兒一般，山石樹木，樓閣房屋，遠近疏密，也不多，也不少，恰恰的是這樣。你若照樣兒往紙上一畫，是必不能討好的。這要看紙地步遠近，該多該少，分主分賓，該添的要添，該藏該減的要藏要減，該露的要露，這一起了稿子，再端詳斟酌，方成一幅圖樣。第二件：這些樓臺房舍，是必要界劃的。一點兒不留神，欄杆也歪了，柱子也塌了，門窗也倒豎過來，階砌也離了縫，甚至桌子擠到牆頭裡頭去，花盆放在簾子上來，豈不倒成了一張笑話兒了！第三：要安插人物，也要有疏密，有高低。衣摺裙帶，指手足步，最是要緊；一筆不細，不是腫了手，

1991 年）。程偉元部份可參潘重規〈紅學史上一公案——程偉元偽書牟利的檢討〉、張壽平〈程偉元的畫——有關紅樓夢的新發現〉二文（收於高陽《紅樓一家言》，臺北：聯經，1985 年）。

〔註32〕有關各畫原作資料，可參郭若愚〈紅樓夢中的書法繪畫〉一文（錄於《我讀紅樓夢》天津：人民，1982 年，頁 273～294）。至於該畫題在《紅樓夢》文中安插的用意，則見下節。

就是瘸了腳。

從構思、佈局、配置、剪裁、技巧論如何作畫：畫景並非將景物一一照實摹影，當觀察自然入微後，凝神靜思，探要去繁，使意存筆先，腹稿打定。既先存了胸中丘壑，再經營位置，置陳布勢，人景開合、遠近、主客、偏正、虛實、高低、層次等配置要合理安排，細細擺布。因為是畫樓臺房舍，界劃的應用也要留心，人物務在算計比例，膚脈連結。雪芹評畫，體會得「得勢則隨意經營，一隅皆是，失勢則盡心收拾，滿幅都非」，〔註33〕接著並詳列畫具、顏料（見四十二回），考究一番；顯見其畫理周到，畫技嫻熟，非僅泛泛。而面對《紅樓夢》精緻鉅構，一如長卷，雪芹編述一集的辛酸經營，在狀物摹神、謀篇布局、精鉤細描之間，全「不做安逸苟且文字」（九回靖藏眉批），正是其美學理論最踏實的履踐。

（三）《紅樓夢》的透露之二

詩與畫都重意象，雪芹文筆如畫筆，「凡寫一事一物，必窮其極方淋漓盡致」。〔註34〕即《紅樓夢》本身的散文語言針對形象而發的濃重抒情性與繪畫性，滿篇情景意境的氛圍由此啟動。藝術形象與科學形象相異處在於：科學形象是純粹的客觀存在；而藝術形象固然是現實中的形象反應，但它實是藝術家「應物斯感，感物吟志」、「指事造形，窮情寫物」，將主觀的「意」貫於客觀的「象」中的融合。並且傳統比興手法的特點，正在於能寓思想於形象中，「取象曰比，取義曰興，義即當下」，借此藝術想像以達到藝術形象，劉勰《文心雕龍‧神思》：

神用象通，情變所孕。物以貌求，以心理應。刻鏤聲律，萌芽比興。

結慮司契，垂帷制勝。

又〈物色〉：

詩人感物，聯類不窮；流連萬象之際，沉吟視聽之區。寫氣圖貌，

即隨物而宛轉；屬采附聲，亦與心而徘徊。

借物引懷，依此而能「神與物遊」，「思與境偕」，進而「景以情合，情以景生」。是情與景二者所在雖然有別，但一經形象思維，則彼此相觸相發，清王夫之

〔註33〕是講布局為畫之總要；為清笪重光〈畫筌〉語，引自于安瀾編《畫論叢刊》（香港：中華，1977 年），頁 171。

〔註34〕范金門、邵循伯評《蕩寇志》八十二回雙頻語。該語引自孫遜、孫菊園編《中國古典小說美學資料匯粹》（臺北：大安，1991 年），頁 203。

《薑齋詩話》因有：

> 關情者景，自以情相爲珀芥也。情景雖有在心在物之分，而景生情，
> 情生景，哀樂之觸，榮悴之迎，互藏其宅。〔註35〕

即景會心，景語即情語，情與景自然因緣湊泊，以至交融無間。《紅樓夢》書
中滿篇的詩畫情境，正由雪芹對其中人物、景致、抒情、敘事，既披情入景，
借景抒情，依情生事，依情有景，而使人景情事在語言文字表象外，莫不有
情，莫不有景。並且天然萬物各樣各色，芹一以「紅」題書，另以敏銳的繪
事顏彩調動鋪陳於行間，書中的服飾裝束、居室陳設、花果園林等等，爲之
附麗絢爛；甚至人物性格遭際，情節悲歡起落，更因人施色，以色引情，一
番隨類賦彩。《紅樓夢》人物場景歷歷如繪，合目如見，彷若《清明上河圖》
精描細寫，層層展現風貌，雪芹以畫筆代文筆，其寫如繪，因之詩韻、散文
與繪畫意境之間的迭宕，在其筆下引來，特受注目，激動情思。後來有興致
《紅樓夢》繪畫的，從其「彼此相應而相生，濃淡相間而相成，拆開則逐物
有致，合攏則通體聯篇」〔註36〕的描寫結構中，片段即場面，便得到對人物
場景等或曲或直、前積後累的提示，惹其躍躍欲試，競逞丹青了。而對雪芹
「行文如繪」（三十二回回末總評）描寫藝術的首位抉發者，正是脂硯齋。

二、脂

如果「情」是脂硯齋對《紅樓夢》美學理想的體悟；〔註37〕那麼，出以
畫語、畫論對《紅樓夢》形構剖析的，便是脂硯齋對其寫作技法的揭橥了。最
早以《紅樓夢》（「石頭記」）進行小說美學的批評者，是與雪芹相近如親，而以
脂硯齋居首的數人小集團〔註38〕爲該書的第一批讀者群，其真正的身分至今

〔註35〕此部分資料與論點係採張少康《古典文藝美學論稿》（臺北：淑馨，1989年，
頁77〜96），〈我國古代文論中的形象思維問題〉，是不另註。該文引論剴確，
可參看。

〔註36〕清沈宗騫《芥舟學畫編》論布置語，引自于安瀾編《畫論叢刊》（香港：中華，
1977年），頁331。

〔註37〕《紅樓夢》第一回以青埂遺石揭書序幕，脂評釋「青埂」爲「情根」，更時發
「出口神奇，幻中不幻，文勢跳躍，情裡生情。借幻說法，而幻中更自多情，
因情捉筆，而情裡偏成痴幻。」（第一回有正回末總評）「作者是欲天下人共
來哭此情」、「隨事生情，因情得文」（第八回甲戌）、「情即是幻，幻即是情」
（十三回王府回末總評），「一篇盡情文字」（六十六回王府回前總批）。其大
旨談情，是滿篇皆情人、情語、情事、情文。

〔註38〕評者不只一人，該集團，依署名有脂硯齋、畸笏叟、梅溪、松齋、常村，評

仍尙未明朗。〔註39〕但一者，由於《紅樓夢》創作過程中，一芹一脂有著共同追昔憶往、參與細節、且寫且批的親密關係，〔註40〕且出自脂硯齋執筆《脂硯齋重評石頭記》（下稱「脂評」）的過錄抄本，達十二種之多，〔註41〕因之，學界對脂評美學價值的肯定甚晚於對之史學考證、文學校讎的利用。〔註42〕

　　脂硯齋一方面向看書人交囑要「細心體貼，方許看書」（九回靖藏眉批、十二回己卯）；另方面則自對《紅樓夢》逐回「搜剔剜剖，明白詮釋」（一回甲戌眉批）：首先承自評點傳統以畫論評析作文章法的習慣，再者因雪芹精通文詩畫，其文筆有意識的揮灑畫意，脂評往往隨文對之指出，並許之「純用畫家筆寫」（二十五回甲戌夾批）：描寫如畫；點出畫題；提出畫法；引畫技論文章結構。

（一）「總是畫境」：描寫如畫

　　指雪芹描寫如畫，繪形繪影之至，時有：「畫」、「比比如畫」、「刻畫入妙」、「活畫」、「如畫」、「眞眞畫出」、「情形如畫」、「何等畫工」等語。〔註43〕如：

　　八回：寶玉、寶釵同看金鎖時，黛玉「搖搖擺擺的進來」；脂評說「搖搖」：「二字畫出身」（甲戌夾批）。

中又提及棠村、杏齋、煦堂。

〔註39〕對於批書集團要角脂硯齋與畸笏叟二人身份問題的歷來六種猜測，可參趙岡、陳鍾毅《紅樓夢研究新編》（臺北：聯經，1975年），第二章〈脂評本石頭記與批書之人〉，頁114。

〔註40〕《紅樓夢》對雪芹與脂硯二人而言，是對昔往共同生活點滴的感慨，每每撫今追昔，若不勝情：脂評「蓋此等是作者曾經，批者曾經，實係一寫往事，非特造出。」（七十四回庚辰）並批時又「余不禁痛哭失聲」（十三回庚辰夾批）。

〔註41〕乾隆五十六年（1791）萃文書屋排印前數十年間，《紅樓夢》是以抄本形式流傳的，題名都作「脂硯齋重評石頭記」，亦只前八十回。現存共存抄本十二種，甲戌本、己卯本、庚辰本、王府本、戚序本、列藏本、靖藏本、甲辰本、高閱本、己酉本、鄭藏本、程印本。

〔註42〕脂評的考證價值，學界多已肯定：考證派胡適等以評中時有《紅樓夢》作者與其家世資料，借此論定曹雪芹爲該書作者。可參見陳慶浩《新編石頭記脂硯齋評語輯校》（臺北：聯經，1986年），〈導論〉。而評中諸如成書過程中的修改增刪等異文、八十回後若干情節輪廓等，是早期對脂評的文學利用，可參孫遜《紅樓夢脂評初探》（上海：上海古籍，1981年），頁134～203。

〔註43〕第三回甲戌夾批，第二回回末總評，十八回乙卯，十九回己卯、七十六回庚辰，二十六回庚辰夾批、三十三回王府夾批，二十六回甲戌夾批，三十二回王府夾批，四十一回王府回末總評。

十九回：寶玉「將兩隻手呵了兩口，便伸向黛玉膈肢內兩脅下亂撓，黛玉素性觸癢不禁，……笑道：『再不敢了』，一面理鬢笑道……」；脂評：「情景如畫」（王府夾批）。

三十二回：湘雲道：「我天天在家裡想著，這些姐妹們，再沒一個比寶姐姐好的，……我但凡有這麼個親姐姐，就是沒了父母，也沒妨礙的！」寶玉因說：「罷，罷，罷！不用提起這個話了。」湘雲接道：「好哥哥，你不必說話叫我惡心；只會在我跟前說話，見了你林妹妹，又不知怎麼好了。」湘雲口直心快，挑明笑著寶黛，脂評：「豪爽情形如畫」（王府夾批）。

（二）「細寫一幅……」：點出畫題

時以雪芹描寫如畫，脂硯以圖點出，如：

三回：寶玉初見黛玉一霎，坐細看時，與眾各別，脂評：「從寶玉目中細寫一黛玉，直畫一美人圖」（甲戌眉批）。

七回：寶釵同丫鬟鶯兒正坐在炕邊「描花樣子」；脂評：「一幅繡窗仕女圖」（甲戌夾批）。

八回：寶玉書「絳芸軒」，晴雯恐怕別人貼壞，親自爬梯貼好，手卻凍僵，寶玉笑道：「我忘了。你手冷，我來替你握著。」便拉晴雯的手，「同看門斗上新寫的三個字。」脂評：「真是一幅教歌圖」（王府夾批）。

二十三回：黛玉「肩上擔著花鋤，花鋤上掛著紗囊，手內拿著花帚」；脂評：「一幅採芝圖，非葬花圖也」（庚辰夾批）。

二十七回：黛玉「倚著床欄杆，兩手抱著膝，眼睛含著淚，好似木雕泥塑一般。」脂評：「竟畫出金閨夜坐圖了」（庚辰夾批）。

三十八回：黛玉「倚欄坐著，拿著釣竿釣魚。寶釵手裡拿著一支桂花，玩了一回，俯在窗檻上，掐了桂蕊，扔在水面，引得那游魚浮上來唼喋。湘雲出一回神，又讓襲人一回等，又招呼山坡下的眾人只管放量吃。探春和李紈惜春正立在垂柳蔭中看鷗鷺。迎春卻獨在花蔭下，拿著針兒穿茉莉花。」脂評：「看他各人各式……直是一幅百美圖」（己卯）。

五十四回：賈府過年，演戲、行令、掛燈、放炮，眾人鬧著說笑；脂評：「畫一幅行樂圖」（回末總評）。

五十七回：紫鵑誑寶玉，說黛玉將回蘇州，情種寶玉一聽「便如頭頂上響了一個焦雷一般」，頓變得眼直手冷，死了大半個；脂評說雪芹發無量願，借此「畫一幅大慈大悲圖」（回前總批）。

七十五回：賈珍、邢德全、薛蟠一干人「公然鬥葉擲骰，放頭開局，大賭起來。」脂評：「宛然宵小群君眾日圖」（回末總評）。

（三）「畫……秘訣」：提出畫法

脂硯據雪芹所寫技巧，謂畫法當如是：

三回：黛玉入榮府首日，雪芹使迎探惜三人先鳳姐出場；是脂評：「欲畫天尊，先畫眾神」（王府夾批）。

二十七回：黛玉悲泣，正望門灑淚，而素日情性「無事悶坐，不是愁眉，便是長嘆，常自淚不乾。」脂評：「畫美人之祕訣」（庚辰夾批）。

（四）引畫技論文章結構

是符號互異的文藝形式在技法上的轉譯。脂硯稱雪芹描寫「文技至此，可爲至美」（四十一回回末總評），除在第一回略略總結其中作文章法：

> 事則實事，然亦敘得有間架、有曲折、有順逆、有映帶、有隱有見、有正有閏，以至草蛇灰線、空谷傳聲、一擊兩鳴、明修棧道、暗度陳倉、雲龍霧雨、兩山對峙、烘雲托月、背面傅粉、千皴萬染諸奇（甲戌眉批）。

又有「作者用畫家煙雲模糊處」、「雲罩峰尖法」、「畫家山水樹頭邱壑俱備，末用濃淡墨點苔法也」、「如畫家有孤聳獨出，有攢三聚五，疏疏密密」。〔註44〕其他密法，脂評並爲之逐回搜出：

1. 染

「畫家三染法」、「重一渲染」、「重一渲染」、「純用畫家烘染法」、「皴染」、「淡三色烘染」。〔註45〕如：

二回：以冷子興之口先略閑談大半榮府，使讀者有一榮府隱隱在心，繼而二三次用黛、釵等心中眼目再述榮府；脂評：「此即畫家三染法也」（回前總評）。

十六回：借賈璉、鳳姐答問，閑敘省親，建園等事，再用賈蓉、賈薔採辦建園事宜，將前事再細一回；脂評：「重一渲染，便省卻多少贅瘤筆墨」（有正）。

又贊雪芹文筆勝過畫工：七回，周瑞家的正問鳳姐去處，「只聽那邊微微

〔註44〕第一回甲戌眉批，第四回甲戌夾批，二十四回庚辰眉批，三十八回己卯。

〔註45〕第二回回前總評，第五回甲戌特批，十六回有正，二十一回庚辰夾批，第八回甲戌辰批。

有笑聲兒，卻是賈璉的聲音。接著房門響，平兒拿著大銅盆出來，叫人舀水。」脂評謂鳳姐為人亦著意風月，但雪芹不予明寫，是「只用『柳藏鸚鵡語方知』之法，略一皴染」。另則眉批更稱此處：「余素所藏仇十洲幽窗聽鶯暗春圖，其心思筆墨已是無雙，今現此阿鳳一傳，則覺畫工太板」（甲戌眉批）。

2. 點睛

「點睛」、「頰上三毫」。

二回：賈雨村任太爺，傳喚甄士隱，公差逕問封肅：「我們也不知什麼『真』『假』，既是你的女婿，就帶了你去面稟太爺便了。」脂評：「點睛妙筆」（甲戌夾批）。又雨村與冷子興一席話中，雨村道：「去歲……因欲覽六朝遺跡，那日進了石頭城……。」脂評以「石頭」二字書眼：「點睛神妙」（甲戌夾批）。

三回：黛玉初進榮府，扶著婆子的手進了垂花門，丫頭笑迎他們來，爭著打簾子，一面說：「林姑娘來了！」脂評：「此書得力處，全在此等地方，所謂頰上三毫也」（甲戌眉批）。

3. 傳神

「寫形追像」、「傳神」、「追魂攝魄」、「神情宛肖」、「神理」、「傳神摹影」、「搜神奪魄」，〔註46〕如：

三回：鳳姐出場繪形繪像一段；脂評：「從來小說中可有寫形追像至此也」（甲戌眉批）。

六回：劉姥姥見鳳姐時，鳳姐「也不接茶，也不抬頭」；脂評：「神情宛肖」（甲戌夾批）。

十九回：寶玉望慰畫軸美人，撞見茗煙、丫頭「也幹那警幻所訓之事」，寶玉向那丫頭「跺腳道：『還不快跑？』」脂評：「此等搜神奪魄至神至妙處，只在囫圇不解中得」（己卯）。

三十二回：襲人央湘雲做鞋，湘雲不解，襲人道：「你難道不知道：我們這屋裡的針線，是不要那些針線上的人做的。」脂評：「『我們這屋裡』等字，精神活跳」（王府夾批）。

4. 白描

六回：劉姥姥入榮府，屏聲默後之際，賈府婦人端菜擺飯，桌上碗盤百

〔註46〕第三回甲戌眉批，第三回甲戌夾批、十四回甲戌夾批，第六回甲戌夾批，第六回甲戌夾批，第八回甲戌夾批、十九回乙卯、二十四回庚辰、二十六回甲戌夾批，十八回己卯，十九回己卯。

列，滿滿魚肉；脂評：「白描入神」（王府夾批）。

二十一回：寶玉鬧湘雲幫他梳頭，湘雲說忘了梳法，又道髮飾珠子掉了一顆：「必定是外頭去，掉下來，叫人揀了去。倒便宜了揀的了。」脂評：「『到便宜他』四字與『忘了』二字是一氣而來，將一侯府千金白描矣」（庚辰眉批）。

二十四回：寶玉吃茶，一面打量小紅，二人間一段對話。脂評：「怡紅細事俱用帶筆白描」（庚辰眉批）。

5.烘托

五十九回「柳葉渚邊嗔鶯叱燕，絳芸軒裡召將飛符」：「蘇堤柳暖，闐苑春濃，兼之晨粧初罷，疏雨梧桐，正可以借軟草以慰佳人，採奇花以寄公子。不意鶯嗔燕怒，逗起波濤，婆子長舌，丫環碎語，群相聚訟，又是一樣烘雲托月法」（有正回末總評）。

上述五種章法中，其實都是取鏡畫法。除「染」、「點睛」、「白描」、「烘托」法本即畫技法；而「傳神」係自「形神」論衍來，是「形神」論始自哲學範疇，經繪畫美學借鑑後，而又應用於文學理論：

「染」是利用水滲，將墨彩一層一層暈潤，分出畫物的陰陽向背，使石有三面，樹有四枝，在此借為對形象反復多重的描寫，如寶玉一堆傻話痴語：「好姐姐」、「好妹妹」日不離口；要不：「等我有一日化成了飛灰，……一股輕煙。」（十九回）「我要有壞心，立刻化成灰，叫萬人拿腳踹！」又要：「我只願這會子立刻我死了，把心迸出來，你們瞧見了，然後連骨帶皮，一概都化成一股灰，再化成一股煙，一陣大風，吹得四面八方，都登時散了。」然後：「活著，咱們一處活著；不活著，咱們一處化灰，化煙。」另如情節層層波瀾的逼近，衍為洶湧，寶玉先是交友優伶蔣玉菡，表贈私物，更不喜仕讀，加以金釧死井，終於引爆賈政痛撻的風波。

「點睛」，原指肖像畫的生氣所在，「人物鬼神生動之物，全在點睛，睛活則有生意」；〔註47〕東晉顧愷之名言「妙處阿堵」；而人之生意不拘眼睛，「凡人意思，各有所在。或在眉目，或在鼻口」。〔註48〕後來引以為文章主旨點明

〔註47〕宋趙希鵠《洞天清祿集》，〈論畫人物〉語，引自俞劍華編《中國畫論類編》（香港：中華，1973年），頁470。

〔註48〕宋蘇軾論「傳神之難在目」，以此「使畫者悟此理，則人人可以為顧陸。」語，見於《蘇軾文集》（北京：中華，1986年），卷十二〈傳神記〉，頁400～401。

處，如二回賈雨村聽冷子興演說榮國府時，雨村提及因覽六朝遺跡，曾進石頭城一事，脂評標「石頭」二字為點睛。或引與「傳神」通用，如對人物肖像描寫即是。

「白描」原自古白畫。本指墨線勾描物象，且不予著色；引用簡練文字，不加絢彩，直接勾勒鮮明的形象。如二十四回，寶玉吃茶時，與小紅攀談：

> 只見秋紋碧痕嘻嘻哈哈的笑著進來：兩個人共提著一桶水，一手撩衣服，趔趔趄趄潑潑撒撒的。那丫頭便忙迎出去接。秋紋碧痕，一個抱怨「你濕了我的衣裳」，一個又說「你踹了我的鞋」。忽見走出一個人來接水，二人看時，不是別人，原來是小紅。兩人便都詫異，將水放下，忙進來看時，並沒別人，只有寶玉，便心中俱不自在。只得且預備下洗澡之物，待寶玉脫了衣裳，二人便帶上門出來，走到那邊房內，找著小紅，問他：「方才在屋裡做什麼？」

如實交代，不加情緒，將形象一逕的表白下來。

「烘托」指在主題的周遭敷染水墨淡彩，「山欲高，盡出之則不高；煙霞鎖其腰則高矣。水欲遠，盡出之則不遠；掩映斷其脈則遠矣」，〔註49〕是以賓襯主，借雲托月。引為襯托法，如十一回至十二回，賈瑞因見鳳姐而起淫心，一方不知所以，喜得抓耳撓腮，死不悔改；鳳姐假意虛應，調兵遣將，計死賈瑞。以瑞之色迷無恥襯出鳳姐心狠手辣。

「傳神」，即畫論中對「應物象形」、「氣韻生動」的要求。雖形不似亦可傳神，但「畫不徒寫形，正要形神在」。〔註50〕是以形傳神、形神兼蓄為貴，謹毛失貌、巧構形似則劣。引為掌握形象的內在獨特性格，從而確立個性，描寫要「不惟能畫眼前，且畫心上；不惟能畫心上，且并畫意外」。〔註51〕如二十三回，寶玉獲准移住大觀園，正向賈母討這要那，喜不自勝，丫鬟忽報賈政叫喚：

> 寶玉呆了半晌，登時掃了興，臉上轉了色，便拉著賈母，扭的扭股兒糖似的，死也不敢去。賈母只得安慰他道：「好寶貝，你只管去，

〔註49〕北宋郭熙《林泉高致集》，〈山水訓〉語，引自于安瀾編《畫論叢刊》（香港：中華，1977 年），頁 23。

〔註50〕是李贄以蘇軾「論畫以形似，見與兒童鄰」語及晁以道和蘇軾之詩，而發論議，見李贄《焚書·續焚書》（臺北：漢京，1984 年），卷五〈詩畫〉。

〔註51〕李贄評《水滸傳》「容與堂本二十六回」語，引自孫遜、孫菊園《中國古典小說美學資料匯粹》（臺北：大安，1991 年），頁 75。

有我呢。……」寶玉只得前去,一步挪不了三寸,蹭到這邊來,……
只得挨門進去,……慢慢的退出去;向金釧兒笑著伸伸舌頭,帶著
兩個老嬤嬤,一溜煙去了。

先喜後愁,既躊躇又勉強;待一句發落,沉石落地,真真快活。

第二節　人物形象的塑造

　　唐以前的傳統小說,多偏重敘述故實始末的曲折離奇,〔註52〕角色卻只是
順從故事發展才安排的,因而對人物的細微描寫多所輕忽。經過唐傳奇、宋元
話本的逐漸轉衍,刻畫人物的份量才與故事情節趨於並重,特別是《三國》、
《水滸》、《金瓶梅》、《紅樓夢》的藝術實踐,既留心事件的巧妙經營,又致力
於人物的細緻塑造。並且,重視塑造人物形象,也正符合小說的美學要求。講
究人物個別典型的樹立,李贄有「形容刻畫來各有派頭,各有光景,各有家
數,各有身份,一毫不差,半些不混」,強調人物分別「各有」;葉燮「傳神」、
「肖像」;金聖嘆說《水滸》所以「看不厭」,是由於「無非爲他把一百八個人
性格都寫出來」,講「性格」,寫的是《水滸》所敘一百八人,「人有其性情,人
有其氣質,人有其形狀,人有其聲口」,張竹坡評《金瓶》:「凡有描寫,莫不
各盡人情」。〔註53〕是小說在情節穿插外,塑造人物形象的功力如何,也成爲
另一個決定小說是否引人的因素與品評的標準。可知:小說的人物塑造從「各
有」、「肖像」,以至「性格」、「人情」一路的進階,到了雪芹自立標竿「只按
自己的事體情理」、謀逐「開口文君,滿篇子建,千部一腔,千人一面」(第
一回)的覺醒,加以脂評稱道《紅樓夢》人物摶破以往小說「惡則無往不惡,
美則無一不美」(四十二回庚辰)的類型化弊病;那麼,除了「金陵十二釵冊
錄」、「紅樓夢曲詞」多多少少露了點《紅樓夢》人物形象的端倪外,《紅樓夢》

〔註52〕魯迅《中國小說史略》(臺北:谷風,出版年缺),頁73,〈唐之傳奇文〉首論:
　　　　「小說亦如詩,至唐代而一變,雖尚不離於搜奇記逸,然敘述婉轉,文辭華
　　　　艷,與六朝之粗陳梗概者較,演進之迹甚明,而尤顯者乃在是時則始有意爲
　　　　小說。」是唐傳奇對其前小說萌芽期人物性格僅是一閃的描寫,已漸能自「作
　　　　意好奇」的篇幅中,作更細緻、完整的描繪。
〔註53〕張竹坡謂人物描寫固然要使人物「各各一款,絕不相同」,但能使之如此的理
　　　　由在:「於一個心中討出一個人的情理,則一個人的傳得矣。」人物內心世界
　　　　既傳,人情便得曲盡。有關張竹坡《金瓶梅讀法》討論「人情」,可參葉朗《中
　　　　國小說美學》,〈張竹坡的小說美學──評點金瓶梅〉一文(收於該書頁 185
　　　　～239,臺北:天山,出版年缺)。

對打破傳統寫法〔註54〕而作出努力的更大量篇幅，便更須要細細領會了。

一、金陵十二釵冊錄——以物顯人的識圖

「金陵十二釵冊錄」與「紅樓夢十二支曲詞」是《紅樓夢》一書總綱處。而《紅樓夢》書名曾以「金陵十二釵」爲五題之一，〔註55〕是以書中第五回「賈寶玉神遊太虛幻境」時，寶玉夢中所見警幻仙姑封鎖的冊錄爲名。以十二女子〔註56〕命書，不僅是要昭彰此書「人物畫廊」〔註57〕以人爲重的主題，又是雪芹總「爲閨閣昭傳」（第一回）的心意。

「金陵十二釵冊錄」既圖又文的形制，是《紅樓夢》全書中最早出現、也最顯明的圖文配置的現成材料。寶玉翻看冊錄的正冊、副冊、又副冊，先見著了與十五位薄命女子息息相關的命運預告圖，藉著類似推背圖〔註58〕以

〔註54〕 魯迅語，其謂《紅樓夢》價值在「敢於如實描寫，並無諱飾，和從前的小說敍好人完全是好人，壞人完全是壞人的，大不相同。」且《紅樓夢》「正因寫實，轉成新鮮」，所塑造的人物是「眞的人物」，故以「自有《紅樓夢》出來以後，傳統的思想和寫法都打破了！」許之。

〔註55〕 《紅樓夢》除本題外，第一回提到另四個題名：「石頭記」、「情僧錄」、「風月寶鑒」、「金陵十二釵」。對於一書五名的研論極多，近陳慶浩根據不同抄本，及脂評、時人記載詳考，認爲：其中「風月寶鑒」、「紅樓夢」、「石頭記」分別代表此書成書由初稿、增刪稿，以至未完成定稿的三階段，而人物年齡也在此三階段中漸次下降。陳慶浩說：「作者將以描寫青年男女爲主，以勸誡妄動風月之情爲目的的《風月寶鑒》改變成寫少年人爲主的大觀園世界，寫青梅竹馬的人間樂園的戀愛和成長的悲劇的《石頭記》。」引自陳慶浩〈八十回本《石頭記》成書初考〉一文（1992年6月2日《程甲本》發行二百年紀念活動座談會影印稿）。

〔註56〕 「十二釵」，釵本指女子頭飾，「金釵」、「裙釵」代指女子。語出樂府「頭上金釵十二行」句，白居易有「鍾乳三千兩，金釵十二行」，以物代人。後詩多有「十二釵」句，以清有尹繼善「金釵十二人何處，列屋新妝只畫圖」；袁枚「三千畫卷斗然加，十二金釵掠鬢鴉」；朱彝尊「時曲中有劉董羅葛段趙何蔣王楊馬，諸先後齊名，所稱十二釵。」甚至雪芹祖寅撰《續琵琶》戲曲亦有「門迎珠履三千客，戶列金釵十二行」句，永忠有〈戲題十二釵畫障爲伴月賦〉一首。顯見以「十二釵」統稱眾女子，雪芹前後皆有之，是取材「金陵十二釵」名亦有所本。上詩見吳恩裕《考稗小記》（香港：中華，1979年），頁9，及馮其庸、李希凡編《紅樓夢大辭典》（北京：文化藝術，1990年），頁5，「金陵十二釵」。

〔註57〕 Gallery of Character 引南海〈一部「人物畫廊」作品的再評價——訪王文興先生談紅樓夢〉語，該文收於幼獅月刊社編《紅樓夢研究集》（臺北：幼獅，1982年），頁99～107。

〔註58〕 書名。《宋史・藝文志》五行類有「推背圖卷」，相傳唐李淳風、袁天綱共作圖讖，預言歷代變革興亡之事，至六十圖，每圖附七言詩按語一首，袁推李

圖顯識的神祕宣言，一一昭告了這些苦命釵群的悲淒輓歌。從文學的意義上看，這批圖冊的畫面與判詞，固然是著重對人物角色性格的提醒與後繼命運的暗示，作爲囊括人物與牽曳情節的導讀。然而在每段判詞文字之前，都先以圖示，擺置一幅特製的畫面，以明確的物象與布置填充爲內容物，用這種直接鋪排、具體顯示的方式，提供爲搜尋《紅樓夢》有餘不盡、聯想翩躚的第一個引子，雪芹精心策劃的「金陵十二釵冊錄」，不啻是塗染者最經濟的線索與現成的圖畫素材了。

金陵十二釵冊錄〔註59〕

寶釵黛玉	畫物	兩株枯木，木上懸著一圍玉帶；地下又有一堆雪，雪中一股金簪。
	判詞	可嘆停機德，堪憐詠絮才！玉帶林中掛，金簪雪裡埋。

背止之，故名。脂評第五回甲戌眉批「金陵十二釵卷冊」：「世之好事者爭傳『推背圖』之說，想前人斷不肯煽惑愚迷，即有此說，亦非常人供談之物。此回悉借其法，爲兒女子數運之機。」以圖與識形式，爲預說將來之用。

〔註59〕關於「金陵十二釵冊錄」卷數與人數問題，《紅樓夢》十八回妙玉出現時，「己卯」脂評有：「妙卿出現。至此細數十二釵，以賈家四艷再加薛林二冠有六，添秦可卿有七，再鳳有八，李紈有九，今又加妙玉，僅得十人矣。後有史湘雲與熙鳳之女巧姐兒者，共十二人。雪芹題曰『金陵十二釵』，蓋本宗紅樓夢十二曲之義。後寶琴、岫煙、李紋、李綺皆陪客也，紅樓夢中所謂副十二釵是也。又有又副冊三段詞，乃晴雯、襲人、香菱三人而已。餘未多及，想爲金釧、玉釧、鴛鴦、素雲、平兒等人無疑矣。觀不待言可知，故不必多費筆墨。」是與第五回寶玉所見「正冊」、「副冊」、「又副冊」，總三冊相符，共三十六人無疑；並且《紅樓夢》四十六回中「（鴛鴦）向平兒冷笑道：『我只想咱們好：比如襲人、琥珀、素雲、紫鵑、彩霞、玉釧、麝月、翠墨，跟了史姑娘去的翠縷，死了的可人和金釧，去了的茜雪，連上你我……』」，「庚辰」脂評隨即批下：「余按此一算，亦是十二釵。……無數可考，無人可指，有跡可追，有形可據，九曲八折，遠響近影。……」是脂評約略提示了其中一冊的名單。但同處壬午畸笏叟「庚辰」卻記是：「前處引十二釵總未的確，皆係漫擬也。至末回『警幻情榜』，方知正副、再副及三四副芳諱。」此批明記冊錄共有正、副、再副、三副、四副五冊，共六十人。上二說，前者《紅樓夢》自言，批者點出；後者則評語提出，今人周汝昌則主九冊，一百八人（見其著《紅樓夢與中華文化》，〈情榜的文化含義〉，臺北：東大圖書，1989年，頁214～220）。三說以「死無對證」皆陷膠著，尚未論定。惟以《紅樓夢》末回揭全情榜，則屬共識。至於該榜名單，蔡義江雖主三十六人者，但以「脂評沒有明示，無從卻知。」（見其文〈警幻情榜與金陵十二釵──《紅樓夢論伉》中的一章〉，此文收於臺北：里仁《曹雪芹與紅樓夢》一書），是榜單從缺。六十人者見於孫遜《紅樓夢探究》（臺北：大安，1991年，頁129～141）〈情榜六十人芳名考錄〉一文。一百八人者見於周汝昌、周建臨《紅樓夢的歷程》（哈爾濱：黑龍江人民，1989年），頁188～190。

	按語	指寶釵靜慎從容，與寶玉金玉姻緣止於「縱然是舉案齊眉，到底意難平」（曲詞）；黛玉才高品清，而木石前盟只成鏡花水月，「一個枉自嗟呀，一個空勞牽掛」（曲詞）。是寶釵「終身誤」（曲名）可嘆，黛玉「枉凝眉」（曲名）堪憐。
元春	畫物	一張弓，弓上掛著一個香櫞。
	判詞	二十年來辨是非，榴花開處照宮闈；三春爭及初春景，虎兔相逢大夢歸。（曲詞），一朝身死榮華去，是「恨無常」（曲名）。
	按語	元春入宮，榮顯已極，難耐天倫離散，「蕩悠悠，芳魂銷耗」。
探春	畫物	有兩個人放風箏，一片大海，一隻大船，船中有一女子，掩面泣涕之狀。
	判詞	才自清明志自高，生於末世運偏消；清明涕泣江邊望，千里東風一夢遙。
	按語	敏慧清高，卻身為庶出，生於坍塌的末世，「一帆風雨路三千，把骨肉家園，齊來拋閃」（曲詞），後來遠嫁海疆難歸。
湘雲	畫物	幾縷飛雲，一灣逝水。
	判詞	富貴又何為？襁褓之間父母違；展眼吊斜輝，湘江水逝楚雲飛。
	按語	失父母嬌養，而好景易逝，「樂中悲」（曲名），終身不幸，「終久是雲散高唐，水涸湘江」（曲詞）。
妙玉	畫物	一塊美玉，落在泥污之中。
	判詞	欲潔何曾潔，云空未必空；可憐金玉質，終陷淖泥中。
	按語	妙玉自喻潔淨，罕言孤僻，但「好高人愈妒，過潔世同嫌」，世已難容，「依舊是風塵骯髒違心願」，「無瑕白玉遭泥陷」（曲詞）。
迎春	畫物	一惡狼，追撲一美女——欲啖之意。
	判詞	子係中山狼，得志便猖狂；金閨花柳質，一載赴黃泉。
	按語	受丈夫孫紹祖虐死，「嘆芳魂艷魄，一載蕩悠悠」（曲詞）。
惜春	畫物	一所古廟，裡面有一美人，在內看經獨坐。
	判詞	堪破三春景不長，緇衣頓改昔年妝；可憐繡戶侯門女，獨臥青燈古佛旁。
	按語	侯門嬌女堪破世情，便「把這韶華打滅，覓那清淡天和」（曲詞），出家為尼。
鳳姐	畫物	一片冰山，上有一隻雌鳳。
	判詞	凡鳥偏從末世來，都知愛慕此生才；一從二令三人木，哭向金陵事更哀。
	按語	強練支使將頹的豪家，但「機關算盡太聰明，反誤了卿卿性命」，況家富人寧終奔騰亡散，「枉費了意懸懸半世心」（曲詞），讓「聰明累」（曲名）。
巧姐	畫物	一座荒村野店，有一美人在那裡紡績。
	判詞	勢敗休云貴，家亡莫論親；偶因濟村婦，巧得遇恩人。

	按語	因鳳姐偶恩劉姥姥，「積得陰功」，使巧姐「留餘慶，留餘慶，忽遇恩人」（曲詞），得以居處鄉野，還留一線生機。
李紈	畫物	一盆茂蘭，立有一位鳳冠霞帔的美人。
	判詞	桃李春風結子完，到頭誰似一盆蘭；如冰水好空相妒，枉與他人作笑談。
	按語	賈蘭爵祿高登時，李紈因有短暫的顯貴時光，然「也只是虛名兒後人欽敬」（曲詞）。
可卿	畫物	一座高樓，上有一美人懸樑自盡。
	判詞	情天情海幻情深，情既相逢必主淫；漫言不肖皆榮出，造禍開端實在寧。
	按語	「家事消亡首罪寧」（曲詞），指可卿淫喪天香樓一事。
香菱	畫物	一枝桂花，下面有一方池沼，其中水涸泥乾，蓮枯藕敗。
	判詞	根並荷花一莖香，平生遭遇實堪傷；自從兩地生枯木，致使香魂返故鄉。
	按語	受薛蟠妻夏金桂凌虐，險惡處境有如無水的沼池，以致嬌怯難堪而死。原名甄英蓮，取「真應憐」意。
晴雯	畫物	既非人物，亦非山水，不過是水墨瀢染，滿紙烏雲濁霧而已。
	判詞	霽月難逢，彩雲易散。心比天高，身為下賤。風流靈巧遭人怨。壽夭多因毀謗生，多情公子空掛念。
	按語	儘管心如霽月彩雲高朗，但委賤奴婢出身，也是無濟。況且真情爛漫風流靈巧的態勢，得來的竟不是呵呵持護，還遭讒迫逐，冤送小命，晴如何能晴？
襲人	畫物	一簇鮮花，一床破席。
	判詞	枉自溫柔和順，空云似桂如蘭；堪羨優伶有福，誰知公子無緣。
	按語	賢淑美德，只成徒勞，與寶玉終是無緣，歸於優伶蔣玉菡。

　　這一回中，雪芹先述圖的內容，再繼以一段或長或短的剖析性判詞。固然這一回是全書藝術結構中最深具意義的一回，〔註60〕而「金陵十二釵冊錄」的使命，也止於提早交割主要人物情節的前事後繼；因而，注目者對這畫中具體實物的鮮明披露，多還止於用為推測與印證人物情節的文學興趣，而罕有對之直接還原原貌的繪畫熱心。但是，這種指明畫中之物的描述，除了是以文字為媒介之外，文字指涉的意義，不就是前後交代有序的圖畫分析？而雪芹直以一圖一文明白的勾畫，不也正在鉅細靡遺的告訴畫家畫什麼？

〔註60〕第一回脂評：「樂極生悲，人非物換，究竟是到頭一夢，萬境歸空。」王希廉批此回為「一部《紅樓夢》之綱領」；張新之則統稱：「《紅樓夢》三字出於第五回，即十二釵之曲名，是《十二釵》為夢之目，《情僧錄》情字為夢之綱。」是此回「紅樓釵裙，僅似一夢」，正雪芹用心處。

二、寫形追像的人物描寫

雪芹逞才於《紅樓夢》幾近千位的各色人物，〔註61〕經由或緊或鬆劇情的穿插引敘，其不隨人腳蹤，自闢蹊徑的描寫技巧活脫機靈，在詩文畫之間自主其意，且語言生動，使刻劃人物上能做重重疊疊的渲染外；所寫人物都是唯一典型，並且是掌握分寸，對色色人等，使「各自有其胸襟，各自有其心地，各自有其形狀，各自有其裝束」；〔註62〕借助外形、心理、動作、語言的規整，隨類賦彩，務令外形燦明，性格突顯，而完成塑造圓形人物的豐滿性，是「摹一人，一人必到紙上活見」（十五回甲戌）。有時以白描實寫一人形象，不加渲飾；時則曲折於字裡行間流露一個人的形態，千渲萬染，層層加深。或作者插入介紹，或借書中他人眼口，目不暇給的逕自表白下來，使人物形象落實鮮活。

（一）外形描寫

人物形象的美感始自對外部形態的直感，因之有關人物的服飾描寫、肖像描寫，都屬外形描寫的審美依據：

1. 服飾描寫

人　物	回　次	服　　飾　　裝　　束
僧　道	一	麻鞋鶉衣。
賈雨村	一	敝巾舊服。
寶　玉	三	頭著束髮嵌寶紫金冠，齊眉勒著二龍戲珠金抹額，一件二色金百蝶穿花大紅箭袖，束著五彩絲攢花結長穗宮條，外罩石青起花八團倭緞排穗褂，登著青緞粉底小朝靴。項上金螭瓔珞，一根五色絲條，繫著一塊美玉。已換了冠帶，頭上周圍一轉的短髮，都結成小辮，紅絲結束，共攢至頭中胎髮，總編一根大辮，黑亮如漆，從頂至梢，一串四顆大珠，用金八腳，身上穿著銀紅撒花半舊大襖；仍舊帶著項圈、寶玉、寄名鎖、護身符、寶墜等物；下面半露松綠撒花綾褲，錦邊彈墨襪，厚底大紅鞋。

〔註61〕《紅樓夢》人數多寡，各家統計不一：諸聯 421 人（分別見於一粟編《古典文學研究資料紅樓夢卷》，臺北：新文豐，1989 年，頁 119）；姜季南 418 人（李辰冬《紅樓夢研究》，臺北：正中，1983 年，頁 54）；李君俠 407 人（《紅樓夢人物介紹》，臺北：商務，頁 95）；何錦階、邢頌恩〈百二十回紅樓夢人名索引〉計 720 人，又有名姓 732 人，無名姓 245 人，一共 975 人；徐恭時計男 495、女 480，共 975 人；顧平旦計有名字或綽號的共 774 人。

〔註62〕引《水滸傳》金聖嘆評本二十五回回前語，該語收於孫遜、孫菊園編《中國古典小說美學資料匯粹》（臺北：大安，1991 年），頁 123。

	八	頭上戴著束髮嵌寶紫金冠，額上勒著二龍捧珠抹額，身上穿著秋香色立蟒白狐腋箭袖，繫著五色蝴蝶鸞絛。
	十　九	大紅金蟒狐腋箭袖，外罩石青貂裘排穗褂。
	二十五	裡面只穿半舊紅綾短襖，繫著綠汗巾子，膝上露出綠綢灑花褲子，底下是掐金滿繡的綿紗襪子，靸著蝴蝶落花鞋。
	四十九	茄色哆羅呢狐狸皮襖，罩一件海龍小鷹膀褂子，束了腰，披上玉針蓑，帶了金藤笠，登上沙棠屐。
	五　十	大紅猩猩氈。
	五十二	荔枝色哆羅呢的箭袖，大紅猩猩氈盤金彩繡石青妝緞沿邊的排穗褂。金碧輝煌，碧彩閃灼的雀金呢氅。
	六十三	只穿著大紅綿紗小襖兒，下面綠綾彈墨夾褲，散著褲腳，繫著一條汗巾。
	七十八	松花綾子夾襖，襟內露出血點般大紅褲子。
	九十四	一裹圓皮襖，狐腋箭袖，罩一件玄狐腿外褂。
	百一九	半新不舊的衣服。
	百二十	身上披著一領大紅猩猩的斗篷。
北靜王	十　五	頭上戴著淨白簪纓銀翅王帽，穿著江牙海水五爪龍白蟒袍，繫著碧玉紅帶。
鳳　姐	三	彩繡輝煌，恍若神仙妃子，頭上戴著金絲八寶攢珠髻，綰著朝陽五鳳掛珠釵，頂上戴著赤金盤螭纓絡圈，身上穿著縷金百蝶穿花大紅雲緞窄褃襖，外罩五彩刻絲石青銀鼠褂，下著翡翠撒花洋縐裙。
	六	帶著紫貂昭君套，圍著那攢珠勒子，穿著桃紅灑花襖，石青刻絲灰鼠披風，大紅洋縐銀鼠皮裙。
	五　十	紫羯絨褂。
	六十八	頭上都是素白銀器，身上月白緞子襖，青緞子掐銀線的褂子，白綾素裙。
寶　釵	八	蜜合色的棉襖，玫瑰紫二色金銀線的坎肩兒，蔥花黃綾子棉裙。
	四十九	一件蓮青斗紋錦上添花洋線番耙絲的鶴氅。
黛　玉	八	外面罩著大紅羽緞對襟褂子。
	四十九	掐金挖雲紅香羊皮小靴，罩了一件大紅羽皺面白狐狸皮的鶴氅，繫一條青金閃綠雙環四合如意絛，上罩了雪帽。
	八十九	月白繡花小毛皮襖，銀鼠坎肩，隨常雲髻，簪上一枝赤金扁簪，別無花朵，腰下繫著楊妃色繡花錦裙。
鴛　鴦	二十四	穿著水紅綾子襖兒，青緞子坎肩兒，下面露著玉色綢襪，大紅繡鞋。
	四十六	穿著半新的藕色綾襖，青緞掐牙坎肩兒，下面水綠裙子。
襲　人	二十六	穿著銀紅襖兒，青緞子坎肩，白綾細折兒裙子。

	五十一	頭上帶著幾枝金釵珠釧，身上穿著桃紅百花刻絲銀鼠襖，蔥綠盤金彩繡錦裙，外面穿著青緞灰鼠褂。
湘 雲	三十一	把寶兄弟的袍子穿上，靴子也穿上，帶子也繫上，猛一瞧，活脫兒就像寶兄弟——就是多兩個墜子。
	四十九	貂鼠腦袋面子、大毛黑灰鼠裏子、裏外發燒大褂子；頭上帶著一頂挖雲鵝黃片金裏子大紅猩猩氈昭君套，又圍著大貂鼠風領。 半新的靠色三廂領袖秋香色盤金五色繡龍窄褙小袖掩衿銀鼠短襖，裏面短短的一件水紅妝緞狐肷褙子，腰裡緊緊束著一條蝴蝶結子長穗五色宮絛，腳下也穿著鹿皮小靴。
探 春	四十九	圍著大紅猩猩氈的斗篷，帶著觀音兜。
李 紈	四十九	只見眾姊妹都在那裡，都是一色大紅猩猩氈與羽毛緞斗篷，獨李紈穿一件哆羅呢對襟褂子。
邢岫煙	九 十	一件大紅洋縐的小襖兒，一件松花色綾子一抖珠兒的小皮襖，一條寶藍盤錦廂花線裙，一條佛青銀鼠褂子。
	四十九	家常舊衣。
	五十一	舊大紅猩猩氈。
寶 琴	四十九	披著一領斗篷，金翠輝煌。
	五 十	鳧靨裘。
賈 母	五 十	圍了大斗篷，帶著灰鼠暖兜。
	七十六	巾兜、大斗篷。
麝 月	五十一	紅綢小棉襖兒，貂頦滿襟暖襖。
	七 十	紅綾抹胸，披著一身舊衣。
晴 雯	五十二	灰鼠斗篷。
	七 十	只穿著蔥綠杭綢小襖，紅綢子小衣兒。
	七十七	紅綾小襖兒。
紫 鵑	五十七	彈墨綾薄綿襖，外罩青緞夾背心。
芳 官	五十八	海棠紅的小棉襖，底下綠綢灑花夾褲，敞著褲腿，一頭烏油油的頭髮披在腦後。
	六十三	穿著一件玉色紅青駝絨三色緞子拼的水田小夾襖，束著一條柳綠汗巾；底下是水紅灑花夾褲，也散著褲腿；頭上齊額編著一圈小辮，總歸至頂心，結一根粗辮，拖在腦後；耳根內只塞著米粒大小的一個小玉塞子，左耳上單一個白果大小的硬紅鑲金大墜子。
	七 十	撒花緊身兒，紅褲綠襪。
尤二姐	六十五	只穿著大紅小襖。

尤三姐	六十五	鬆鬆的挽個䰄兒，身上穿著大紅小襖，半掩半開的，故意露出蔥綠抹胸，一痕雪脯；底下綠褲紅鞋，鮮豔奪目。
司 棋	七十一	穿紅襖兒，梳鬏頭。
寶 蟾	九十一	穿了件片金邊琵琶襟小緊身，上面繫一條松花綠半新的汗巾，下面並無穿裙，正露著石榴紅灑花夾褲，一雙新繡紅鞋。
五 兒	一百九	穿著一件桃紅綾子小襖兒。
妙 玉	一百九	頭戴妙常冠，身上穿一件月白素綢襖兒，外罩一件水田青緞鑲邊長背心，拴著秋香色的絲條；腰下繫一條淡墨畫的白綾裙，手執塵尾念珠。

　　服飾有保健身體與裝飾美感兩種用途，《紅樓夢》前八十回中，描寫人物服飾裝束有三十多處，諸如冠服穿戴、花色紋飾、質地材料、款式用途等，描繪極其詳盡。舉凡頭上戴的、頸上繫的、上身穿的、下身著的、外頭罩的、腳上踩的、裡裡外外、上上下下，甚至珠釵邊條，靡不鉅細詳實。往往記述一件衣裳、一只佩飾，要經由十至二十個字繁複的形容，才能串連到該件的用途。雪芹所以細細作工於此的意思，顯然的，並不在向讀者報告怎麼穿才不會傷風；而實以其織造宮緞的身家背景，〔註63〕藉助服飾的形色簡繁，因人裁衣，塑造形象。

　　雪芹對書中主要人物服飾多工筆細描。如寶玉每一出現，便擺布一段色彩輝煌、紋樣繁複的連續文字，供作個人服裝表演。顏色主以紅、金，一來寶玉是怡紅之首，二者以金紅表其身分嬌貴。有些服飾的描寫也另有指喻，七十八回特意點出「血點般大紅褲子」，以指出那褲子是晴雯的針線撚製的，晴雯已死，而令人有物在人亡之慨。在一百九回除卻塵緣的關頭，便是辭紅別金時，寶玉只換了「半新不舊的衣服」，出門而去；末了出家拜別賈政時，光頭赤足，「披著一領大紅猩猩的斗篷」，則是續作者的深意。

　　鳳姐首次登場時，打扮與姑娘們不同，「彩繡輝煌，恍若神仙妃子」（第三回），其年少標緻，又是男人不及的幹練，多用紅、金色襯托鳳姐衣著隆重與心姿志傲；甚至平常家居（第六回）也多富麗。而唯獨一次面容消頹，起因賈璉又惹風月，便「也不盛妝，哭的眼睛腫著，也不施脂粉，黃黃臉兒」（四

〔註63〕清南京設有「江寧織造署」，爲出造皇室上用宮緞、衣料、帷帳、旗幟等高級絲織品之皇家機構。康雍期間，雪芹祖三代四人襲任該署，直至雍正五年罷。（可另參故宮博物院明清檔案部編《關於江寧織造曹家檔案史料》，臺北：偉文，1977年）依此背景，是雪芹嫻熟布之質、印、染、織、裁，以致顏料配搭與紋樣經緯。

十四回）。另六十八回，鳳姐一探尤二姐，渾身素妝，是居國喪、家喪之服，正以反襯賈璉偷娶尤二姐的失禮。

寶釵舉止嫻雅，「罕言寡語」、「安份隨時」，經常是挽髮，家居服飾，以服簡色淡為主，如第八回，半新不舊的「看去不見奢華，惟覺雅淡」，正如其性，不好穠麗；當眾姐妹都穿大紅衣裳，寶釵只一件蓮青紫的鶴氅，取色淡雅。雪芹描寫湘雲、芳官衣著的也極精彩：湘雲個性爽朗，時著女裝，但多好作男裝，如四十九回，穿得一身俐落瀟灑，讓黛玉笑成了「孫行者」、「小騷達子」。六十三回，寶玉生日時，芳官服飾極為精采，二人一段搳拳嬉鬧，令眾人笑說「他兩個倒像一對雙生的弟兄」。

《紅樓夢》中對人物服飾有時略提一二，如黛玉服飾描述的極少，僅有第八回、四十九回，大多素妝簡淡。雪芹雖不甚述黛玉衣著，但給予極多肖像描寫，是雪芹為黛玉容貌氣質預留想像空間。另如李紈日以紡績教子為要，又逢青春喪偶；岫煙作客賈家，本就家寒，野鶴閑雲，雪芹亦不細寫其衣著，四十九回賞雪賦詩時，「只見眾姐妹都在那裡；都是一色大紅猩猩氈與羽毛緞斗篷」，唯獨李紈一件哆羅呢對襟褂子，岫煙仍只家常舊衣，顯見簡素，是雪芹除以人顯服外，也以服表人。

或雪芹只渾寫一筆的，如第三回，迎探惜三人「其釵環裙襖，三人皆一樣的裝束」。或不寫服飾，但以氣派表出，如十八回，元春才選加封獲恩省歸一段，雪芹不從皇家服制大力鋪排，另取一徑：「忽聽外面馬跑聲不一，有十來個太監，喘吁吁跑來拍手兒」，半日，「一對對鳳翼龍旌，雉羽宮扇，又有銷金提爐，焚著御香，然後一把曲柄七鳳金黃傘過來，便是冠袍帶履，又有執事太監捧著香巾、繡帕、漱盂、拂塵等物。一隊隊過完，後面方是八個太監抬著一頂金頂鵝黃繡鳳鑾輿，緩緩行來」，一片隆重靜肅，脂評說作者「畫出內家風範」，是雖未直寫元春富貴裝束，其實花團錦簇已極。

至於《紅樓夢》中服飾與時代背景的聯繫：明清更迭，而服制亦異，大抵明為絨衣、寬袍、大袖、蓄髮、綰髻，而清則旗袍、馬褂、箭袖、皮衣、深鞋、薙髮、垂辮等裝扮。《紅樓夢》是寫清八旗世家的生活，〔註64〕因之書

〔註64〕曹家係漢族的滿人，入關後編屬內務府正白旗，對其文化感的認同問題，余英時認為：曹家在文化上為滿非漢，余先生並以《紅樓夢》有關喪禮、祭禮、鳳姐提衣（見下註）、寶玉拉弓等的描寫，資以清人記述八旗風俗相證，是「足以說明紅樓夢所暴露的絕不是十八世紀中國上層社會的一般情況，而是特別流行於八旗世家的禮法或禮教。」上舉意見可參余英時《紅樓夢的兩

中服飾亦應從其制：

以髮式論：女童小丫薙髮留辮，不留全頭，如二十六回、七十一回有「未留頭的小丫頭」；至成年才留髮、梳髻、挽鬟，如第三回鳳姐「金絲八寶攢珠髻」、第八回寶釵「挽著黑漆油光的鬟兒」。男子也薙髮留辮，但書中僅提到寶玉有辮。寶玉除出客時戴紫金冠，家居時則編辮，如第三回、十一回，寶玉頭上周圍短髮都結成小辮，以紅絲結束，攢至頂中總編一根黑亮如漆的大辮，辮子上下繫著大珠及墜腳；七十八回，麝月說寶玉「這褲子配著松花色襪兒，石青靴子，越顯出靛青的頭，雪白的臉來了」，顯見寶玉剃髮垂辮確實是滿人髮式。〔註65〕至於其他男子則全不寫了。

以顏色論：清制面色以黃、藍、石青最貴；黃爲皇室專用，藍、石青則爲貴族世家所崇，石青所用尤多。《紅樓夢》中僅寶玉、鳳姐有石青外褂（見第三回、第六回、十九回、五十一回），除表其身分特殊外，亦合清制。又書中常有大紅、翡翠、秋香、月白、蜜合、蔥綠、藕合、天青等顏色。書中有八團袍褂，大抵也和當時崇尚組繡的風氣相符。〔註66〕

以紋樣論：有純色、有水田拼湊（六十三回），〔註67〕又緞上時有「百蝶穿花」（第三回）、「富貴長春」、「福壽綿長」（十八回）、「流雲蝙蝠」（四十回）等以吉祥語爲紋樣名，是其時世家者普遍喜好的，並且是雪芹所慣見的。

以質料言：書中記有許多皮衣術語，並提到皮衣所製衣物：銀鼠褂、

〔註65〕個世界》中〈曹雪芹的反傳統思想〉一文（臺北：聯經，1978年），頁237～258。

〔註65〕有關此點，王雲英、唐德剛、鄧雲鄉等人都曾針就《紅樓夢》正文提出意見。分別刊於《紅樓夢學刊》1982：01，頁223～233，〈從紅樓夢談滿族服飾〉；《紅樓夢大觀》，〈海外讀紅樓〉（即《哈爾濱國際紅樓夢研討會論文選》，香港百姓半月刊，1987年），頁26～44；《紅樓風俗譚》，〈戲劇化‧生活感〉（北京：中華，1987年），頁144～146。

〔註66〕可自近人崇彝《道咸以來朝野雜記》所載其時流行色樣知之：「婦女制服，最隆重者爲組繡麗水袍褂。袍則大紅色，褂則紅青，即天青。……敞衣分大紅色、藕合色、月白色，……女褂有八團者，亦天青色，下無麗水，……內不穿袍，以襯衣當之，其色或綠，或黃，或桃紅，或月白，無用大紅者。」是內穿者多素，外套者尚紅，以上資料轉引鄧雲鄉《紅樓風俗譚》，〈服裝種種變化〉（北京：中華，1987年），頁161。

〔註67〕指以零碎異色織錦料拼合縫製成的衣服，因衣服顏色交錯如水田界線，故名。明清時極爲流行。如《紅樓夢》六十三回，芳官穿的一件雙層的水田夾襖。或有以水田衣爲僧尼袈裟，如《紅樓夢》續作者在一百九回使妙玉外罩的「水田青緞鑲邊長背心」即是。

紫貂昭君套、灰鼠披風、狐腋箭袖、青肷披風、羊皮褂子、白狐狸皮鶴氅、
猞猁猻皮襖、大狼皮褥子、大白狐皮坐褥等。而清好皮衣皮飾，也由此可
見。

以款式論：女子爲內襖、下裙、外褂，又有坎肩、〔註68〕披風、鶴氅，
是明時即有的打扮，而窄揹襖（第三回、四十九回）、琵琶襟（九十一回）則
是清乾隆初期的流行樣子，鳳姐「提衣上樓」也是旗裝。〔註69〕男子有箭
袖、鷹膀，寶玉多次著箭袖（見第三回、第八回、十九回）及鷹膀（四十九
回），二者同爲清族騎射特有的服裝。箭袖又稱「馬蹄袖」，是出客時才可穿
用的禮服。〔註70〕

《紅樓夢》中又有許多舶來絲織品，〔註71〕也和其時世家生活相符。

但清雖易服，所行範圍止於明人「男降女不降」，並且滿人時或好著漢
服，〔註72〕因之在雪芹所見的現實情況中，其時除了官服中有嚴明的服制
外，八旗世家平常家居服飾應是主以滿服、偶也有著漢服的滿漢同著的時

〔註68〕 清徐珂《清稗類鈔·服飾》：「半臂，漢時名繡裙，及今之坎肩也，又名背心。」
是坎肩爲無袖上衣，即背心，吳語稱「馬甲」，清時有琵琶襟、一字襟等新款。
又有比甲，本爲無領、無袖的對襟背心，元時有之，後來比甲長度漸增，明
中葉大行，爲青年女子所喜著，以迄於清。

〔註69〕 余英時以雪芹《紅樓夢》其實是寫清八旗，但在芹不肯寫太露，又不願掩藏
所有眞實背景的斟酌下，「因此在關鍵之處往往暗加指點」，其引證即：十一
回鳳姐在天香樓看戲時，「款步提衣上了樓」一句，且於俞平伯藏本上有嘉道
人對此句評爲「上樓提衣是旂裝」，是斷《紅樓夢》實寫八旗。

〔註70〕 鷹膀，指巴圖魯（滿語，勇士意）坎肩加兩袖者。清徐珂《清稗類鈔·服飾》
「京師盛行巴圖魯坎肩兒，個部司員見堂官往往服之。……南方呼爲一字襟
馬甲，例須用皮者，襯於袍套之中。……其加兩袖者曰鷹膀，則宜於乘馬，
步行者不能著也。」寶玉四十九回一早起床便穿上小鷹膀褂子，約只爲好看，
非眞要乘馬外行。又箭袖，即箭衣，古騎射服，明葉紹銘《啓禎記聞錄》：「衣
帽有不能備營帽箭衣者，許令黑帽綴以紅纓，常服改爲箭袖。」但《紅樓夢》
中寶玉時穿的箭袖袍子，並非如上述爲戎服，而是保留箭袖最特出部分的「馬
蹄袖頭」，作爲禮服之用。上所引古文資料，見於馮其庸、李希凡《紅樓夢大
辭典》（北京：文化藝術，1990年），頁104～135，「服飾」。

〔註71〕 如洋縐、洋錦、哆囉呢、洋巾、雀金裘等，有關《紅樓夢》中舶來絲織品可
參考方豪〈從紅樓夢所記西洋物品考故事的背景〉一文中「紅樓夢關於西洋
呢布類的記述」（刊於《紅樓夢研究專刊》七輯，頁4～7）。

〔註72〕 清徐珂《清稗類鈔·服飾》記乾隆朝時，自帝、親王、滿族婦女無不喜穿漢
服，以至後來乾隆甚至親諭：「此次閱選秀女，竟有仿漢人妝飾者，實非滿州
風俗。在朕前尚爾如此，其在家，恣意服飾，更不待言。嗣後但當以純樸爲
貴，斷不可任意妝飾。」是顯見其時旗人好著漢裝正爲風尚。

裝。〔註73〕況且雪芹即不寫明，但在服飾描寫上，大致是依實況描寫的，是為清初時裝，以滿為主，而滿未必全滿。另者，雪芹對有職官服雖只「自賈母等有爵者，俱各按品大妝」（十八回、五十三回）一句交代，不予深寫品服；但也偶有戲筆，如《紅樓夢》中僅為兩位男子描寫服飾，一是寶玉，一是北靜王。第三回，寶玉外出戴的「紫金冠」，據考是類似道士帽的戲裝；十五回，北靜王之帽，也未從清《輿服志》戴「頂金龍二層，飾東珠八，上銜紅寶石」，卻戴「潔白簪纓銀翅王帽」，也是取自戲裝改成。〔註74〕

是雪芹對人物服飾描寫方式，有詳寫：如寶玉、鳳姐、湘雲、芳官、寶釵。有略寫：如黛玉、鴛鴦、襲人、李紈、岫煙、寶琴、尤三姐、晴雯、麝月、賈母等。有渾寫：如迎春、探春、惜春、僧道、賈雨村。有省寫：如官服。有戲寫：如寶玉、北靜王。不過，大致看來，書中所寫應是當時雪芹曾經深處八旗所目睹的穿著時尚。

2. 肖像描寫

指對人物精神儀容的特徵描寫。古代文言小說很少有肖像描寫，即有也只粗陳梗概；察諸魏晉玄學以風神為品評人物標準，以至於品評文藝，講究「傳人物內在精神」，〔註75〕肖像描寫由此展現新機；唐傳奇有意為小說，時或以

〔註73〕或有以《紅樓夢》七十回晴雯「紅睡鞋」與七十八回寶玉為晴雯撰〈芙蓉女兒誄〉「捉迷屏後，蓮瓣無聲」，以晴雯纏足一事，論《紅樓夢》為寫漢人女子事。筆者以為《紅樓夢》中賈家人為滿人無疑，但如丫鬟奴子則未必全滿，是服俗又何能純漢純滿，是晴雯可有纏足蓮瓣也不妨礙雪芹寫八旗家事。此外，雪芹未予明寫黛釵湘春鳳等人天足纏腳與否，以至全成「半截美人」（唐德剛語）。

〔註74〕俞平伯論及《紅樓夢》內含「礙語」時，舉北靜王服戴為例，指其並非清時王爺正制內的打扮：「阮圓海誓師江上，衣素蟒，圍碧玉，見者詫為梨園裝束。錢謙益家奴為妻者柳隱，冠插雉尾，戎服，騎入國門，如明妃出塞狀。大兵大禮皆倡優排演之場，欲國之不亡，可得哉？」（見《俞平伯論紅樓夢》，上海：上海古籍，1988 年，頁 722，「梨園裝束」）另鄧雲鄉記明王應奎《柳南續筆》，〈服御類優〉也記到上事，語見《紅樓風俗譚》，〈服裝真與假〉（北京：中華，1987 年，頁 143）；馮其庸、李希凡《紅樓夢大辭典》「服飾」更直記北靜王著白蟒袍為戲服。大約北靜王的白蟒正如「河梁赴會」中周瑜著白蟒，屬宮廷戲衣。

〔註75〕《世說新語》有許多以自然物形容人物的例子，如〈識鑒〉：「時人目王右軍飄如游雲，矯若驚龍。」〈容止〉：「嵇康身長七尺八寸，風姿特秀。爽朗清舉。或云：蕭蕭如松下風，高而徐引。山公曰：嵇叔夜之為人也，岩岩若孤松之獨立；其醉也，傀俄若玉山之將崩」等。《紅樓夢》則更有「神采」、「風韻」、「面若中秋之月，色如春曉之花」、「俏麗若三春之桃，清素若九秋之菊」等

肖像點染人物個性，人物性格情操與其外形適便相應。如《淮南子》言：

> 昔雍門子以哭見於孟嘗君，已而陳辭通意，撫心發聲。孟嘗君爲之增欷歔唈，流涕狼戾不可止。精神形於內，而外諭哀於人心，此不傳之道。使俗人不得其君形者，而效其容，必爲人笑。（〈覽冥〉）

> 畫西施之面，美而不可說；規孟賁之目，大而不可畏，君形者亡焉。（〈說山〉）〔註76〕

「君形」即人生氣所在，若畫人形而無生氣，雖面若西施，目如孟賁，也無足動人。在相近形貌中點傳人的內在生意，使同而不同，傳神阿堵是一法，而人生意不一，〔註77〕或眉、或靨、或鼻、或軀，《紅樓夢》中大量以點睛、肖像描寫，時以駢驪，時以詩賦，時以散文，筆態豐極，飽含深意。雪芹以實物比擬人物外形的特徵，並非用外形孤立人物的生理狀況，而是借爲聯繫人物的精神特質。雖然「畫鬼魅易，畫人難」，〔註78〕但點睛與肖像以簡御繁、以形寫神的描寫手法，看似具象，實則也寫入人的精神了。

人物	回次	點　睛　肖　像
僧　道	一	生得骨格不凡，丰神迥異。僧爲癩頭跣足，道爲跛足蓬頭。
	二十五	鼻如懸膽兩眉長，目似明星有寶光；破衲芒鞋無住跡，腌臢更有一頭瘡。
	二十五	一足高來一足低，渾身帶水又拖泥；相逢若問家何處，卻在蓬萊弱水西。
賈雨村	一	雖是貧窘，然生得腰圓背厚，面闊口方，更兼劍眉星眼，直鼻方腮。
	三	像貌魁偉，言談不俗。
寶　玉	三	面若中秋之月，色如春曉之花，鬢若刀裁，眉如墨畫，鼻如懸膽，睛若秋波，雖怒時而似笑，即瞋視而有情。 面如傅粉，唇若施脂；轉盼多情，語言若笑，天然一段風韻，全在眉梢；平生萬種情思，悉堆眼角。

以美物肖像人物的描寫。

〔註76〕轉引自俞劍華編《中國畫論類編》（香港：中華，1973年），頁6。

〔註77〕蘇軾〈傳神記〉言：「凡人意思各有所在，或在眉目，或在鼻口。虎頭云：『頰上加三毛，覺精彩殊勝。』則此人意思，蓋在須頰間也。優孟學孫叔敖抵掌談笑，至使人謂死者復生，此豈舉體皆似，亦得其意思所在而已。」是要抓住人物特徵，而人人特徵既不全同，是一般化描寫即無從生動。蘇軾語見於俞劍華編《中國畫論類編》（香港：中華，1973年），頁454。

〔註78〕東晉顧愷之論畫以人物最難。是畫工惡圖人物犬馬，而好作鬼魅，以前者實事難形，是難繪易工；後者虛僞不窮，卻是易繪難工。脂評評《紅樓夢》人物描寫時也有類似語（第八回甲戌眉批）。

	七	形容出眾，舉止不凡，更兼金冠繡服，艷婢嬌童。
	二十三	神彩飄逸，秀色奪人。
賈　蓉	六	一個十七八歲的少年，面目清秀，身段苗條，美服華冠，輕裘寶帶。
秦　鍾	七	比寶玉略瘦些，眉清目秀，粉面朱唇，身材俊俏，舉止風流，似更在寶玉之上；只是怯怯羞羞有些女兒之態，覥腆含糊的向鳳姐請安問好。
	八	形容標緻，舉止溫柔。
	九	覥腆溫柔，未語先紅，怯怯羞羞，有女兒之風。
	十　五	面若春花，目如點漆，語言清楚，談吐有致。
賈　薔	九	比賈蓉生得還風流俊俏，薔外相既美，內性又聰敏。
北靜王	十　四	美秀異常，性情謙和，才貌俱全，風流跌宕，好個儀表。
	十　五	面如美玉，目似明星，真好秀麗人物。
賈　環	二十三	人物委瑣，舉止粗糙。
賈　芸	二十四	容長臉兒，長挑身材，年紀只有十八九歲，甚實斯文清秀。
蔣玉菡	九十三	面如傅粉，唇若塗朱；鮮潤如出水芙渠，飄揚似臨風玉樹。
嬌　杏	一	生的儀容不俗，眉目清秀，雖無十分姿色，卻也有動人之處。
賈　母	三	鬢髮如銀。
迎　春	三	肌膚微豐，身材合中，腮凝新荔，鼻膩鵝脂，溫柔沉默，觀之可親。
探　春	三	削肩細腰，長挑身材，鴨蛋臉兒，俊眼修眉，顧盼神飛，文彩精華，見之忘俗。
惜　春	三	身量未足，形容尚小。
鳳　姐	三	一雙丹鳳三角眼，兩彎柳葉掉梢眉，身量苗條，體格風騷：粉面含春威不露，丹唇未啓笑先聞。
	六十八	眉彎柳葉，高吊兩梢；目橫丹鳳，神凝三角：俏麗若三春之桃，清素若九秋之菊。
黛　玉	三	年紀雖小，其舉止言談不俗，身體面貌雖怯弱不勝衣，卻有一段風流態度。兩彎似蹙非蹙籠煙眉，一雙似喜非喜含情目。態生兩靨之愁，嬌襲一身之病。淚光點點，嬌喘微微。閑靜似嬌花照水，行動如弱柳扶風。心較比干多一竅，病如西子勝三分。
	二十三	豎起兩道似蹙非蹙的眉，瞪了一雙似睜非睜的眼，桃腮帶怒，薄面含嗔。
	二十六	星眼微餳，香腮帶赤。
	二十六	秉絕代之姿容，具稀世之俊美。
秦可卿	五	生得裊娜纖巧，行事又溫柔和平。

	八	形容裊娜，性格風流。
警　幻	五	仙袂乍飄兮，聞麝蘭之馥郁；荷衣欲動兮，聽環珮之鏗鏘。靨笑春桃兮，雲髻堆翠，唇綻櫻顆兮，榴齒含香。盼纖腰之楚楚兮，風迴雪舞；耀珠翠之的的兮，鴨綠鵝黃。 蛾眉欲顰兮，將言而未語；蓮步乍移兮，欲止而仍行。 其素若何：春梅綻雪；其潔若何：秋蕙披霜。其靜若何：松生空谷；其豔若何：霞映澄塘。其文若何：龍游曲沼；其神若何：月射寒江。——遠慚西子，近愧王嬙。
香　菱	七	竟有些像咱們東府裡的小蓉奶奶的品格兒。
智　能	十　五	模樣水靈。
襲　人	十　九	兩眼微紅，粉光融滑。
	二十六	細挑身子，容長臉兒。
小　紅	二十四	是個十五六歲的丫頭，生的倒甚齊整，兩隻眼兒水水靈靈的。 穿著幾件半新不舊的衣裳，倒是一頭黑鴉鴉的好頭髮，挽個鬟兒，容長臉面，細挑身材，卻十分俏麗甜淨。
眾　人	二十五	擦胭抹粉，插花帶柳。
寶　釵	二十八	肌膚豐澤，雪白的胳膊，臉若銀盆，眼同水杏；唇不點而含丹，眉不畫而橫翠，比黛玉另具一種嫵媚風流。
	九十七	盛妝艷服，豐肩儒體，環低鬢軃，眼瞤息微。訊論雅淡，似荷粉露垂；看嬌羞，真是杏花潤。
	一百十	渾身掛孝，那一種雅致，比尋常穿顏色時更自不同，潔白清香。
齡　官	三十	眉蹙春山，眼顰秋水，面薄腰纖，裊裊婷婷，大有黛玉之態。
平　兒	四十四	鮮艷異常，且又甜香滿頰，聰明清俊。
鴛　鴦	四十六	蜂腰削背，鴨蛋臉，烏油頭髮，高高的鼻子，兩邊腮上微微的幾點雀瘢。
湘　雲	四十九	蜂腰猿背，鶴勢螂形。
晴　雯	五十二	蛾眉倒蹙，鳳眼圓睜。
	七十四	水蛇腰，削肩膀兒，眉眼又有些像林妹妹。釵軃鬢鬆，衫垂帶褪，大有春睡捧心之態。
芳　官	六十三	面如滿月猶白，眼似秋水還清。
尤三姐	六十五	忽起忽坐，忽喜忽嗔，柳眉籠翠，檀口含丹，一雙秋水眼，橫波入鬢，轉盼流光。 天生脾氣，和人異樣詭僻，模樣風流標緻，打扮出色，另式另樣，做出許多萬人不及的風情體態來。
尤二姐	六十五	散挽烏雲，滿面春色，比平日更增了俏麗。
	六十九	花為腸肚，雪作肌膚。

司　棋	七十一	高大豐壯身材。
巧　姐	八十四	用桃紅綾子小綿被兒裹著，臉皮趣青，眉梢鼻翅，微有動意。
寶　琴	一百十	淡素妝飾，丰韻嫣然。

　　脂評一見雪芹寫人，讚嘆之餘，往往發言：可笑其他小說中「滿紙羞花閉月」、「一百個女子，皆是如花似玉一副臉面」、「野史貌如潘安，才如子建」、「滿紙皆是紅娘小玉嫣紅香翠等俗字」、「滿紙神童天份」，〔註79〕以此推崇《紅樓夢》中人物形象「宛肖」。雪芹以肖像描寫人物，或多層渲染，如寶玉、黛玉、鳳姐、寶釵等；或幾筆速寫，如賈雨村、迎春、探春、惜春、賈蓉、秦鍾、齡官、湘雲、芳官、晴雯、尤三姐等人。但這些人物美則美矣，總是「不寫之寫」，卻不知是如何的美法。如晴雯，王善保家的說她一氣「就立起兩隻眼睛來罵人」、「生的模樣兒比別人標緻些」、「妖妖調調」，鳳姐說她「若論這些丫頭們，共總比起來，都沒晴雯生得好」，王夫人罵她「浪樣兒」，還先說她「水蛇腰，削肩膀」的水秀模樣。

　　第三回，黛玉和寶玉的肖像互從二人心眼中攝取：寶玉還願回來，黛玉心揣他是個廝混內幃「憊懶人」，正眼一見，「卻是個青年公子」，從服飾鮮美、外貌極好，至於神情，層層遞進；一無王夫人所說「孽根禍胎」、「混世魔王」、「頑劣異常」、「瘋瘋傻傻」等不堪惹嫌形狀。雖雪芹怕人不知寶玉底細，引二詞：

　　　　無故尋仇覓恨，有時似傻如狂；縱然生得好皮囊，腹內原來草莽。

　　　　潦倒不通庶務，愚頑怕讀文章；行為偏僻性乖張，那管世人誹謗！

　　　　富貴不知樂業，貧窮難耐淒涼；可憐辜負好時光，於國於家無望。

　　　　天下無能第一，古今不肖無雙；寄語紈褲與膏粱：莫效此兒形狀！

但在黛玉眼中倒是個「何等眼熟」、精神內蘊悉為情韻的美公子。寶玉一見黛玉，便覺裊裊婷婷，與眾各別，其眉、目、醫、身、神態全在寶玉眼中，奇妙眉目，是「直畫一美人圖」，且眼中不見其衣裙粧飾，竟似遠別重逢一般。而黛玉哭容，正雪芹為之特寫：

　　　　無事悶坐，不是愁眉，便是長嘆，自淚不乾。（二十七回）

　　　　嗚咽之聲，一行數落著，哭得好不傷感。（二十七回）

〔註79〕第一回甲戌眉批，第三回甲戌眉批，第三回甲戌眉批，第三回甲戌眉批，十八回己卯。

　　臉紅頭脹，一行哭啼，一行氣湊，一行是淚，一行是汗，不勝怯弱。

　　（二十九回）

是黛玉既為還淚落凡，其具體的五官、身軀，涵富內心情感而來，因之工愁善病，五內哀鬱，愁瘦弱苦，有嬌娜不勝的病態。

　　又如賈雨村尚且窮蹇，卻生得雄壯；且雖有奸雄心志，相貌是不必「鼠耳鷹腮」，是其氣象豁達，是以後來能一路攀沿仕祿。當然，《紅樓夢》中賈府男子舉止多女風，更可自肖像中知之。

（二）心理描寫

　　在描寫篇幅中，留置一空白處，讓作者為人物假擬一段心理流程與剖白，令人隨其心理領會回味。尋繹人物的言行舉止，借助描寫內心深處的意識與流動，正以揭示人物的動機與性格。宋陳郁《話腴》：

　　寫照非畫物可比，蓋寫形不難，寫心惟難。……夫寫屈原之形而肖矣，儻不能筆其行吟澤畔，懷忠不平之意，亦非靈均。……蓋寫其形，必傳其神，傳其神，必寫其心。〔註80〕

如抓住一時間特定環境中人物的瞬間心理：劉姥姥入賈府求賑，但不知從何說起，一見周瑞家的使眼色過來，會意之間，「未語先紅了臉」，是啟齒不是，不說不是，心中正不能安穩，只得勉強說了點來意。一桌客饌下來，姥姥更是「醮唇咂嘴」的直道謝。劉姥姥求人時面薄心厚，所以見其臉紅。

　　又有應物斯感，因景物或事件所引發的內心活動：二十三回，黛玉剛走到梨香院牆角外，正聽得園內女伶笛韻悠揚，歌聲婉轉練習著《牡丹亭》戲文，起初雖沒留心，卻：

　　明明白白一字不落道：「原來是姹紫嫣紅開遍，似這般，都付與斷井頹垣……」，黛玉聽了，倒也十分感慨纏綿，便止步側耳細聽，又唱道是：「良辰美景奈何天，賞心樂事誰家院……」聽了這兩句，不覺點頭自嘆，心下自思：……。再聽時，恰唱到：「只為你如花美眷，似水流年……」黛玉聽了這兩句，不覺心動神搖。又聽到：「你在幽閨自憐……」等句，越發如醉如痴，站立不住，便一蹲身坐在一塊山子石上，細嚼「如花美眷，似水流年」八個字的滋味。……不覺心痛神馳，眼中落淚。

〔註80〕引自俞劍華編《中國畫論類編》（香港：中華，1973 年），頁 473，宋陳郁〈藏一話腴論寫心〉語。

起先並未留心聽，但偶然的兩句卻明明白白的清楚聽著；再又受曲文吸引，止顧側耳細聽，一時「心動神搖」、「如醉如痴」、「心痛神馳」，以致落淚。是黛玉隨著音律，感同身受，情不能己，一段心理感情節節變化的過程。

　　另有內心對白，如二十九回，寶黛因張道士金玉提親之事而煩惱，二人之口卻不能出的長長一段心理對話，在私心中周旋著的一段情感剖白，形面上卻又互氣相嘔，弄成是「一個在瀟湘館臨風灑淚，一個在怡紅院對月長吁」，描寫寶黛二人感情，極多段落是以心理試探描寫完成的。

　　有內心獨白，如三十二回，黛玉在背後聽到寶玉因她從不提仕途經濟、應酬事務等混賬話引為知心，「不覺又喜又驚，又悲又嘆」一段，思前想後，心中一股潛流正奔騰纏葛的不知何已。是深入黛玉內心，既細且真。

　　或由他人代替道出心理的，如四十三回，鳳姐生日那日，人人忙著取樂玩耍，獨寶玉一人一早遍體純素，帶了小廝焙茗並騎到了水仙庵，郊祭金釧，但作者並未寫明，倒由焙茗細訴寶玉情愫，焙茗忙爬下磕了幾個頭，口內祝道：

> 我焙茗跟二爺這幾年，二爺的心事，我沒有不知道的，只有今兒這一祭祀，沒有告訴我，我也不敢問。只是受祭的陰魂，雖不知名姓，想來自然是那人間有一、天上無雙、極聰明清雅的一位姐姐妹妹了。二爺的心事難出口，我替二爺祝贊你，你若有靈有聖，我們二爺這樣想著你，你也時常來望候二爺，未嘗不可；你在陰間，保佑二爺來生也變個女孩兒，和你們一處玩耍，豈不兩下裡都有趣了。

一篇由長日追隨寶玉，又把寶玉喜惡摸透的小廝順口溜出的絕妙祝詞，口吻稚氣，說的既合心真意，又讓人不禁掩卷莞爾。是「寶玉之為人，豈不應有一極伶俐乖巧小童哉？」（庚辰），焙茗固然乖覺可人，而所言直把寶玉平日「脂香粉氣」全現，是寶玉為女兒，則焙茗為丫鬟。

（三）語言描寫

　　《紅樓夢》中有一萬多人次的人物對話，言為心聲，所以要「一樣人，便還他一樣說話」，〔註81〕說話時的語調、神態、口吻是人物性格的線索，言行正得相發，是借由對人物聲態神情，有助於組接人物的藝術形象，並且能

〔註81〕《水滸傳》金聖嘆評本卷首語，引自孫遜、孫菊園編《中國古典小說美學資料匯粹》（臺北：大安，1991年），頁155。

「由說話看出人來」。〔註82〕《紅樓夢》對人物語言或行動描寫各如其分,既筆筆周至不走作,且宛然目前。如:

鳳姐言談爽利,心機深細,既「嘴甜心苦,兩面三刀」,又「明是一盆火,暗是一把刀」。雪芹對鳳姐語言著墨最多:

鳳姐第一次出現時,人未到而聲先到,第三回時,初進賈府的黛玉首次遭逢鳳姐先聲奪人的氣燄。黛玉和賈母還正言談,只聽一陣笑語:「我來遲了,沒得接著遠客!」黛玉思:「這些人個個皆歛聲屏氣如此,這來者是誰,這樣放誕無禮?」這麼個麗人在有賈母的場合,仍然態度爽利,談笑自若,甚至還令人一時間都歛聲歛氣,恭候大駕起來,二十出頭的鳳姐平時威重令行、氣勢迫人可見。六十七回,鳳姐得知賈璉偷娶尤二姐,怒斥旺兒是個「沒良心的混脹忘八崽子」,對早已嚇軟跪下磕頭的興兒喝道:「你要實說了,我還饒你;再有一句虛言,你先摸摸你腔子上幾個腦袋瓜子!」說話極辣。鳳姐更交付不得走漏風聲,若「你出去提一個字兒,提防你的皮。」鳳姐一邊作態藏刀地攏絡尤二姐,騙進大觀園;另則暗謀借刀殺人,嚴囑園裡人「好生照看著他。若有走失逃亡,一概和你們算賬。」鳳姐時而和顏悅色誆騙,時而怒目撒潑威脅,心面大異,正是「那妒婦花言巧語,外作賢良,內藏奸滑」,是鳳姐笑中帶刀的令色巧辯。其口利心鬖在六十七回「聞秘事鳳姐訊家童」、六十八回「酸鳳姐大鬧寧國府」、六十九回「弄小巧用借劍殺人」攤演無餘。

另如三十一回,寶玉吁嘆不樂,碰巧晴雯失手跌斷扇骨,二人遂起口角,晴雯冷笑:「二爺近來氣大的很,行動就給臉子瞧。」「今兒又來尋我的不是。要踢要打憑爺去。」晴雯和寶玉一吵未了,襲人一句「原是我們的不是」,惹來晴雯更大火氣:「我倒不知道,你們是誰?別叫我替你們害臊了!你們鬼鬼祟祟幹的那些事,也瞞不過我去。——不是我說:正經明公正道的,連個姑娘還沒掙上去呢,也不過我似的,那裡就稱起『我們』來了!」冷嘲熱諷,夾槍帶棒地說得襲人無路可出。敢於一氣就「立起眼睛」來罵人的,連寶玉、襲人也一起罵了進去,晴雯約是丫頭中最任性任情的一個。

(四)動作描寫

指對人物行動反應的描寫,是描寫重點在於人物「怎麼做事」。如:第六

〔註82〕魯迅 1934 年 8 月 8 日發表於「申報‧自由談」〈看書瑣記〉語,見於魯迅《花邊文學》(臺北:風雲時代,1990 年),是「他人絕說不出」的個性化語言足以致此。

回，「劉姥姥一進榮府」求賑當天，一到榮府大門，只見石獅子旁邊滿門口轎馬，劉姥姥先是「不敢過去，撣撣衣服，又教了板兒幾句話」，才溜到角門，見著些轎夫，進不是，退不得，「只得蹭上來」，忙著叫爺好。劉姥姥雖也是個久經世代的老寡婦，但遇著扯下老臉皮開口求人的地步，特別是向一個關係早早淺薄，而「拔根寒毛比腰還壯」的賈府，又不敢、又撣撣、又教教、先溜再蹭，顯見其心中怯怯不敢妄動的窮瑣形狀。等候鳳姐時，「只屏聲側耳默候」。另邊年少精練的鳳姐，倒端端正正地坐在褥炕上，「手內拿著小銅火箸兒撥手爐內的灰」，「也不接茶，也不抬頭，只管撥那灰」，做著不相干的小事，再一句慢條斯理「怎麼還不請進來」。一老一少、一貧一貴，其動作各自表白了其身分氣質。

　　七十四回，抄檢大觀園，探春秉燭以待，王善保家的趁勢作臉，沒個上下往探春身上衣襟掀索，鳳姐才要止她，卻：

> 一語未了，只聽「啪」一聲，王家的臉上早著了探春一巴掌。探春登時大怒，指著王家的問道：「你是什們東西，敢來拉扯我的衣裳！我不過看著太太的面上，你又有幾歲年紀，叫你一聲『媽媽』；你就狗仗人勢，天天作耗，在我們面前逞臉。如今越發了不得了！你索性望我動手動腳的了！你打量我是和你們姑娘那麼好性兒，由著你們欺負：你就錯了主意了！你來搜檢東西我不惱，你不該拿我取笑兒！」說著便親自要解鈕子。

探春素日與人不同，深有才幹，至此心痛自家人竟真抄了起來。

三、物人相擬的譬喻

　　《紅樓夢》塑造人物形象時，除了利用前述數種描寫法，或直或曲的體現外；更有許多精當貼切的片段，如以詩詞、曲賦、贊誄、謎語、令籤等體裁的隱讖篇章、實物的比擬典型的環境，或借具體的象徵物使抽象的情感產生具象的效果；或借比喻以曲達事理。《紅樓夢》所以應用修辭的手法，其實也是為塑造人物形象而有的。利用人物與象徵物、比喻物之間的內在聯繫，產生強化形象的效果。

（一）詩詞曲賦謎語

　　或用作者、第三者口吻寫來，多數則是作者替畫中人物虛擬的創作。而其間插於散文中的作用，除了少數借以闡明主題外，餘者不論是寫景詠物

或言志抒懷，如〈葬花辭〉、〈芙蓉女兒誄〉，一以符合人物身世、才性，二者更具有刻劃性格、體現形象的功能。雪芹塑造人物，不惜筆墨，寓游興文字以深意，書中多次吟詩、弄詞、製謎、行令、製籤、贊誄、聯額，既生動了大觀園中的作息，更是借詩、借物比人，以統合形象、暗示歸宿、隱括命運。正因為這些文字有「按頭製帽」〔註 83〕之用，因之，它並非是可有可無的點綴。

《紅樓夢》中出現隱讖的詩詞等篇章，有二十二回「製燈謎賈政悲讖語」之燈謎；三十八回「林瀟湘魁奪菊花詩」之詠菊；五十一回「薛小妹新編懷古詩」之詩；六十三回「壽怡紅群芳開夜宴」之製花籤；七十回「林黛玉重建桃花社」之詞；七十六回「凹晶館聯詩悲寂寞」之聯吟等。是：

1. 燈謎

賈母：雖是「宗法家庭的寶塔頂」，但登高跌重，「猴子身輕站樹梢」，福禍難料。

賈政：其性端方正直，如「身自端方，體自堅硬」的硯台。

元春：「一聲震得人方恐，回首相看已化灰」，一響而散的爆竹正是元春寫照。脂評評之「才得僥倖，奈壽不長」。

迎春：「有功無運」，誤嫁中山狼，如「鎮日紛紛亂」的算盤，不得安寧。脂評評之「一生遭際，惜不得其夫何？」

探春：遠嫁海疆，「游絲一斷渾無力」，猶如斷線風箏，一去不返。脂評評之「遠適之讖」。

惜春：「前身色相總無成」，如佛前海燈。是脂評評之「公府千金至緇衣乞食」之讖。

黛玉：木石姻緣本是「琴邊衾裡兩無緣」，「焦首朝朝還暮暮，煎心日日復年年」，一如更香燃盡。脂評評之「一生愁緒之意」。

寶玉：與黛釵之間，一宿緣，一今姻，喜憂不知何從說起，似「象憂亦憂，象喜亦喜」的鏡子。脂評評之「寶玉之鏡花水月」。

寶釵：金玉良緣僅是短暫，終落成「梧桐葉落分離別，恩愛夫妻不到多」，猶如透空的竹夫人。脂評評之「金玉成空」。

〔註 83〕張新之《紅樓夢讀法》提到《紅樓夢》中：「書中詩詞，悉有隱意，若謎語然。口說這裡，眼看那裡。其優劣都是各隨本人，按頭製帽。」引自一粟編《古典文學研究資料紅樓夢卷》（臺北：新文豐，1989 年），頁 156。

另五十回春燈謎，也有借謎以喻後事消亡的數例。

2. 菊花詩（警句）

寶釵〈憶菊〉、〈畫菊〉：「念念心隨歸雁遠，寥寥坐聽晚砧遲」，喻日後孤
　　守光景。

寶玉〈訪菊〉、〈種菊〉：「休負今朝掛杖頭」、「好和井徑絕塵埃」，喻絕塵
　　離世。

湘雲〈對菊〉、〈供菊〉、〈菊影〉：「蕭疏離畔科頭坐，清冷香中抱膝吟」、
　　「傲世也因同氣味，春風桃李未淹留」，「珍重暗香踏碎處，憑誰醉
　　眼任朦朧」，喻其高逸蕭朗的風度。

黛玉〈詠菊〉、〈問菊〉、〈菊夢〉：「滿紙自憐題素怨，片言誰解訴秋心」，
　　「孤標傲世偕誰隱，一樣開花爲底遲」，「醒時幽怨同誰訴：衰草含
　　煙無限情」，喻其心志孤高，衷曲無訴。

探春〈簪菊〉、〈殘菊〉：「高情不入時人眼，拍手憑他笑路旁」，「萬里寒
　　雲雁陣遲」，「暫時分手莫相思」，喻其才志清明，但無濟末世。

3. 懷古詩（警句）

〈赤壁懷古〉：「徒留名姓載空舟」、「無限英魂在內遊」，是總說賈家頹
　　敗。

〈交趾懷古〉：「馬援自是功勞大」，喻元春。

〈鍾山懷古〉：「名利何曾伴女身」，「莫怨他人嘲笑頻」，喻李紈。

〈淮陰懷古〉：「寄言世俗休輕鄙，一飯之恩死也知」，喻鳳姐。

〈廣陵懷古〉：「只緣占盡風流號，惹的紛紛口舌多」，喻晴雯。

〈桃葉渡懷古〉：「衰草閑花映淺池，桃枝桃葉總分離」，喻迎春。

〈青冢懷古〉：「漢家制度誠堪笑，樗櫟應慚萬古羞」，喻香菱。

〈馬嵬懷古〉：「寂寞脂痕積汗光，溫柔一旦付東洋。只因遺得風流跡，
　　此日衣裳尚有香」，喻可卿。

〈蒲東寺懷古〉：「雖被夫人時吊起，已經勾引彼同行」，喻金釧。

〈梅花觀懷古〉：「不在梅邊在柳邊，個中誰拾畫嬋娟」，喻黛玉。

4. 花籤

《紅樓夢》中的花常用以襯托人物，深化性格。元春榴花是瞬息繁華（十
三回）；黛玉「桃腮帶怒」（二十三回）、「眞合壓倒桃花」（三十四回）的桃花；
晴雯「芙蓉女兒」（寶玉〈芙蓉女兒誄〉，七十八回）。寶玉自比老楊樹，比晴

雯等爲白海棠（五十一回）。至於黛玉〈葬花辭〉「一朝春盡紅顏老，花落人亡兩不知」，更以飄零落花自況。抽花籤時，人花相擬互譬：

　　寶釵得牡丹：「艷冠群芳」，「任是無情也動人」，喻其冷靜穠華。

　　探春得杏花：「瑤池仙品」，「日邊紅杏倚雲栽」，喻將遠歸海疆。

　　李紈得老梅：「霜曉寒姿」，「竹籬茅舍自甘心」，喻其守節。

　　湘雲得海棠：「香夢沉酣」，「只恐夜深花睡去」，喻其好景易散。

　　麝月得荼蘼花：「韶華勝極」，「開到荼蘼花事了」，喻其終送春去。

　　香菱得並蒂花：「聯春繞瑞」，「連理枝頭花正開」，喻其受欺遭辱。

　　黛玉得芙蓉花：「風露清愁」，「莫怨東風當自嗟」，喻其紅顏無寄。

　　襲人得桃花：「武陵別景」，「桃花又見一年春」，喻其仍歸優伶。

5. 填詞（警句）

　　湘雲〈如夢令〉：「且住，且住！莫使春光別去！」喻殘景將至。

　　探春〈南柯子〉：「也難綰繫也難羈，一任東西南北各分離」，喻飄泊終離。

　　黛玉〈唐多令〉：「飄泊亦如人命薄，空繾綣，空風流！」「嘆今生誰捨誰收！」喻一切徒然。

　　寶琴〈西江月〉：「三春事業付東風，明月梨花一夢」，喻惋悵飄零。

　　寶釵〈臨江仙〉：「萬縷千絲終不改，任他隨聚隨分」、「好風憑借力，送我上青雲」，喻其躊躇滿志。

　　而聯吟中「寒塘渡鶴影」、「冷月葬花魂」，都喻命數將頹。

（二）實物

　　以具體實物的外部表象來引喻人物性格特徵，設譬擬想，既簡練活潑，又適性隨趣，生動傳神，如：晴雯「是塊爆炭」；襲人「沒嘴的葫蘆」；李紈「槁木死灰」、「菩薩」、「佛爺」；薛蟠「呆霸王」；鳳姐「鳳辣子」、「烈貨」、「醋缸」、「醋甕」；賈環「毛腳雞」；賈蘭、賈環「燎毛的小凍貓子」；迎春「二木頭」；探春「玫瑰花」；尤氏「鋸了嘴子的葫蘆」；黛玉「美人燈兒，風吹吹就壞了」。

（三）典型環境

　　指文藝作品中賦予人物而與其情趣風度相適的特定生活環境。是此典型環境固然也屬景物描寫；但主要是借爲烘托人物性格，因之該環境亦交融於

性格刻劃中，更資爲創發藝術氛圍。是人物與環境爲雙向的流動，環境繞著人物，並由人物活動構成；人物受環境影響，是環境也促成人物性格。如：

寧、榮二府既大且重：第三回，黛玉所見，門前「蹲著兩個大石獅子，三間獸頭大門」，正門大書匾「敕造寧國府」，一進「三間大門」、「大院」。到榮府，經過「大甬路」、「大門」、「大廳」、「大院落」，來至「大正房」，大匾上斗大「榮禧堂」，屋內擺設，「大案」上放鼎、懸「大畫」、「大炕」鋪「大條褥」、又「大椅」。是二府勳高寵重，一逕的結構大、格局大、裝潢大，以厚重顯其府第軒昂，厚實威赫。

第五回，可卿臥房且香且艷：擺的畫幅、鏡、盤、榻、衾、枕，陳設華麗外，無一不與古時香豔故事的器物相連涉，用爲「設譬調侃」，「別有他屬」，以指喻其猥艷行止，亦引寶玉入於太虛。

鳳姐住處非金即紅：第六回，鳳姐僅住「小小一間所室」，但門懸「大紅洒花軟簾」，炕上「大紅條毯」，立著「鎖子錦靠背」，鋪著「金線閃大坐褥」，又「滿屋裡的東西都耀眼爭光，使人頭暈目眩」。鳳姐心性撒潑烈辣，攢金奪銀，是其起居器皿，莫不暗合慾壑。

黛玉瀟湘館靜幽：千百竿翠竹掩映，隱著曲欄，夏時「竿竿青欲滴，个个綠生涼」（十八回），「鳳尾森森，龍吟細細」、「湘簾垂地，悄無人聲」，又「一縷幽香從碧紗窗中暗暗透出」（二十六回）。秋時蕭索，「滿地竹影參差，苔痕濃淡」，或「雨滴竹梢，更覺淒涼」（四十五回）。是黛玉秀麗、孤怨、易感，秉絳珠草、湘妃竹之情性，在此與詩書終淚一生。

寶釵蘅蕪院清素：粉垣綠柳，「陰森透骨」，「清廈曠朗」，無脂粉濃裝，但「異香撲鼻」、籬薜芬芳。室內「雪洞一般，一色的玩器全無」（四十回），案上只土空瓶中數枝菊花，書、杯；帳幔衾褥樸素。其爲人安和清靜，矜重守分，雖香卻冷。

其他如探春之秋爽齋一色闊朗：大房子，大案，筆插如林，白菊斗大汝窯花囊，掛著「煙雨圖」、顏眞卿對聯。大鼎，大盤，大佛手（四十回），置拔步床，有綠有白。是其志清明，喜闊朗。寶玉之怡紅院：「錦籠紗罩，金珠彩光」，精緻的床帳集錦，是近於脂粉繡房。李紈之稻香村「一畦春韭熟，十里稻花香」（十八回），名「浣葛山莊」，以稱其婦德。

另有因情緒而起落的對象化典型環境，如：

十八回，元春省親，賈府正當「烈火烹油，鮮花著錦」的盛喜，一時園

內花燈閃爍，所眼見的無非「太平景象，富貴風流」，玻璃風燈，「銀光雪浪」；「上下爭輝，水天煥彩」，只見「庭燎繞空，香屑佈地，火樹琪花，金窗玉檻」；眞是「金門玉戶，桂殿蘭宮」。

　　七十五回，寧府居喪，一干不肖抹骨賭酒，夜開中秋宴，擺酒開懷作樂賞月，「風清月朗，銀河微隱」。三更時分，「忽聽那邊牆下有人長嘆之聲，大家明明聽見，都毛髮竦然」，又只一陣風聲過牆去了，「恍惚聞得祠堂內槅扇開闔之聲，只覺得風氣森森，比先更覺淒慘起來。看那月色時，也淡淡的，不似先前明朗，眾人都覺得毛髮倒豎」，另邊榮府說閑，「猛不防那壁裡桂花樹下，嗚咽悠揚，吹出笛聲來」，歇時，那桂陰「又發出一縷笛聲來，果然比先越發淒涼，大家都寂然而坐。夜靜月明，眾人不禁傷感」（七十六回）。是先前狂歡氣氛已漸轉換成隱隱悲涼，又賈母撐掌不住，一句「我們散了」，即是賈府落敗的照映。

第三節　詩性情境的經營

　　小說故事是將片斷式人生經驗予以整理與組合。是其情節由時空造成推衍：就時間而言，以對照於西方小說情節結構所側重的因果律時，中國傳統小說顯然並不以建立直貫脈絡爲情節的審美原則，甚且是偏屬於「綴段性」的重點性處理。〔註84〕就空間而言，是指小說人物與情節所依存生長而有的氛圍。因此，《紅樓夢》第一回的自白，說頑石被攜入一「朝代年紀，失落無考」，「昌明隆盛之邦、詩禮簪纓之族、花柳繁華地、溫柔富貴鄉」的紅塵，是在時間上必須使頑石經歷一趟「風流公案」，爲之了結，即書中一場瞬息繁華、由聚而散的盛筵；而其空間便是頑石所往「墮落之鄉，投胎之處」，是前八十回裡，泰半場面事件發生時的景幕、人物角色活動的世界——大觀園。

　　另者，如果以同樣汲潤於傳統文學的影響而言，〔註85〕《三國》、《水滸》

〔註84〕 episodic，原指故事情節的發展脈絡，缺乏前後因果的連貫性。此處係指中國敘事小說處理情節的特色：極少單爲一人一事寫小說，卻經常在無數偶發事件（incidents）的「互涵」（interrelated）與「交疊」（overlapping）中完成故事的整體架構。

〔註85〕 陳平原在《中國小說敘事模式的轉變》（臺北：久大文化，1990 年）中：認爲中國敘事文學資爲發展寫作的理論構想，始終是由古老的「史傳傳統」與「詩騷傳統」二者「共同制約」。是中國小說、戲曲、敘事詩等，都受有此二者的影響。其意見可參見書中〈史傳傳統與詩騷傳統〉一文（頁 225～256）對傳統

著重於比附史傳，而《紅樓夢》則顯然承自「詩騷」的抒情特質：一者，在結構形式中擺設大量詩詞，多即席作詩；〔註86〕二者，在謹守敘事的基本職能中，呈顯對言志抒情的追求，使其餘非詩的文字，在效果上，也能兼有文的描繪與詩的抒情，清王夫之：

> 無論詩歌與長行文字，俱以意爲主。意猶帥也；無帥之兵，謂之烏合，……煙雲泉石，花鳥苔林，金鋪錦帳，寓意則靈。〔註87〕

是《紅樓夢》中的意境，固然是「從詩詞句中泛出」（二十五回甲戌脂評），而當雪芹引詩騷才情轉而爲小說時，在時空交錯的「綴段性」場景中，「寫情則沁人心脾，寫景則在人耳目，述事則如其口出」，〔註88〕「攤詞布景，有翻空造微之趣」，〔註89〕《紅樓夢》中便不免有意無意滲透出了詩的情境，而小說亦由此成就了藝術感染所需的情調與意境。是《紅樓夢》的詩性情境並非僅指一種抽象的情旨，同時還配以一個鮮明活動的場面（包括環境描寫與動作描寫），使那抽象情旨透過形象而化爲能作豐富想像的感覺，是清方士庶《天慵庵隨筆》：

> 山川樹木，造化自然，此實境也。因心造境，以手運心，此虛境也。虛而爲實，是在筆墨有無間，故古人筆墨具此山蒼樹秀，水活石潤，於天地之外，別構一種奇靈。或率意揮洒，亦皆鍊金成液，棄滓存精，曲盡蹈虛揖影之妙。〔註90〕

因心造境，則山水煙嵐之情四時不同，「春山澹冶而如笑，夏山蒼翠而如滴，秋山明淨而如妝，冬山慘淡而如睡」，〔註91〕笑滴妝睡之情是心代而言者。是

與影響之間的根源追溯。

〔註86〕在小說中擺置詩詞，最顯著的形式是「有詩爲證」。而「有詩爲證」的習慣，詩騷固然是原始，間接的源頭，而宋人話本中以「正是」、「卻是」或「有詩爲證」、「有詞爲證」作爲描述情節起結，以分割段落，應是造成該習慣之極直接的線索。不過在《紅樓夢》中，「有詩爲證」的情形甚少。

〔註87〕王夫之《薑齋詩話》，〈夕堂永日緒論〉言，意指詩歌中所有客觀景物實際是存在於詩人主觀的感覺，是「己情之所自發」的。該語引自郭紹虞編《中國歷代文論選》下冊（臺北：木鐸，1981年），頁31。

〔註88〕王國維推崇元劇，以其「有意境」；其意境能則在於情、景、事三者皆善。該段正文見於王氏論《宋元戲曲考》十二章〈元劇之文章〉（引自郭紹虞編《中國歷代文論選》下冊，臺北：木鐸，1981年，頁448）。

〔註89〕明桃源居士〈唐人百家小說〉序語，原文見於明刊《五朝小說》。

〔註90〕轉引自宗白華《美從何處尋》（臺北：蒲公英，1986年），〈中國藝術意境之誕生〉一文，頁64。

〔註91〕宋郭若虛《林泉高致集》語。清惲格《南田畫跋》亦論畫家代景發言：「春山

情境中的山川樹木、煙雲花鳥不必拘泥科學物理，由「游心之所在」的靈想〔註92〕所致。以下分別述其詩性情境中：詩畫場面的營造；大觀園的寫景設計。

一、行文如繪——詩畫場面的營造

《紅樓夢》中的詩性情境有二：一以突出情景而以描寫場景爲主的「詩畫情境」；一則強調人物言行而以特定的動作情態爲主的「詩事情境」。〔註93〕此情境描寫與上節服飾、肖像、心理、語言描寫不同者：後者止於人，前者則除人外，更以景襯，是在生活場景中編織意境。

（一）詩畫情境：有以詩、以文之分

1.詩句的詩畫情境

有雪芹使書中人物自行爲詩的，如黛玉〈葬花辭〉：「花謝花飛飛滿天，紅消香斷有誰憐」、「手把花鋤出繡簾，忍踏落花來復去」等自傷嗚咽，既是黛玉「灑淚啼血，一字一咽，一句一啼」的寫照，又是山坡後的花冢正值暮春時節，桃飄李飛，「花影不離身左右」的纏綿情境。另七十六回，黛湘凹晶聯吟時，「天上一輪皓月，池中一個月影，上下爭輝，如置身晶宮鮫室之內。微風一過，粼粼然池面皺碧疊紋」的場景中，月下鶴影，冷月花魂，既詩又景，正是「酒盡情猶在，更殘樂已諼。漸聞語笑寂，空剩霜雪痕」，令中秋美夜要隱隱滲出清雅卻凄楚的氣氛了。

有雪芹在文中直引前人詩句入場景的，如五十八回，寶玉病癒，因掛意黛玉，便拄杖走上了沁芳橋堤，其時「柳垂金線，桃吐丹霞」，見山石後一株花已全落，葉稠陰翠，又已結了豆子大小的許多小杏的大杏樹，因想自己因病幾天，「竟把杏花辜負了！不覺到『綠葉成蔭子滿枝』了！」便仰望杏子不捨離去。一時又想起岫煙已與薛蝌，便揣道不過二年，這個好女兒便也要「綠

如笑，夏山如怒，秋山如妝，冬山如睡。四山之意，山不能言，人能言之。」是意境的造成，在於景物描繪中有藝術家的心匠。二語分別引自于安瀾編《畫論叢刊》（香港：中華，1977年），頁19、176。

〔註92〕清惲格題唐潔庵語，借爲說明藝術家有「將以尻輪神馬，御冷風以游無窮」而獨闢意境的心靈。

〔註93〕此處討論，筆者原以詩性場景、詩事場景分之。擬後，見《紅樓夢學刊》1991：01中劉上生〈紅樓夢的詩性情境結構及其話語特徵〉，文中以詩性情境統籌《紅樓夢》文字呈現的畫面，依小說的場面與動作再分詩畫情境、詩事情境，二者較諸筆者所擬，定義更明，是筆者從其題。

葉成陰子滿枝」了。甚且「再過幾日，這杏樹子落枝空，再幾年，岫煙也不免烏髮如銀，紅顏似縞」，更不免心傷，只管對杏惆悵。此段描寫是化自蘇軾詞「花褪殘紅青杏小」與杜牧詩「狂風吹盡深紅色，綠葉成陰子滿枝」句。而此句本為描景，除為寶玉憐愛女兒的性格借為鋪染其情感，移情於物，更見人物情景交融。

又有由脂評所批而知雪芹善於托借前人詩句，信手化入於相互貼近的場景中，使其濃重詩意再行「泛出」的，如二十五回，寶玉晨起，隔著紙紗窗子，有意尋喚小紅，便躡鞋出房，一路裝著看花，東瞧西望，一抬頭，「只見西南腳上遊廊下欄杆旁有一個人倚在那裡，卻為一株海棠花所遮，看不真切」，一個心不在焉的裝著看花、邊尋著人來；一個卻因情思攪擾一夜無眠、兀自出神，二人中間隔著海棠，恍惚似真。寶玉見不清小紅，小紅更渾然不知寶玉的尋望。脂評在此便問觀者一句：「此非『隔花人遠天涯近』？」二人似隔而非隔，因以情接。是句本脫胎自朱淑真〈生查子〉：「人遠天涯近」與金聖嘆批《西廂記》：「繫春情短柳絲長，隔花人遠天涯近」句。

又同上回，黛玉因寶玉燙臉，悶悶不舒，便倚著房門出了一回神，正出來「看庭前迸出的新筍」，脂評在此批了兩句：「間倚繡房吹柳絮」、「筍根稚子無人見」，前句為李商隱詩「閑倚繡簾吹柳絮，日高深院斷無人」，是說黛玉平日神態；後句則自杜甫〈漫興九首〉之七：「筍根稚子無人見，沙上鳧雛傍母眠」。〔註94〕此雪芹雖援用前人詩句，也往往未拘守該詩原意，而是另擇一端，再注新意，使黛玉性格因意境組合而更生動。

2. 散文的詩性情境

《紅樓夢》行文以字數而言，散文為主。若從敘事立場論之，其故事或者近於日常生活的平淡瑣碎，但這些文字在造成情境上堅韌的耐讀度，如同簡約的詩句，儘管不以詩為造成情境的媒介，而「字字實境，字字奇情」（七十八回王評回末總評），在面面俱到的文字勾勒中，更能情深意邈，或也比詩更臻畫境。

二十三回，三月中浣，一早飯後，寶玉「走到沁芳閘橋那邊桃花底下一

〔註94〕「隔花人遠天涯近」、「間倚繡房吹柳絮」、「筍根稚子無人見」三句所引出處，可參陳慶浩《新編石頭記脂硯齋評語輯校》（臺北：聯經，1986年），頁478、487。另脂評又有「日暮倚廬仍悵望」（十六回）、「捱一刻似一夏」（二十五回）、「一鳥不鳴山更幽」（三十七回）等語。

塊石上」，坐下細看攜來的《會眞記》，「正看到『落紅成陣』，只見一陣風過，樹上桃花吹下一大斗來，落得滿身滿書滿地皆是花片」，寶玉恐踐著落花，便「兜了那花瓣兒，來至池邊，抖在池內。那花瓣兒浮在水面，飄飄蕩蕩，竟流出沁芳閘去了」。書中的「落紅成陣」，場景中因一陣湊趣風也落紅成陣一番，是雪芹安排呼風而來，以寄托寶玉痴情惜花的情愫。繼而，雪芹又遣精魂似花的黛玉適時進入此景：「肩上擔著花鋤，花鋤上掛著紗囊，手內拿著花帚」；當黛玉接過《會眞》來瞧，從頭看去，越看越愛，「但覺詞句警人，餘香滿口」，是寶玉借曲詞訴通衷曲，黛玉再聽得《牡丹亭》的纏綿閑愁，更如痴如醉，情無能已。脂評：「前以會眞記文，後以牡丹亭曲，加以有情有景消魂落魄詩詞，總是急於令顰兒種病根也」，是在情景交織的意境中，將人物描寫也一起包容進來。

三十回，五月薔開的午后，「赤日當天，樹蔭匝地，滿耳蟬聲，靜無人語」，寶玉隔著藥欄，端視薔薇架下直蹲著哽咽流淚的面生女孩，正拿著頭簪子在地上摳土。寶玉本猜這女孩約是效顰黛玉埋花，但再痴看，只見她雖然用金簪畫地，卻不是掘土埋花，竟是向土上畫字，那字的起落寫成了「薔」字，一時「裡面的原是早已痴了，畫完一個薔，又畫一個薔，已經畫了有幾十個。外面的不覺也看痴了，兩個眼睛珠兒只管隨著簪子動」，寶玉心想這女孩是有難說出的心事煎熬，模樣又如黛玉單薄。加之雲雨涼風，寶玉擔惜著她不禁驟雨，急喊她不要寫了，女孩一抬頭，只當寶玉也是個丫頭，便笑著道謝，也回問寶玉是否也遮了雨。寶玉跑回怡紅院的途中，猶且忘我的記罣著女孩沒處避雨。是齡官心中抑鬱的波瀾讓寶玉在亦步亦趨的心理過程中，掀朗起來。而人的「薔」與花的「薔」適巧相掩映；颯颯雨飄、花葉榮滋，架下齡官，欄外寶玉，意蘊依依。

（二）詩事情境

即情態描寫，亦可屬肖像描寫。與肖像不同者：肖像為駢儷，情態為散文；且肖像描寫往往不須經營場景，便能直寫。要觀情態必先「留意其人，行止坐臥，歌呼談笑，見其天眞發現，神情外露」，〔註95〕如書中有關醉態、睡態、笑態、怒態等深具聲色的事件描寫。如：

第七回，焦大醉酒，正罵著總管賴大欺軟怕硬，不公道，高喝：「二十年

〔註95〕清蔣驥《傳神秘要》語，引自俞劍華編《中國畫論類編》（香港：中華，1973年），頁499。

頭裡的焦大太爺眼裡有誰？」賈蓉正命人捆焦大，焦大索性火起來：「就是你
爹、你爺爺，也不敢和焦大挺腰子呢！」「咱們白刀子進去，紅刀子出來！」
一時上來些人把個焦大「揪翻捆倒」的，拖往馬圈。焦大更嚷了要哭太爺去，
「那裡承望到如今生下這些畜生來！每日偷狗戲雞，爬灰的爬灰，養小叔子
的養小叔子，我什麼不知道？咱們『胳膊折了往袖子裡藏』！」是焦大曾有些
救主的功勞情分，但主子死了，不肖子孫何人眼裡有他，一夜的醉鬧，罵嚷
急怒。從焦大這過氣僕人借醉痛心的口中，賈府不為人知、污七抹八的底牌
給個下人掀得精光。顯然，焦大之醉其實不醉。

　　另六十二回有湘雲的嬌憨醉態：湘雲吃醉，納涼避靜臥在山石僻處的石
磴子上，香夢憨沈，滿身花影，「四面芍藥花飛了一身，滿頭臉衣襟上皆是紅
香散亂。手上的扇子在地下，也半被落花埋了，一群蜜蜂蝴蝶鬧嚷嚷的圍著。
又用鮫帕包了一包芍藥花瓣枕著」，口內猶嘟嘟嚷嚷說睡語酒令。是靜態中情
態與景致相互盪漾。

　　二十一回，黛湘同眠，寶玉見她倆還臥在衾內：

> 那黛玉嚴嚴密密裹著一幅杏子紅綾被，安穩合目而睡。湘雲卻一把
> 青絲，拖於枕畔；一幅桃紅鴛紬被，只齊胸蓋著，襯著那一彎雪白
> 的膀子，撂在被外，上面明顯著兩個金鐲子。

同一畫面上，兩種氣度人的兩種睡態，黛玉嬌弱可憐，所以蓋被嚴密；湘雲
嬌態可愛，睡得不羈。靜態描寫中有顏色、有動作，是一幅流動的睡態圖。

　　四十回，賈母兩宴榮府時，鳳姐與鴛鴦逗弄劉姥姥取樂，當劉姥姥鼓腮
不語，眾人發怔一段靜態後，有一段眾人笑貌的連續動態鏡頭：

> ……上上下下都一齊哈哈大笑起來。湘雲掌不住，一口茶都噴出來。
> 黛玉笑岔了氣，伏著桌子只叫「噯喲！」寶玉滾到賈母懷裡，賈母笑
> 的摟著叫「心肝」，王夫人笑的用手指著鳳姐兒，卻說不出話來。薛
> 姨媽也掌不住，口裡的茶噴了探春一群子。探春的茶碗都合在迎春
> 身上。惜春離了座位，拉著他奶母，叫「揉揉腸子」。地上無一個不
> 彎腰屈背，也有躲出去蹲著笑去的，也有忍著笑上來替他姐妹換衣
> 裳的。

一場笑樂間，笑的忘態，笑的過度，有形、有聲、有神，且各人情調畢現：
湘雲豪氣爽利，耐不住噴出茶來；黛玉素弱，所以伏桌；賈母極疼寶玉，
是笑摟著叫心肝；王夫人知是鳳姐搞局，指著鳳姐直笑。先以八個人的笑態

為主，再旋筆寫到四周陪侍的婢僕，有彎的、屈的、躲的、蹲的，總之是笑的人人忍俊不住。是雪芹將一瞬並時的情態，統總一筆，有主有次，濃淡相間。

三十三回，寶玉受笞撻之前，有一段描寫賈政怒態的文字：

> 此時氣得目瞪口歪，一面送那官員，一面回頭命寶玉：「不許動！回來有話問你！」話未說完，把個賈政氣得面如金紙，大叫：「拿寶玉來！」一面說，一面便往書房去，喝命：「今日再有人來勸我，我把這冠帶家私一應就交與他和寶玉過去，我免不得做個罪人，把這幾根煩惱鬢毛剃去，尋個乾淨去處自了，也免得上辱先人、下生逆子之罪！」

連續四個「一面」，氣急敗壞，氣氛緊迫，旁人「一個個咬指吐舌」，賈政「喘吁吁直挺挺的坐在椅子上」，「一疊連聲拿寶玉來，拿大棍拿繩來，把門都關上」，事態嚴重，非同小可。

二、天然圖畫──搜神奪巧的寫景設計〔註96〕

十七回「己卯」脂評謂大觀園內稻香一帶穿插著佳蔬菜花時：「又笑別部小說中一萬個花園中，皆是牡丹亭、芍藥圃，雕欄畫棟、瓊樹朱樓，略不差別」，是雪芹寫景有其獨到。雪芹描寫景物的文字多為精鍊對句，而在十七回大觀園建竣之前所寫景致，既偶一為之，且都屬靜態，如第一回寫甄士隱夢中驚醒後，「烈日炎炎，芭蕉冉冉」；第二回，賈雨村信步村野時，「山環水漩、茂林修竹」；第五回，寶玉夢入太虛幻境，「朱欄玉砌，綠樹清溪，真是人跡不逢，飛塵罕到」；十一回，寧府會芳園中的景色，「黃花滿地，白柳橫波」。或若干景致有賦染情節、強調事件的作用，便以動態描寫予以夸飾，如可卿死，十三回，「只這四十九日，寧國府街上一條白漫漫人來人往，花簇簇官去官來」，十四回又見「寧府大殯浩浩蕩蕩、壓地銀山一般從北而至」。

「借元春之名而起，再用元春之命以安諸艷」所在的大觀園，一者具有傳統人情小說中為男女主角相互遇許而布置「私訂終身後花園」的意味之外，最要者，當是雪芹提供場地布景之餘，要使景物與情節進展中的人物心情、性格產生聯繫，如上節典型環境所述者；甚者更是書中將仙界理想國「太虛

〔註96〕「天然圖畫」、「搜神奪巧」二句，援用十七回「大觀園試才題對額」正文。

幻境」投影於人間。〔註97〕《紅樓夢》中將大觀園通花渡壑、廊引人隨等布局作全貌描寫的，共三次：十七回，大觀園工程告竣，賈政、清客遊園，令寶玉試題對額；十八回，借元宵元春歸幸時所見；四十回、四十一回，賈母領劉姥姥進遊大觀園。特別是十七回，雪芹先以大筆揮灑，畫出輪廓：

大觀園處「崇閣巍峨，層樓高起，面面琳宮合抱，迢迢復道縈紆。青松拂檐，玉蘭繞砌；金輝獸面，彩煥螭護」。園的正門，只見五間，筒瓦鰍脊，欄窗細雕，一色水磨群牆；下有西蕃蓮樣的白石臺階，左右有雪白粉牆。初進門，「翠嶂擋在面前」，前有「白石峻嶒，或如鬼怪，或似猛獸，縱橫拱立；上面苔蘚斑駁，或藤蘿掩映」，又微露羊腸小徑。過石洞，佳木蘢蔥，奇花爛熳，花木深處瀉下一帶清流，北邊寬豁，兩邊山杪「飛樓插空，雕甍繡檻」，俯視則「青溪瀉玉，白石為欄」。出亭過池後，粉垣修舍，「有千百竿翠竹遮映」、曲折遊廊，有大株梨花、闊葉芭蕉，是後來的瀟湘館。

另一處，忽見「青山斜阻」，轉過山懷，露出稻莖掩護的黃泥牆，「有幾百枝杏花，如噴火蒸霞一般」，數楹茅屋外是各色桑榆槿柘，籬外山坡有井，又有分畦列畝，佳蔬菜花，一望無際，其茆屋內全無富貴氣象，後為李紈之稻香村。

再「一所清涼瓦舍，一色水磨磚牆，清瓦花堵」，並無花樹，「只見許多異草」：或牽藤、引蔓、垂山嶺、穿腳石，或垂檐繞柱、縈砌盤階、翠帶飄颻、金繩蟠屈，或實若丹砂、花如金桂，「味香氣馥，非凡花之可比」。係寶釵所居之蘅蕪院。

另一院落「粉垣環護，綠柳周垂」，院中幾塊山石，一邊芭蕉，一邊西府海棠，「其勢若傘，絲垂金縷，葩吐丹砂」，既綠且紅。屋內收拾有四面雕樣木板：或山水人物、翎毛花卉、集錦博古、萬福萬壽。格內或貯書、設鼎、安置筆硯、供設瓶花、安放盆景，「花團錦簇，剔透玲瓏」；壁飾玩器俱懸於壁，卻是與壁相平的巧置。是寶玉怡紅之所。

此外，雪芹更將此三次遊園寫景中未及描繪而伏下的，便散於各回陸續

〔註97〕脂評第五回「甲戌夾批」在太虛幻境中：「已為省親別墅畫下圖式矣」，十六回「庚辰夾批」又有「大觀園係玉兄與十二釵太虛幻境」等語，是太虛幻境與大觀園除了是天上人間世界的疊合外，更是寶玉與諸釵出入往來、掛號銷案處。至於有關追索雪芹創造這二個世界的寓意，可詳余英時〈紅樓夢的兩個世界〉一文（收入《紅樓夢的兩個世界》，臺北：聯經，1978年，頁41～70）論析精闢。

引出，並交織人物、時序、季節以設景，再層層皴染：

春景：二十三回，寶黛在沁芳閘共讀《西廂》，時值三月，落紅成陣，池水浮漾。五十八回，寶玉嘆岫煙婚配，是見沁芳橋堤一帶「柳垂金線，桃吐丹霞」，山石後「一株大杏樹，花已全落，葉稠陰翠，上面已結了豆子大小的許多小杏」，正在清明之日，油然而感。六十二回，湘雲眠石，正芍香散亂，蜂蝶鬧嚷，也是春時。

夏景：二十七回，交芒餞花時節，寶釵在滴翠亭傍撲戲迎風翩躚的玉蝶。三十回，齡官畫薔時，是個「赤日當天，樹陰匝地，滿耳蟬聲，靜無人語」午后的薔薇架下。三十六回，永晝午憩時，寶釵在怡紅院裡聽得寶玉夢中喊罵金玉、木石姻緣，是一「鴉雀無聞，一并連兩隻仙鶴在芭蕉下都睡著了」的靜謐場景。

秋景：三十七回，海棠社拈詩時，黛玉或撫弄梧桐，或看秋色，是補出秋爽齋秋景；三十八回，眾人聚於藕香榭賞桂吃蟹，飲酒詠菊，是秋時日景。七十六回，中秋圓夜，賈母領頭在凸碧堂賞月品笛；黛湘另沿山池上相接的竹欄，坐在凹晶館邊的竹墩，在皓月微風中聯吟起來。

冬景：四十九回，因寶玉怕雪停天晴，便晨起急看窗外，窗上光輝奪目，「原來不是日光，竟是一夜的雪，下的將有一尺厚，天上仍是搓綿扯絮一般。」往蘆雪庭途中，四顧一望，「並無二色，遠遠的是青松翠竹，自己卻似裝在玻璃盆內一般」，回頭看時，「卻是妙玉那邊櫳翠庵中有十數枝紅梅，如胭脂一般，映著雪色」，「四面粉妝銀砌」（五十回），白雪紅梅青松翠竹，全是冬色，而文中並未直露一白字，雪之白只在形容之中。又蓋在傍山臨水邊河灘的蘆雪齋，「一帶幾間茅簷土壁，橫籬竹牖，推窗便可垂釣，四面皆是蘆葦掩覆」，是補出蘆雪齋之景。

第三章　以文驗圖
——另一種評點的詮釋功能

　　雪芹爲《紅樓夢》作者，《紅樓夢》爲作品，是本節中所將討論的：繡像
繪者與清代評批者，二者是爲對此作品作出閱讀理解後，將其讀書心得予以
具體化、形式化記錄的第一批讀者。〔註1〕文學以文字語言爲表現媒介，在創
作者將其構思藉由具有約定意義的詞藻而固定爲作品，作者所賦於作品的命
意固然有其堅固性，但當作品成爲公開讀物時，便不免「詩無達詁」，文學的
多義性遂因讀者的主觀投入而有動態的開展。〔註2〕讀者各依其審美的認識與
能耐加諸作品，其理解，一方面是對作品作忠實的還原，另方面更有不必受
制於原意的彈性開發，是「作者用一致之思，讀者各以其情而自得」、且「人

〔註 1〕　此處筆者所謂第一批讀者係專指對雪芹、脂硯之《紅樓夢》（或《石頭記》，
　　　　只帶脂評或刪評，且不具繡像的白本《紅樓夢》流傳）的評點者（包括脂評、
　　　　三大家等。其實舊紅學題詠、索隱等亦屬），與繡像繪者（其他的圖像繪製者
　　　　亦是），意即對閱讀《紅樓夢》後曾提出具體書面詮解、研究的作品的小眾讀
　　　　者群。另當《紅樓夢》書中已編制有小眾讀者完成的繡像、評點時（爲《紅
　　　　樓夢》圖本、評本的通行時期），對之也有閱讀或閱覽等讀者行爲，惟並未見
　　　　其書面心得的更大群量的通俗讀者，是爲第二批讀者，對此通俗讀者將在第
　　　　五章時討論。
〔註 2〕　文學作品的特質在於其可變性，當作品爲讀者所握有時，文學便開始呈現異
　　　　義（即呈現其不穩定性 instability）。對此，龔鵬程在論及李商隱詩的歧義性時，
　　　　針就讀者立場，謂：「文學作品與報導、科學的陳述不一樣，它永遠無法客觀
　　　　化」，而須賴讀者主觀投入，唯借此投入，作品才能主觀呈現意義；順此「文
　　　　學作品的意義，絕對沒有所謂客觀的意義」，況且讀者的主觀能力並不一致（如
　　　　鑑賞品味的高低、人生觀、世界觀、宗教信仰等），對作品的解釋必不免有所
　　　　左右。有關此意見可參龔鵬程《文學批評的視野》，〈李商隱的人生抉擇〉一
　　　　文（臺北：大安，1990 年，頁 123～137）。

情之所遊也無涯，而各以其情遇」，〔註3〕以致於「作者之用心未必然，而讀者之用心何必不然？」〔註4〕當然，作品也無法請求中止被補充、甚至被誤解等的指涉。讀者先以作品語言爲審美的依據，繼而組構語意，調動想像，捕捉形象，清葉燮《原詩》：

　　幽渺以爲理，想象以爲事，惝怳以爲情，方爲理至事至情至。〔註5〕

即以審美想像完成形象組構。而小說的想像空間餘地大於影視藝術，因之讀者對其所落實想像的要求，常是該形象直接、具體的重現。

　　讀其書想見其人，圖畫和影像往往是說解事物或觀念最經濟的方式，《爾雅》：「畫，形也」；《說文》：「形，象形也」，〔註6〕文字與圖畫二者：

　　畫筆善狀物，長於運丹青，……詩筆善狀物，長於運丹誠。〔註7〕

且唐張彥遠《歷代名畫記》：

　　記傳所以敘其事，不能載其容；賦頌有以詠其美，不能備其象；圖
　　畫之制所以兼之也。〔註8〕

所謂「載容備象」是記傳賦頌不能達，而正是圖畫寫形狀物之功。小說是綜貫情節的進程，化空間爲過程；而繪畫則屬空間畫面的鋪陳，化時間爲場面。〔註9〕六朝時詩歌深富濃重的繪畫性啓迪自漢賦「寫物圖貌，蔚似雕畫」

〔註3〕 引清王夫之《薑齋詩話・詩繹》語。是作品爲作者所創作，而讀者閱讀作品等藝術欣賞活動，則可視爲一種再創作的藝術行爲。

〔註4〕 清譚獻〈復堂詞錄序〉語，引自郭紹虞編《中國歷代文論選》下冊（臺北：木鐸，1981年，頁335）。

〔註5〕 清葉燮《原詩》語，引自郭紹虞編《中國歷代文論選》下冊（臺北：木鐸，1981年），頁86。

〔註6〕 《爾雅》、《說文》二語轉引自清董棨〈養素居畫學鉤深〉。該文見錄於俞劍華編《中國畫論類編》（香港：中華，1973年），頁252。

〔註7〕 宋邵雍《詩畫吟》語，見其《伊川擊壤集》卷十八。以融通詩畫爲創作詩畫的要題，著重於二者藝術技法與意境上的相資相發，並借爲評騭詩歌繪畫的美學價值，在有宋蔚爲風尚，是其時文士時有類似邵雍之語，如蘇軾對王維詩畫藝術之美，即發「詩中有畫，畫中有詩」之語。在此，筆者借邵雍語以別文字與繪畫爲二種不同的記錄形式。

〔註8〕 雖以「宣物莫大於言」，然則「存形莫善於畫」，是形式相異，其用亦殊。張彥遠語引自俞劍華編《中國畫論類編》（香港：中華，1973年），頁28。

〔註9〕 德美學家萊辛（Gottold Ephraim Lessing，1729～1781）在《拉奧孔》（Laokoon）中論證詩（詩歌藝術）與畫（造型藝術）的區別時，提及：雕刻、繪畫等造型藝術用線條、顏色描繪各部份在空間中的物體，不宜敘述動作；詩歌則用語言敘述各部份在時間上先後承續的動作，不宜描繪靜物。是詩與畫雖互能交融，但二者在技法上終究異跡，即一爲時間藝術，一爲空間藝術。有關上

的描寫技巧，〔註10〕因此山水詩作也講究「體物爲妙，功在密附」，對風景草木的摹繪要能「巧言切狀，如印之印泥，不加雕削，而曲寫毫芥，故能瞻言而見貌，印字而知時」。〔註11〕雪芹寫《紅樓夢》時屢屢借物起興，是其「描繪人情，雕刻物態，眞能抉肺腑而肖化工」，以致「情狀逼眞，笑語欲活」，〔註12〕直是「文章家具僧繇之追魂手」；〔註13〕又以畫寫文，使書中的人物描寫與「好些很突出的畫面，突出得令人疑心作者寫這些段落的目的，祇是要畫出這圖畫來」；〔註14〕而繡像詮解小說，是創作繡像的繪者以如畫、入畫的文本材料爲依憑，針對文中形象而狀物寫形以模擬成圖像時，一者借由圖像對文本作努力的遵守與還原，二者則因各繪者詮解文本的領會、興趣與能耐不一，是在繡像的表現上也各有擅絀。並且，繡像因其版畫本身的特性：在顏色上爲黑白對比，因而省去穠彩；在技法上多線描勾勒，於是少作渲染。是繡像繪者在把握《紅樓夢》中眾多的形象時，爲了「曲盡其態」，而必須布置確定無疑、具體可循的線索（有時直以畫題明指畫的內容），供爲繡像內容

述論點可參朱光潛譯《詩與畫的界限》（即《拉奧孔》，臺北：蒲公英，1986年）一書，附錄一〈關於拉奧孔的萊辛遺稿〉，甲、提綱，第一部分第八條，第二部分第五條、十條。

〔註10〕　《文心雕龍・詮賦》：「賦者鋪也，鋪采摛文，體物寫志也」，是賦講求形象描寫的逼眞妙肖。

〔註11〕　六朝時文風，《文心雕龍・物色》：「自近代以來，文貴形似，窺情風景之上，鑽貌草木之中，吟詠所發，志惟深遠，體物爲妙，功在密附。故巧言切狀，……」，是競求「極貌寫物」的形似手法。職是，所謂「巧構形似之言」，是除了含有詠物之妙外，也能極畫工之巧了。

〔註12〕　前句引清孫桐生〈妙復軒評石頭記敘〉語，該敘收於一粟編《古典文學研究資料紅樓夢卷》（臺北：新文豐，1989 年），頁 39。後句是葉晝「《水滸傳》一百回文字優劣」中，強調小說藝術的活水是其能在藝術眞實中反映現實生活，並書中人物也能一一如眞。

〔註13〕　是語爲清劉廷璣等合評《女僊外史》第三回時，所讚該書作者爲書中角色代揣眾人口吻：「……，皆躍躍乎有靈氣，呼之欲出，不意文章家具僧繇之追魂手。」僧繇即南朝梁畫家張僧繇（502～519），工寫眞、道釋人物，亦善畫龍。梁武帝蕭衍曾傳之爲繪寫諸王子像，繪成使人「對之如面」，唐張彥遠以僧繇、吳道子、顧愷之、陸探微爲「畫家四祖」。

〔註14〕　孫述宇語，其並謂《紅樓夢》所以有眾多畫面，是：「作者一有機會就描一幅庭園、閨閣、書齋或廳堂的景，一有機會就畫一幅單人或多人的仕女圖，……小說都有畫面，但《紅樓夢》中的畫面比一般的更有畫意，而且流露出作者很重的感情，一種愛惜、渴望之情。」由於雪芹的深情，是造成《紅樓夢》中滿幅溢漾的詩情畫意。孫氏語見於其著〈紅樓夢的傳統藝術感性〉文內，該文收於《紅樓夢藝術論》中（臺北：里仁，1984 年，頁 224～251）。

能向文本「揣摹酷肖」的根據。因此，當形象從文本意象的捕捉進入繡像明確的造型時，迷朦不決的描繪便要被棄置，對繡像的要求是在於使手執繡像者在眼見該繡像的當時，形象的造型能夠為自己作一直觀的凸顯，即要能完成俐落、不費思索的體現；並且在「以文驗圖」的觀察下，較諸文本的原有內容，繡像的體現對文本的追隨程度若干，也是本章要討論的。

還須注意的是：作為同對文本作出重構的二種形式而言，「圖繪傳神，評贊索隱，斷以春秋之筆，凝為水墨之魂」，〔註15〕繡像與評點對書中某些人物、情節片段常有相近的關懷重心；而由《紅樓夢》再衍發的其他文藝，如戲曲改編、畫冊圖譜、年畫花籤，其對書中形象的取抉又是否有類似偏愛等問題，也宜另闢單元略述，是以下將就對文本的反芻，分論：評點的審美實現；從人物形象論人物繡像；從場景形象論回目繡像；大觀園圖；其它文藝的取抉。

第一節　評點的審美實現

文藝的創作與批評本即相生互進，而作為我國傳統文學批評形式之一的評點，〔註16〕起初奠基於對詩文的精讀，〔註17〕而後為小說戲曲評者所熱烈承繼。〔註18〕在《紅樓夢》「十年辛苦編排盡，作述如何等量觀」〔註19〕種種

〔註15〕 是語引自清華陽仙裔〈增評補像金玉緣序〉，見於一粟編《古典文學研究資料紅樓夢卷》（臺北：新文豐，1989年），頁42。

〔註16〕 另一種批評形式為詩話，是屬於文人間「集以資閒談」談話性質的小則筆記。可見同是傳統文批，評點是執定書本，態度專注的研探文章之美，顯然要比詩話嚴肅。

〔註17〕 清章學誠：「評點之書，其源亦始鍾氏《詩品》、劉氏《文心》，……且自出新裁，發揮道妙；又且離詩與文，而別自為書，信哉其能成一家言矣！自學者因陋就簡，即古人之詩文，而漫為點識批評，庶幾便於揣摩、頌習。」（見《校讎通義》卷一，臺北：世界，1974年，頁231）。而有唐詩《文鏡祕府論》歸納詩法，皎然《詩式》分析詩法，並定詩品第。另宋後科舉以文取士，古文書籍批註日漸重要，再再促成評點的成長。

〔註18〕 明中葉後，小說戲曲創作激增，評點隨之蜂起，李贄評《水滸傳》，葉晝評《水滸》、《三國》、《西遊》等，金聖嘆評《水滸》，毛宗崗評《三國》，張竹坡評《金瓶梅》，與評《紅樓夢》的脂硯齋、三大家等。

〔註19〕 是語為清孫桐生〈編纂石頭記評葳事奉和太評閒人之作即步原韻〉詩語，該詩收於一粟編《古典文學研究資料紅樓夢卷》（臺北：新文豐，1989年），頁534。舊紅學時期的評紅作品，以形式言，有評點、題詠、序跋、專著、雜記，

類型的評紅、論紅著述之中，以其評論的形式而言，舊紅學時期的評點派作品是爲此中「最具有精研與實效的功能」，〔註20〕且爲一種容量寬廣、靈動自由的記錄讀書心得的方式。由於小說評點襲自評文流風與史贊傳承，因之特重章法且好論人物，〔註21〕是其體例多先有通讀全書的「序」、「讀法」，以總論其綱。繼有逐回品評，如冠於每回中的回前總評、回末總評，作該回整體的美學議論；另附麗於回中正文的眉批、夾批、行批，則是對小說作具體的琢磨推敲。易言之，是既將小說作提綱契領的要言，又可當下隨取其中的若干段落、形象，甚至是某句話、某字的細部詮評。是評點實爲一能直指文心奧府、抉幽探微且細膩入微的心得剖示，並其對文本所以念茲在茲的「最大企圖是在謙虛與欣賞中作一最敏銳的、不懈的同情的閱讀」，〔註22〕而小說一經評點橫剖豎析的指陳後，其思想內容、藝術特點，乃至形象塑造、情節結

而其研究則以對《紅樓夢》作者、版本探求，本事索隱，文學批評爲主。筆者本文中所言評點係專指評紅三大家，至於若干評紅者雖對《紅樓夢》中人物、場景也有精到描述，以時力限，是暫置不論，可詳看《古典文學研究資料紅樓夢卷》卷三。另乾隆至嘉道年間有專以詩詞歌賦形式爲《紅樓夢》評論的，是爲題詠派，較早有永忠、墨香、周春，嘉道後題詠者銳增，筆者本文暫不論題詠派對《紅樓夢》人物與情節題材的取捨詳情，以下是以一粟編《古典文學研究資料紅樓夢卷》卷五（臺北：新文豐，1989 年，頁 427～561）中，所收乾隆至五四約百六十年間有關《紅樓夢》題詠派作品，依其對《紅樓夢》人物與情節的關注先爲分別。以人物爲題詠對象的，如：煥明〈金陵十二釵詠〉，凌承樞〈紅樓夢百詠詞〉，姜祺〈紅樓夢詩〉，周澍〈紅樓新詠〉，姜皋等人〈紅樓夢圖詠〉，黃昌麟〈紅樓二百詠〉，黃金臺〈紅樓夢雜詠〉，楊維屏〈紅樓夢戲詠〉，廷奭〈紅樓八詠〉，潘孚銘〈紅樓百美詩〉，闕名者〈紅樓百美吟〉，丁嘉琳〈紅樓夢百美吟〉，西園主人〈紅樓夢本事詩〉、〈紅樓夢金陵十二釵本事詞〉，王墀〈增刻紅樓夢圖詠〉，朱瓣香〈讀紅樓夢詩〉，看雲主人〈紅樓夢百美合詠〉，東香山人〈紅樓夢百美合詠〉，邱煒萲〈紅樓夢分詠絕句〉，沈慕韓〈紅樓百詠〉，懶蝶〈紅樓雜詠〉。而以情節爲題詠對象的，如：潘炤〈鶯坡居士紅樓夢詞〉，沈謙〈紅樓夢賦〉，王芝岑〈題紅詞〉，周綺〈題紅樓夢十首〉，徐慶治〈紅樓夢排律〉，何鏞〈瑽琤山房紅樓夢詞〉，夢癡學人〈夢癡說夢集古詩〉，林孝箕等〈紅樓詩借〉，闕名者〈大觀園影事十二詠〉，徐枕亞〈紅樓夢餘詞〉等。

〔註20〕關於小說評點精研、實效的功能，可參康師來新《晚清小說理論研究》（臺北：大安，1986 年），「守成篇」，第一章「評點對小說實用批評的建樹」文。

〔註21〕參康師來新《晚清小說理論研究》（臺北：大安，1986 年），頁 12～16，「緒論」。

〔註22〕是陳世驤在〈論詩：屈賦發微〉一文中（輯於葉維廉編《中國古典文學比較研究》，臺北：黎明文化，1977 年），陳世驤論以小說評批爲閱讀行爲中一謙虛與欣賞小說的心靈，並以此自勉而作上文。

構等問題便多少是被澄明開來。

　　《紅樓夢》「文雖淺，其意則深」（第二回正文），是有「愛而讀之，讀之而批之，固有情不自禁者」〔註23〕其最早評者爲脂硯，其評題爲「脂硯齋凡四閱評過」，經《程高本》發行時開始刊印繡像與像贊，卻中斷評點二十年後，嘉慶十六年（1811）由東觀閣重刊《新增批評繡像紅樓夢》時，爲之重新刊行「新增批評」的正文評點；嗣後，「人人無不喜讀之，且無不喜考訂之，批評之」，〔註24〕迄於道光，對之批點的便「不下數十家」了。〔註25〕就評點而言，最負盛名、影響最深的，是爲三大家：王希廉「批序」、「問答」、「大觀園圖說」、「總評」、「音釋」、回末評、周綺「題詞」。張新之《妙復軒評石頭記》抄本，有「序」、「自記」、附「銘東屏書」、「讀法」、「自題詩」、回末總評、雙行批註；其刊本時，則有孫桐生序及跋。光緒上海《廣百宋齋本》，署王希廉、姚燮評，實雜王、張評本於一爐，又加入姚燮評。〔註26〕以下略述三人對《紅樓夢》人物形象的關懷重點。

一、王希廉（字雪香、雪鄉，號護花主人）

　　王希廉對《紅樓夢》主題謂：「雖是說賈府盛衰情事，其實專爲寶玉、黛玉、寶釵三人而作」，是論定於男女情事。而王希廉論人則以「福壽才德」爲憑準：賈母四字兼全；賈敬、賈赦、賈珍無才無德，賈政有德無才，賈璉小

〔註23〕此清王希廉自言批點《紅樓夢》的動機，見其〈紅樓夢批序〉，引自一粟編《古典文學研究資料紅樓夢卷》（臺北：新文豐，1989年），頁33。

〔註24〕清末艒莑〈艒莑漫筆〉語，引自梁啓超等著《晚清文學叢鈔小說戲曲研究卷》（臺北：新文豐，1989年），頁438。

〔註25〕據清張新之〈妙復軒評石頭記〉抄本中所附「銘東屏書」記《紅樓夢》批點家數之多，所附書收於一粟編《古典文學研究資料紅樓夢卷》（臺北：新文豐，1989年），頁34～35。

〔註26〕道光十二年（1832）雙清仙館刊《新增批評繡像紅樓夢全傳》附有王希廉評點，爲王評單評本。道光三十年（1850）有張新之評，包括「五桂山人序」、「鴛湖月痴子序」、「紫琅山人序」，光緒七年（1881）湖南臥雲山館刊時有孫序及跋。光緒八年（1882）上海廣百宋齋《增評補圖石頭記》爲合評本。此後帶批的翻印本，幾由此一系統衍生。值得注意的是，脂硯齋等爲《紅樓夢》批注時已展開文學評論，至三大家等評點派崛起後，由於評點派與《紅樓夢》作者情感上的隔離，並不須擔負作者深痛家難的經驗，可以客觀從事文論；因此，開始走向純文學的探討，到晚清王國維時則採西方美學與哲學觀點評紅，開啓比較文學之路，是有清舊紅學評點派乃居於上承脂批、下開王氏的重要地位。

才無德，賈環不足論，而寶玉之才德則不濟事業。邢夫人、尤氏無德無才，王夫人才德平平。至於十二釵：鳳姐有才無德，元春才德兼有，迎春無才無德，探春有才德、非全美，惜春非才非德，黛玉有才無德，寶釵有才有德，妙玉才德怪誕，湘雲才德曠達，巧姐才德平平，而秦可卿不足論。〔註27〕

　　是王希廉多論女而略論男，符合紅樓閨閣之意；論十二釵時，歸結為「均非福壽之器，此十二金釵所以俱隸薄命司也」，亦符雪芹原旨，但獨漏李紈之論。另王希廉品評人物端視其人人格道德，寶釵於是與賈母、元春同屬佳評，而黛必不如釵，緣此至於褒襲貶晴。

二、張新之（號太平閑人、妙復軒）

　　張新之稱《紅樓夢》；「乃演性理之書，組《大學》而宗《中庸》。」又：「全書無非《易》道也」，是論人性情命運時，也以《易》、陰陽五行生剋為之衡量，如論黛釵「林生於海，海處東南，陽也；金出於薛，薛猶言雪，錮冷積寒，陰也。此為林為薛、為金為木之所由取義也」，或「書中借《易》象演義者，元、迎、探、惜為最顯，而又最誨。……」。〔註28〕

　　是張新之一方面以性理論《紅樓夢》義理，要使看書人「聞者足戒」，以為生途中安身立命的人生抉擇，另方面也以性理論《程甲本》的繡像題贊：

　　　原刻繡像二十四幅，具合書意。其題辭則惟第一幅之石頭及結束之僧道，暗合書旨，《石頭》演一心，僧道演《易》理也；餘皆悉從書面著筆，隱隱在若即若離、有意無意之間，皆出作者原手。〔註29〕

三、姚燮（字梅伯、復莊，號野橋、大某山民）

　　相對於王希廉、張新之評點《紅樓夢》慣以嚴肅的尺度而言，顯然姚燮對《紅樓夢》的注目，常是精心掇取其中細節瑣事足以賞心樂事的閑情逸趣：

〔註27〕詳見一粟編《古典文學研究資料紅樓夢卷》（臺北：新文豐，1989年），頁149～150，王希廉〈紅樓夢總評〉。

〔註28〕張新之〈紅樓夢讀法〉語，詳見一粟編《古典文學研究資料紅樓夢卷》（臺北：新文豐，1989年），頁153～159。

〔註29〕筆者查對《紅樓夢》與《程甲本》繡像像贊，該批題贊並非《紅樓夢》書中原有，是不知張新之據何而言「皆出作者原手」，或作者係指何人。另王利器則基於後四十回為程偉元「就舊傳本加工訂正」而成，是認為《程甲本》、《程乙本》繡像與像贊悉出自程偉元之手，此意見見於王利器《耐雪堂集》，〈高鶚、程偉元與紅樓夢後四十回〉（臺北：貫雅，1991年），頁519～544文中。

園中韻事之可記者，黛玉葬花塚，梨香院隔牆聽曲，芒種日餞花神，寶玉替麝月篦頭，怡紅院丫頭在迴廊上看畫眉洗澡，薔薇花架下齡官畫薔，堵院中溝水戲水鳥，趺扇撕扇，湘雲與翠縷說陰陽，瀟湘館下紗屜看大燕子回來，襲人煩湘雲打蝴蝶結子，黛玉教鸚鵡念詩，山石邊掐鳳仙花，繡鴛鴦肚兜，翠墨傳箋邀社，怡紅院以纏絲白瑪瑙碟送荔支與探春，看菊吃蟹，黛玉坐繡墩倚欄釣魚，寶釵倚窗檻掐桂蕊引遊魚唼喋，探、紈、惜在垂柳陰中看鷗鷺，迎春在花陰下拿花針穿茉莉花，掃落葉，碧月捧大荷葉翡翠盤養各色折枝菊花，宣窯磁合取玉簪花中紫茉莉粉，小白玉合中取胭脂膏助平兒妝，翦並蒂秋蕙爲平兒簪鬢，鴛鴦坐楓樹下與平、襲談心，香菱學詩，湘雲以火箸擊手爐催詩，晴雯在薰籠上圍坐，寶琴批鳧靨裘、丫鬟抱紅梅瓶站雪山上，看駕娘夾泥種藕，襲人取花露油、雞蛋香皀，頭繩爲芳官添妝，紫鵑坐迴廊上做針線，藕官於杏子陰弔藥官，鶯兒過杏葉渚以嫩柳條編玲瓏果籃子送蘅卿，麝月在海棠下晾手巾，蕊官以薔薇硝送芳官，芳官掰手中糕逗雀兒玩，湘雲醉後臥芍藥裀，探春和寶琴下棋岫煙觀局，小螺、香菱、芳、蕊、藕、荳等鬥草，荳官辨夫妻蕙，寶玉爲香菱換石榴裙，以樹枝挖地坑埋並蒂菱、夫妻蕙，以落花掩之，怡紅院夜宴行令唱曲，佩鳳、偕鴛作鞦韆戲，建桃花社，柳絮詞唱和，傻大姐掏促織拾繡香囊，凸碧堂賞月以桂花傳鼓，聽月夜品笛，凹晶館倚闌聯句，作芙蓉誄祭晴雯，紫鵑掐花兒，瀟湘館聽琴，其他瑣事不一，聊摘拾如右，以備畫本。

姚燮指陳《紅樓夢》中詩畫情境有上列六十之數，除二三則爲後四回外，餘全出自雪芹前八十回中，當然，《紅樓夢》足以入畫的場景絕非止於此數，但只略略摘錄，以爲提供畫本，正說明了《紅樓夢》的逐一段落都可自成畫景，而讀者也有身置畫境之感。

　　對人物性格的品評則服膺《紅樓夢》原書回目所題，如俊襲人、俏平兒、癡女兒（小紅）、情哥哥（寶玉）、病神瑛（寶玉）、冷郎君（柳湘蓮）、勇晴雯、敏探春、賢寶釵、慧紫鵑、慈姨媽（薛姨媽）、獃香菱、憨湘雲、幽淑女、苦絳珠（黛玉）、浪蕩子（賈璉）、情小妹（尤三姐）、苦尤娘（尤二姐）、酸鳳姐、癡丫頭（傻大姐）、儒小姐（迎春）之類，姚燮稱其「皆能因事制宜，

如錫美謚」，〔註30〕是《紅樓夢》人物鮮明如現。

　　此三家皆視百二十回《紅樓夢》爲全出自雪芹之手，無所謂前後異筆的破綻，是其評時以百二十回爲整體。且其評點時並不斤斤著意於本事的索隱或續書的情況。這種不計較《紅樓夢》原續的態度，所有的繡像繪者也仍如此，故其所創作的繡像，特別是依回目完成的情節繡像，均能從第一回畫到百二十回，貫徹回目。不過人物繡像在以取角群釵的立場上，對能引起評點者熱烈討論「釵黛孰優」論的議題，並不構成取釵捨黛或取黛捨釵的困擾。

第二節　從人物形象論人物繡像

　　雖然小說描寫常有寫出畫像的功力，是「讀之固不必再畫，而善畫者亦可即此而想其人，庶可肖形以應其言語動作之態度」；〔註31〕但對司職人物繡像的繪者而言，如何能掌握住書中人物外型樣貌與肢體動作的具體線索，誠如清惺園居士論及《儒林外史》的描寫技巧時：

> 摹繪世故人情，眞如鑄鼎象物，魑魅魍魎，畢現尺幅。……其寫君子也，如睹道貌，如聞格言；其寫小人也，窺其肺肝，描其聲態。
> 畫圖所不能到者，筆乃足以達之。〔註32〕

是繡像繪者顯然並不須擔負人物心理、語言等深層的內在活動，即使繪者有此念頭，而人物內層活動仍須借由外型、動作的引導，與原書描寫段落的配合，才多少能從繡像中略見其端倪。並且，所有繡像繪者也和評者一樣，都不去懷疑《紅樓夢》的原續問題，而所作繡像仍以百二十回爲創繪的內容。

一、角色取尚〔註33〕

　　由雪芹在《紅樓夢》中「主持巾幗，護法裙釵」〔註34〕之際，無疑的，

〔註30〕姚燮〈讀紅樓夢綱領〉語，錄於一粟編《古典文學研究資料紅樓夢卷》（臺北：新文豐，1989年），頁164～175。

〔註31〕張竹坡評《金瓶梅》語，是贊其中人物「插魂迫影」的描寫逼眞如畫，是語引自孫遜、孫菊園編《中國古典小說美學資料匯粹》（臺北：大安，1991年），頁125。

〔註32〕惺園退士〈儒林外史序〉語，引自孫遜、孫菊園編《中國古典小說美學資料匯粹》（臺北：大安，1991年），頁118。

〔註33〕參本文「附錄：清代《紅樓夢》繡像版本系統概說」及「清代《紅樓夢》人物繡像版本角色序次表」，均已詳細論列。

〔註34〕清徐瀛《紅樓夢論贊》贊曹雪芹語，引自一粟編《古典文學研究資料紅樓夢

各本人物繡像的角色取向也是女多於男。男角全重於寶玉，女角則特傾於以十二爲數的情榜眾釵（自各本人物繡像標題可知其猜榜的大概），尤其是書中第五回中已經寶玉親眼點校的薄命司十五人，更是各本人物繡像必列不漏的榜單。

（一）《程甲本》

繪印第一批《紅樓夢》人物繡像的《程甲本》，其所召集的角色群，除了統領群釵、怡紅之首的第一男主角寶玉與第五回寶玉眼見圖冊的十五人：元春、迎春、探春、惜春、李紈、熙鳳、巧姐、可卿、寶釵、黛玉、湘雲、妙玉、香菱、襲人、晴雯之外；又取寶玉幻化前身的「石頭」；賈府權威所倚的「史太君」；寶玉父母「賈政王夫人」；四十九回同時出現的「寶琴」、「李紋李綺邢岫煙」四人；身殉柳湘蓮的「尤三姐」；梨香院的「女樂」；引渡頑石的「僧道」。必須注意的是：

1. 《程甲本》在寶玉、賈政兩位男性外，也取「賈蘭」，但賈蘭是附於「李紈」幅，紈蘭相附多爲以後諸本所繼。

2. 另者書中「又副冊」的晴雯、襲人同爲寶玉大婢，是書中主角的貼身大婢應同列此冊，而《程甲本》不取鴛鴦，另作「尤三姐」像，是舉或借以猜測尤三姐爲情榜上人，或是受尤刎劍一事所吸引。但大體而言，同是殉節，尤三姐以身殉夫總不及鴛鴦殉主之正氣凜然，何況書中鴛鴦一角的份量甚重於尤三姐，因而《程甲本》取「尤三姐」而置「鴛鴦」，是被譏爲「無識」。〔註35〕

3. 此外，還作「賈府宗祠」，以交代故事敷演的場所，該像是《紅樓夢》繡像中除去「大觀園」外，唯一一幅且僅僅出現一次的建築物繡像，《程甲本》以後諸本不復見。

《程甲本》人物繡像的標題次第，以「石頭」統領，繼以石入凡間的「寶玉」，以下依以賈府身分而列「宗法制度的寶法頂」〔註36〕的「史太君」，「賈

卷》（臺北：新文豐，1989 年），頁 124。

〔註35〕清周春《閱紅樓夢隨筆》極敬重鴛鴦，謂鴛鴦爲正冊人物，且：「尤三姐之死輕於鴻毛，鴛鴦之死重於泰山，圖中有三姐而不圖鴛鴦，不知此書之旨也。」是譏「坊刻無識」。其說見一粟編《古典文學研究資料紅樓夢卷》（臺北：新文豐，1989 年），頁 66～77。

〔註36〕王太愚《紅樓夢人物論》，〈宗法家庭的寶塔頂——賈母〉中以是詞評驚賈母。王太愚文見於《紅樓夢藝術論》（臺北：里仁，1984 年），頁 92～104。

政王夫人」；金陵十二釵以與寶玉血緣遠近而排列爲：本家姐妹「元迎探惜」以手足而連袂編排，後來諸本對此順序也多承繼；紈、鳳爲嫂，巧姐爲鳳女，也排在前面；至於和寶玉有親密往來的依次是可卿（似仙又凡而予寶玉兩性啓蒙教育的第一人）、寶釵（寶玉妻）、黛玉（寶玉感情世界的第一女角）、湘雲、妙玉；〔註37〕又次爲「寶琴」、「紋綺煙」是賈府遠親；「尤三姐」見前述；末爲女樂（取釵裙之意）；最後以「僧道」作結，是亦仙亦凡、完結風流公案的角色，故居末。除少數爲二人、多人合幅外，餘皆單人獨幅。

（二）《寶興堂本》

此本所取角色僅去賈政，餘者全同於《程甲本》，其次第仍始以「石頭」，終爲「僧道」；但可卿往前調至與寶玉同面，其重要性大增。至於角色的編制多改單人獨幅爲二人或多人合幅。

（三）《籐花榭本》

此本角色的取尚實是刪自《程甲本》，刪「賈氏宗祠」及次要人物九幅；所存繪的除了「正冊」十二釵外，只保留「石頭」、「寶玉」、「僧道」。顯然此本對掌握要角極能切中，取樣甚稱精簡。至於其角色出場的次第仍同於《程甲本》。

（四）《雙清仙館本》

此本以女兒國理解《紅樓夢》，所作六十四幅繡像爲一徹底的女角版本。由「警幻仙子」帶頭，此本是警幻首次入畫的作品。

1. 在前述幾本的基礎上，突然增加許多次要的女性角色：一者身份可爲賈府主人、小姐或沾親的，如尤氏、尤二姐、夏金桂、傅秋芳等；一者爲賈府外的，如嬌杏、劉姥姥（爲此本唯一的老者繡像）；又有賈府內大大小小的婢女，書中時常出現的角色幾乎都入此本，如鴛鴦、紫鵑、鶯兒、雪雁、麝月、小紅、傻大姐、萬兒等。當然，「寶玉」是唯一保留的男性繡像。

2. 雖然此本繡像以女兒爲尚，但在標題的編排上並不以角色是否重要爲

〔註37〕歷來學者對五回「金陵十二釵圖冊」的十二釵排行次序頗多推敲。如孫遜〈金陵十二釵的排列次序及其寓意〉一文，以諸釵與寶玉親疏關係，而敘明排行的大致寓意。是文收於孫遜《紅樓夢探究》（臺北：大安，1991 年），頁 121～128。

安排，因此十二釵便不須緊緊相靠，而其順序多改成以人物親族、名姓相近的為原則，如：李紈、李紋、李綺；尤氏、尤二姐、尤三姐；金釧、玉釧；彩雲、彩霞；司棋、侍書、入畫等各自成組。

3. 原來《程甲本》的「女樂」一幅，此本將之分化為九幅：「文官」、「齡官」、「芳官」、「藕官」、「蕊官」、「藥官」、「葵官」、「艾官」、「荳官」，使十二女伶從一合幅而能各自成幅，增加其獨立性，大約此本繡像繪者已領會到此十二女伶官，其實也是「金陵十二釵」圖冊之一的一批女性。

（五）《臥雲山館本》

此本是在《程甲本》的角色取尚上做少許刪除，故其標題次序也與《程甲本》相同。只刪去賈氏宗祠、賈政、賈蘭和女樂，是重要角色仍完全存留。

（六）《廣百宋齋本》

此本共有十九頁人物繡像，在角色取尚上：

1. 在取真實人物之外，一方面在《程甲本》「石頭」基礎上，改標「石頭」的內容為「青埂峰石絳珠仙草」外，另更收納「通靈寶玉」與「辟邪金鎖」，是理解木石姻緣之外，對金玉良緣也予以承認。

2. 以上數本中始終合幅的「僧道」，由此本開始為之分立為「茫茫大士」、「渺渺真人」。

3. 其繡像次第，以石草玉鎖等物領先，再由警幻帶領寶玉及十二釵，末以茫渺二人收尾，對角色的取捨已能自其情節的貫串上掌握。

（七）1884 年《上海同文書局本》

此本人物繡像共百二十幅，繪有近百四十個角色，是為《紅樓夢》人物繡像史上最鉅製的一次，男女皆取：

1. 所取女角雖有部分與《雙清仙館本》相同，但其所取角色，除取小姐女兒外，又加入些非《紅樓夢》標榜清淨女兒的婦人，一群次要乃至不甚重要的角色，如邢夫人、薛姨媽、來旺婦、李嬤嬤、馬婆等。或是不常見的婢女角色，如豐兒、寶珠、瑞珠、小鵲、嫣紅等。甚至是書中情節的歷史故事人物也收入，如姽嫿將軍。至於女角人數激增幾近於九十人，而此本或仍《紅樓夢》尊重女性的原則，是女角即使如

夏金桂之躁、馬婆之惡，也一應是單人獨幅。

2. 是本之前的他本人物繡像幾乎全無書中男性立足之地，前此他本所取男角，除寶玉外，只有賈政、賈蘭、僧道。但賈政必附於王夫人，賈蘭附於李紈，都不是獨立成幅的。是不算重要取角。至於僧道身份特殊，便不受限。此本則一改前風，不僅開始取男性為題，並予相當數量的容納，因此，男性入畫的人數一時多至近四十人，多是賈族，如賈赦、賈政、賈敬一輩，賈璉、賈珍一輩，賈薔、賈芸、賈芹一輩等人。賈府奴僕的，如焦大、包勇、賴大、周瑞家、王善保、焙茗等也入繡像清單。又有在賈府活動的一群清客，如詹光、程日興、單聘仁、張友士等，但以其僅為極次要的男角，因此是多人一幅，不須予以特重。值得注意的是：若干男角在書中所佔篇幅雖不甚多，但其形象生鮮且不失其重要性的，如北靜王、柳湘蓮、蔣玉菡、甄士隱、賈雨村等一併納入，是可見此本對角色取尚的用功。

3. 此本以取人物眾多致勝，是後來各繡像本在取角上或減少角色，或合幅繪製以是本為遵，總不出此本百四十人的範圍，而此本對繪製人物繡像上固然有其開發之功；但美中不足的是，此本只求以人多取勝，若在角色標題的安排上，並不見其對繡像次第與書中角色份量多寡、以至情節的領會有任何的匠心。其以「絳珠仙草通靈寶石」、「跛道人瘋僧」領寶黛後，由賈母而赦政敬珍蓉蘭、邢王夫人，是以身份尊卑輩份高下男女而分，但自「鳳姐」後便難見有何遵循了。

其他如《丙戌本》、《古越頌芬閣本》、1898 年《上海石印本》的人物取尚又恢復成收取少量但絕對是重要角色的情況，三本都能抉重「寶玉」與金陵十二釵。至於《庚子石印本》、《桐蔭軒本》、《求不負齋本》、《江東書局本》、《阜記書局本》，則在上述三本抉中的原則上，另又自 1884 年《上海同文書局本》已有的次要角色，也多少承取一些過來，所以造成這種現象，一者是因 1884 年《上海同文書局本》所收角色雖未竟篇，而在引導《紅樓夢》情節發展上已幾全概括，另者則是後來繪製繡像者也不再挑抉新角色，是有以致此。不過，有時這種角色取尚的承繼習慣，卻在某些態度不甚負責的編繪者，取角也偶而偏離書中原意的地方，如：《庚子石印本》不取香菱而取傅秋芳，取襲人而不取晴雯等。《桐蔭軒本》的標題內容、順序有極重的 1884 年《上海同文書局本》影子，但對金陵十二釵為一整體的角色群，卻刪去巧姐與妙

玉二人，令人不知其取尚的意圖。《求不負齋本》的編制爲多人合幅，但被取爲合幅的角色，其在書中故事並不相涉，如取「迎春賈蘭」、「寶琴賈環趙國財」等，是其合幅的原則蕪漫。當然，合幅繡像中也偶有精心策劃的情形，如《阜記書局本》將寶玉、寶釵、黛玉三位主角並置一面，是能見書中人物三角的感情聯繫。

由上可知，寶玉與金陵十二釵始終是繡像繪者的最愛。但構成書中重要女性角色雖首推十二釵，其重要性除了是分指十二位女性外，更是一組完整的角色群；而歷來繡像繪者大多興趣於單人的繪製，或在人物上配以若干情節，至於攏總此十二釵爲一幅繡像的，則不多見。〔註38〕是以編制形式而言，由單人獨幅以至數人合幅；以人數而言，少則十餘人，多至一百四十人之數；以性別而言，女多於男，最多時，女近九十人，男則近四十人；以身份而言，先釵後婢，先主後僕，先女兒後婦人；以角色份量而言：主角先出，配角繼之。除編制形式爲出版者的立場外，其餘數項，多能與雪芹《紅樓夢》中所描寫者相符，大多不失對人物賦與輕重比例的原意。

二、角色造型

小說的文字描寫固然能使角色活脫至「各有派頭，各有光景，各有家數，各有身份」，〔註39〕而人物繡像透過畫面物的提示，達成繪者對角色造型的種種詮解，是「隨其所值，賦象班形」，〔註40〕由此使人得知繪者所領會中的角色想像。借由端詳各本人物繡像中內容物，可知繪者爲了表達出所繪的角色，對該角色所作的提示與線索，一方面在該人物繡像旁直接刻上角色名字，以爲畫題；另一方面，在畫幅內容上又有二種情形：一者，有配與角色相應的典型環境與代表事件的；二者，或全不配景，或配景無關文本而單純作像的。

〔註38〕昭琴《小說叢話》：「小說附圖善矣。然《紅樓》之太虛幻境金陵十二冊，若《推背圖》然，是書中應有之圖，而現行本均付缺如，是亦書坊之一大缺漏。」是合十二釵爲一圖之創繪甚少，昭琴語引自朱一玄編《明清小說資料選編》下冊（濟南：齊魯書社，1989 年），頁 728。

〔註39〕李贄評《水滸傳》語，是小說人物描寫因求逼真形象，人物繡像固然時或失真，但借他法（如以畫題、造型、像贊等），也無非是努力於揣摩角色，而使之「一毫不差，半些不混」，讀者一睹即能分辨。該評引自孫遜、孫菊園編《中國古典小說美學資料匯粹》（臺北：大安，1991 年），頁 121。

〔註40〕清劉熙載《藝概‧賦概》語，是各隨物體以賦其形。

（一）配與角色相應的典型環境與代表事件

即並不純為人物作像，不以單獨繪人為目的，如《程甲本》、《三讓堂本》、《臥雲山館》、《滬上石印本》的人物繡像多有這種情形，其理解書中人物往往是從情節上來的，是處理該繡像時，也能照顧到典型環境與人物的匹配，因此一幅中所繪時或不止一人，其所布置人際關係或環境正可表達書中的某段情節；將人物繡像處理成焦點集中為一時一地一事的畫面時，所顯出的情節，一方面是把握典型人物與典型事件環境的搭配，另方面也符合回目題中本有的情節，如：

《程甲本》「寶玉」（圖 1）：寶玉與警幻仙子連袂出現，由警幻左手一指，畫面右上角一塊「太虛幻境」的牌匾，是取自第五回「賈寶玉夢遊太虛境」。

《程甲本》「香菱襲人」（圖 2）：畫六十二回「獃香菱情解石榴裙」眾人鬥草時，襲人提裙遞給香菱更換，香菱正半褪石榴裙的場面。而《滬上石印本》的「香菱」則是取香菱學詩的情節。

《程甲本》「李紋李綺邢岫煙」（圖 3）：取八十一回「占旺相四美釣游魚」探紋綺煙四人在藕香榭蓼溆一帶欄杆釣魚取樂的畫面。

《三讓堂本》「史湘雲」（圖 4）：置以湘雲醉後眠芍的景象，是取六十二回「憨湘雲醉眠芍藥裀」一段場景。

此外，歸納以上三本所為角色布置的典型環境與事件，可知繪者對人物與情節的注目，大致是：夢遊太虛境的「寶玉」；歸省慶元宵的「元春」；任司棋苦求而無動於衷的懦小姐「迎春」；興利除弊的「探春」；批凫裘立雪的「薛寶琴」；刎劍殉身的「尤三姐」；倚床病補孔雀裘的「晴雯」；或在絳芸軒裡作針線、或執扇撲蝶的「薛寶釵」。

（二）或全不配景，或配景無關文本而單純作像的

是角色獨立個體在畫幅上單人的展現，因去景，是其對人物形象的掌握並不必依隨情節中人物階段性的成長，而改以該角色的總體觀照即可，在《廣百宋齋本》、《古越頌芬閣本》等的人物繡像，都是這種情形，如《廣百宋齋本》「寶玉」（圖 5）中，寶玉的年齡顯然大過《程甲本》「寶玉」（圖 1）遊太虛時的小兒情狀，是角色不由情節彰顯年紀時，繪者便從理解人物的整體形象入手。不過，繪者掌握角色整體形象，也時有失誤，如《紅樓夢》文本中人物如寶玉、黛、釵、迎、探、惜、晴、襲等人年紀多在十五歲上下，

即使元春、可卿、熙鳳、李紈、尤氏等也止於二十多歲，至多不過三十歲，是寶黛等人形容不致如成人，元春等生活處優者的容貌也仍如花，眾人在《程甲本》與《雙清仙館本》的人物繡像全作纖巧的小兒，如「元春」（圖6）、「芳官」（圖7），但在《三讓堂本》、《臥雲山館本》、《滬上石印本》時，女角都作成婦人樣貌，如《三讓堂本》「迎春」（圖8）：圖中迎春臉大肩寬，不見年少女兒的嬌態；《臥雲山館本》「惜春」（圖9）也有如是不足；而可喜的是，繡像繪刻者亦有相當之好手，如《滬上石印本》「黛玉」（圖10）：嬌軀裊娜、弱不禁風的黛玉被繪刻身廣、高碩、豐肥之仕女模樣，乃有明陳洪綬變形人物之畫風，顯見即使通俗讀物之畫手猶有畫壇大家風格與技巧之素養。

　　至於繪者理解而賦予角色穿的服飾，仍多出以明裝，繡像如《程甲本》女角全穿對襟褙子（圖2），《求不負齋本》的賈赦、賈璉、賈政等人也還穿明袍、戴方巾，而其他本子也多以明裝寬袍大袖（圖11）的模樣繪之，在款式上雖比明裝，但繪者有時也以繪製衣飾紋樣而向文本看齊，如《廣百宋齋本》「王熙鳳」（圖12）的百蝶穿花。又寶玉在書中常穿的箭袖禮服，繪者僅以明裝著服，不畫箭袖，另寶玉繡像在《廣百宋齋本》（圖5）時身略癡肥，《古越頌芬閣本》（圖13）時便是一位翩翩年少華服美冠的佳公子。髮型方面，女子繡像全都作髻，《廣百宋齋本》、《古越頌芬閣本》的女角髮型極美，約是當時流行時樣（圖14、圖15），但寶玉在書中經常拖著的長辮，所有繡像都不曾畫出該辮（圖16）。〔註41〕另者女角是否畫天足或小腳的問題，因繡像都畫成仕女，仕女畫本就不畫腳，是繪者並不須考慮此事。

　　由上可知，人物繡像的造型在繪者看來，繪者常常只負責畫出人物，至於畫得像不像，有否符合書中所寫，繪者不操此心，以服飾為例，一者固然是繪者拙於理解原意，如對寶玉辮子的漠視；另者則是因繪者畫繡像，習以周圍身處的熟悉實況，即對繪者而言，生活所見的女子服飾仍多明裝，將習常眼見的情形納入繡像，此舉極為自然，不過也因繪者以生活樣貌理解小說，而多令人費解原書描寫的情形。

〔註41〕唐德剛以「豬尾巴」戲語寶玉辮子，其對繡像等繪者畫寶玉時截去長辮的疏失，是繪者不察雪芹《紅樓夢》服飾上的「文化衝突」，是寶玉辮子給「辛亥革命」了。語或戲言，但畫寶玉不畫其辮的情況卻始終如此。唐德剛對《紅樓夢》「文化衝突」的看法，可參其文〈海外讀紅樓〉（收於《紅樓夢大觀》，香港：百姓半月刊，1987年）。

三、配置：像贊、《西廂》句、冠花名

《紅樓夢》人物繡像中都配有若干的文字，或附寫於繡像下一頁，或直書於畫幅中，以此作爲對該角色的品評與論斷，此種文字有三種類型：像贊、《西廂》句、花名。

（一）像贊

對人物繡像而言，像贊其實是隱含了將人物作一番品頭論足、褒貶得失的意味。像贊的來源或出版時另行創作，或也直接援引《紅樓夢》原書寫過的。是像贊作者也如同評點者、繪者一樣，須能理解並抉發原書人物形象的深意，才能贊得其底蘊。各本人物繡像都附有像贊，一人置一贊，或前圖後贊，或上圖下贊，或圖贊同面，而像贊體裁不一，有詩有詞，總是爲特定角色而作。

《程甲本》二十四首像贊全爲新製，贊「林黛玉」一幅：

> 人間天上總情痴，湘館啼痕空染枝；鸚鵡不知儂意緒，喃喃猶誦葬花詩。

以情痴、湘館啼痕與鸚鵡、葬花詩表對黛玉還淚形象的同情。

《滬上石印本》的像贊多取自清姜祺〈紅樓夢詩〉，〔註42〕其贊「黛玉」：

> 脈脈含情苦未酬，盈盈欲淚搵還流；啼鵑哀雁愁鸚鵡，銷盡清窗雨露愁。

與上首有同等的感受。

《程甲本》贊「尤三姐」：

> 君有情，妾無情，胭脂虎，鼠子驚。妾有情，君無情，氤氳使，掃花城。說分說緣都是幻，女子無媒羞自獻，君不見桃花血蘸鴛鴦劍。

是贊詞哀艷，尤三姐以柳湘蓮悔親，摘劍自刎，「揉碎桃花紅滿地，玉山傾倒

〔註42〕有關《紅樓夢》人物繡像的像贊來源，除自《紅樓夢》原書而來，另新作部份有出自出版者之手，如《程甲本》二十四首像贊或程偉元作；或有取他人贊語入書的，如 1884 年《上海同文書局本》、《滬上石印本》像贊，同收者有清姜祺〈紅樓夢詩〉（共百四十四首）與清王墀繪《增刻紅樓夢圖詠》百二十圖時，在姜祺所作基礎上新增的二十首詩的若干詩作。而以後圖贊編制散亂的本子，所取像贊都以此二人作品爲取用的來源。姜祺〈紅樓夢詩〉、王墀《增刻紅樓夢圖詠》均收錄於一粟編《古典文學研究資料紅樓夢卷》（臺北：新文豐，1989 年）書中。

再難扶」（六十六回），說得慷慨剛烈，聲色儡人。

又書中兩位老者：賈母、劉姥姥，《程甲本》贊「史太君」時，先予稱重風範，既而嘆之：

> 安重深閨質，慈祥大母儀；盛衰同一瞬，白手苦低垂。

在《滬上石印本》時，略對賈母性格論斷，是「第一會尋樂人，亦第一不明事人」〔註43〕說：

> 祥呈五福畫堂前，酷婦頑孫獨見憐。慈愛有餘明不足，無邊歡樂樂年年。

「劉姥姥」的：

> 休嗤臨老入花叢，識趣投機世事工。狗苟蠅營逋祿蠹，潛飛合讓母蝗蟲。

或稍譏劉姥姥告貸賈府前事，但「潛飛」者是指姥姥知恩圖報，潛救巧姐出府，仍對之肯定。

自書中直接援用的如《廣百宋齋本》「通靈寶玉」像贊取書中二十五回嘆通靈玉的：

> 天不拘分地不羈，心頭無喜亦無悲；只因鍛鍊通靈後，便向人間惹是非。粉漬脂痕污寶光，房櫳日夜困鴛鴦；沈酣一夢終須醒，冤債償清好散場。

又「寶玉」像贊為第三回概括寶玉形象的「無故尋仇覓恨，有時似傻如狂」一段。例不贅舉。

（二）《西廂》句

係選材自現成的《西廂記》戲曲曲詞，摘錄某句與書中人物形象足堪比擬的句子，附配該句於人物繡像中。這種摘句為評手法的應用，在《紅樓夢》人物繡像本中以《雙清仙館本》為代表，一者用為突顯人物形象，一者也是對人物的論定，所繪共六十四人，是有六十四曲句，全置於畫幅的右上角，而所擇錄者多能貼近人物形象。如以突顯人物形象居多的：

「警幻」：「我是散相思的五瘟使」

「黛玉」：「多愁多病身」

「薛寶琴」：「嬌滴滴越顯紅白」

〔註43〕清姜祺〈紅樓夢詩〉之〈榮慶十二夢〉「賈母」語，引自一粟編《古典文學研究資料紅樓夢卷》（臺北：新文豐，1989年），頁 475～490。

「尤二姐」：「游絲牽惹桃花片」

「傻大姐」：「不識憂不識愁」

以論斷人物性格的：

「妙玉」：「真假」

「襲人」：「只待覓別人破綻」

或有暗指事件的：

「司棋」：「人約黃昏後」

「智能」：「佛囉成就了幽期密約」

「劉姥姥」：「真是積世老婆婆」

（三）冠花名

《紅樓夢》中以人花相配，是對女兒如花的憐惜，更是以花的精神暗喻而深化人物形象。此法，在眾多人物繡像本中，與附曲句的情形一致，是僅在以《雙清仙館本》為祖的本子中可見，取一花種，並繪該花於人物繡像的背頁，是一人一花。〔註44〕其以花擬人的原則常出於擬者己意，或不同於書中原指，如《紅樓夢》的牡丹花原屬寶釵，在此本中，牡丹花則為元春身分的寫照。其餘配置的方式還有：

人物個性如花的：

「妙玉」：「水仙」（真假）

「熙鳳」：「妒婦花」

「尤二姐」：「桃花」

「鴛鴦」：「女貞」

「齡官」：「孩兒蓮」

以花喻情節的：

「湘雲」：「芍藥」

「寶琴」：「梅花」

「劉姥姥」：「醉仙桃」

以花比喻特徵的，如「巧姐」以「牽牛」等。或直以人名如花名，漫冠花名而鮮具深意的，如「香菱」以「菱花」；「玉釧」以「玉竹」；「蕊官」以

〔註44〕全書唯一無配花的是「喜鸞」，應是漏寫。

「玉蕊」;「荳官」以「紅豆」;「嬌杏」以「杏花」;「紫鵑」以「杜鵑」;「雪雁」以「雁頭花」;「藥官」以「白藥」;「佩鳳」以「鳳仙」;「金釧」以「金絲桃」;「萬兒」以「萬壽菊」等,此類以次要人物婢女爲多。

第三節　從場景形象看回目繡像

　　《紅樓夢》在其人物繡像的基礎與石印版畫便捷價廉的推動下,自光緒八年(1882)由上海廣百宋齋首先刊印巨量的情節性回目繡像後,此後各繡像本無不致力。且畫幅之數也遠超過人物繡像的數量,是常以每回二幅爲創繪的單位,動輒有二百四十幅之多。章回小說的回目自話本的提綱演變而來,以畫本提綱作爲繡像畫題的,如元代至治(1321～1323)新安虞氏刊本《全相平話五種》,雖無回目,但其每頁都有附圖,圖的上端標識有概括該段落故事大要的圖題,如「桃園結義」、「王允獻董卓貂蟬」等,〔註45〕可視爲回目的濫觴。回目的作用,一者使長篇文字劃出數段,以利閱讀;另者是以極簡短文字統攝大意,使看官易於牢記「話頭」。《紅樓夢》的回目多經雪芹「於悼紅軒中,批閱十載,增刪五次,纂成目錄,分出章回」(第一回)而完成,其每回各有上下回目,句式工對整齊,文彩奕奕,其美蘊或符合《文心雕龍‧麗辭》所言:

> 造化賦形,文體必雙,神理爲用,事不孤立。體質必兩,辭動有配,
> 左提右挈,精味兼美。

回目字數筆墨寥寥而每含深意,當《紅樓夢》回目繡像依從回目標題的引導而作畫時,是不必有人物繡像選角等題材排行的問題,而其對主要情節所進行的濃縮,是:既可以當下接受回目而成畫,繪不旁涉;也可取「最富於孕育性之頃刻」〔註46〕的場景,都仍是文本的劇情。此外,繪者對畫面內容的鋪排固然偶可肆意,但其主題仍須服從於文本的交付,要使人看出所畫何事,並期圖文二者相會。

〔註45〕至於《全相平話五種》上圖下文的形制,或與唐時佛教經卷的變文變相不無關連。

〔註46〕德美學家萊辛語。指繪畫布局的特性,在於選擇物體動作發展頂點的前一瞬間,因這一瞬間既銜過往,又暗示未來,是最能引起想像的刹那。關於萊辛對此的論調,可參《詩與畫的界限》(即《拉奧孔》,朱光潛譯,臺北:蒲公英,1986年),「第三章、造形藝術家爲什麼要避免描繪激情頂點的頃刻」、「附錄、關於拉奧孔的筆記」。

一、回目繡像中的文本

　　《紅樓夢》回目繡像大多能顧及情節的交託，如實畫出場景，如二十七回《廣百宋齋本》「滴翠亭寶釵戲彩蝶」（圖 17）一幅，時值芒種，寶釵在滴翠亭邊追撲著一雙蝴蝶，適巧聽到亭中小紅、墜兒談話；畫面由寶釵執扇撲蝶佔滿，亭內一婢，既交明回目，也扣緊情節；另 1889 年《上海同文書局本》同回中，則在忠實情節之外更具美感（圖 18）。六十二回《滬上石印本》「憨湘雲醉眠芍藥裀」（圖 19），幅中湘雲醉臥在山石僻處的石磴子上，夢酣睡甜，花飛扇落。又如第一回《求不負齋本》「甄士隱夢幻識通靈」（圖 20），甄士隱憩睡夢到僧道，以雲霧畫出夢境，而屋外正是書中「烈日炎炎，芭蕉冉冉」的景象。

　　有時繪者雖仍就回目作畫，而偶有慧心之筆，如四十五回《滬上石印本》「風雨夕悶製風雨詞」（圖 21），原本只要畫黛玉在瀟湘館愁眉悶坐即可，而此幅則將主角人景縮至畫面右後方，中間佈竹，寶玉披簑而來成為重點，是能容納並時發生的場景。此外，如同其他本繡像處理時令氣象的方式，版畫特有的黑白色調，使此幅只除以嫗婢提燈暗示為夜景外，黑夜如畫，風雨似晴。又如十九回《古越頌芬閣本》「情切切良宵花解語」（圖 22），書中描寫襲人苦心規勸寶玉時，秋紋說：「三更天了，該睡了」，而畫上除桌上有燈外，天色也如白天，可知其繡像以情節為處理重心，多不特意於表現天候。

　　繡像偶有與文本不合處，如挪換場地，第六回《廣百宋齋本》「劉姥姥一進榮國府」（圖 23），書中寫到鳳姐見劉姥姥是在鳳姐陳設華美的居室內，繪者則由室外生事；又四十一回「劉姥姥醉臥怡紅院」（圖 24）書中讓劉姥姥醉看大鏡是在寶玉屋內，畫中把鏡子整個安在室外廊下。不過，這種將場地時或搬進搬出的情形，都不影響劉姥姥入榮府、醉臥怡紅院的故事發展，也不偏離主題。

二、園　林

　　回目繡像有環境與景色的描繪，供為人物生息與使人物「進進出出，穿穿走走，做這些故事」〔註 47〕之情節發展的場所。以園林題材畫入版畫的例

〔註47〕張竹坡評《金瓶梅》卷首語，引自孫遜、孫菊園編《中國古典小說美學資料匯粹》（臺北：大安，1991 年），頁 276。

子約早於明代，而以繡像只須交代情節的基本立場上看，顯而易見的，明代繪者的興趣並不僅於安頓故事，且更致力園林景觀的追求，如《吳騷集》之「彫欄獨倚聽鸚鵡」（圖 25），重點在於美人倚欄，卻借群竹、太湖石，乃至竹傍琴鸚，表出繪者對江南園林典緻趣味的審美熱度與熟稔。《紅樓夢》以大觀園爲背景，是百二十回繡像無不致力集結園林的景觀；而大觀園各角落的小景，也在繡像中層層加深其景致。爲了鋪展園林之美，或將室內事件搬遷到室外發生，如上所述；而其室外直繪園景時，花藤樹石，觸目即是。如：七十回「史湘雲偶填柳絮詞」，是「時値暮春之際，湘雲無聊，因見柳花飛舞，便偶成一小詞」的事情；《廣百宋齋本》此回繡像中，以寶黛湘等人以柳絮爲題的眾人場面，在某個大觀園的角落（圖 26）中，滿布園林景致，前有曲欄垂柳、兩旁攀滿藤蘿的花架、佇立的太湖石等，一方面是大觀園園色本就有許多園林景物，另則是繪者的喜好。每本繡像中都經常擺置各式情狀的太湖石，如十七回《廣百宋齋本》「大觀園試才題對額」（圖 27）、二十回「林黛玉俏語謔嬌音」（圖 28）、十一回《滬上石印本》「見熙鳳賈瑞起淫心」（圖 29）等都是如此。

爲了鋪展園林之美，即使身在室內，更利用窗戶以延伸園林欣賞的視角，如三十七回《滬上石印本》「秋爽齋偶結海棠社」（圖 30），眾人身後置一大窗，而窗戶洞開，園景便如同畫中之畫。

三、逐項細開的內容

室內多採俯瞰角度，以方便布置室景，如五十六回《桐蔭軒館本》「敏探春興利除宿弊」（圖 31）中，博古架被特意開放，一覽無餘，令人逐見架上的畫冊塵爐筆筒盆飾等。或自前及後，從室外看入室內，如四十一回《滬上石印本》「賈寶玉品茶櫳翠庵」（圖 32），透過櫳翠庵的月型門，讀者的注意力被牽引入門內品茶的情景，見得壁上布幅與烹煮的茶壺等等。又四十四回《求不負齋本》「喜出望外平兒理妝」（圖 33），房屋作剖面處理，寶玉看著平兒攏髮，侍兒開屜，而室內的櫥屜，以至於桌上立鏡及瓶罐盒篋的脂兒粉兒，形物雖小，卻歷歷可見。這種將空間作竭力開放、器物擺設仔細的方式，有時類似於舞臺布景的味道，是明清小說戲曲繡像的一大特色。推究其因，實是繡像向戲曲演出劇場形式的場面學習；不過，《紅樓夢》繡像中劇場效果的遺風並不顯著，一者《紅樓夢》面世最早的形式爲小說，並非如《西廂記》等

作品是戲曲流傳後才集結成書面文字，是《紅樓夢》繪工無法取自舞臺演出的場面，以供為布置繪畫的靈感；另者則是繪者對合理遠近法的嘗試，在近大遠小比例合理的布置處理下，強烈舞臺效果的場面便不須像明代繡像的明顯了。

第四節　大觀園圖

　　在雪芹一番步畝圈丈、掇山鑿池的筆下，其「寫情寫景筆玲瓏，妙手如君奪化工」〔註48〕，大觀園環境與細節描寫的精確性，使之成為「文學、繪畫與園林揉合在一起的藝術鉅構」〔註49〕的藝術園林形象，「恍然一五柳先生所記之桃花源」，〔註50〕是片山多致、寸石生情，其豐活生動如畫，「苑似丹青傳畫稿，一丘一壑惹人思」，〔註51〕更令人心馳神往、入目動心。大觀園始終是人人心目中的玉苑瓊林，令人多有入園一遊的想像，雖然在《紅樓夢》四十二回中，雪芹曾使惜春因賈母之命為大觀園畫下圖式，但雪芹畢竟沒留下有關大觀園的任何圖式紀錄，是讀者或奉此紙上園林為造園的範本；或為之狂熱費心找尋大觀園的凡間落腳處；〔註52〕乃至欽羨劉姥姥一介村嫗有遊園之幸，便紛紛投筆丹青，以虛擬的文本形象落實於畫幅的構築，繪成園圖。

　　《程甲本》人物繡像中出現的若干園景，其實並不具園林的審美印象，

〔註48〕袁祖志編《隨園瑣記》中語，轉引自明文書局《大觀園論集》（臺北：明文，1985年）之曾保泉〈尋得桃源好繪圖——大觀園布局的初步探索〉一文，頁55。

〔註49〕曾保泉語，其在〈文學、繪畫與園林——曹雪芹筆下的大觀園〉認為：大觀園是隨《紅樓夢》創作而有的藝術，是「曹雪芹的大觀園圖不是營造圖，不是方輿圖」。其文收於《紅樓夢藝術論》（臺北：里仁，1984年）。

〔註50〕清裕端《棗窗閒筆》說大觀園：「其中林壑田地，予榮府中別一天地，自寶玉率群釵來此，怡然自東，直欲與外人間隔矣。」是大觀園生活對寶黛等人而言，直是一青春快樂的人生片段。裕端語引自《大觀園論集》（臺北：明文，1985年），顧平旦〈大觀園詩詞筆記文輯錄〉一文，頁230。

〔註51〕南唐馮延巳《鵲踏枝》詞句，轉引自《隨園瑣記》語，轉引自曾保泉〈尋得桃源好繪圖——大觀園布局的初步探索〉一文（《大觀園論集》，臺北：明文，1985年，頁82）。

〔註52〕由於雪芹大觀園寫的其跡歷歷可尋，自寫成後，便引人猜測真址，各家聚訟紛紜。有關大觀園地點何在的主張，可參宋淇〈論大觀園〉「附錄：諸家論大觀園」（《大觀園論集》臺北：明文，1985年，頁265～269）。

如「林黛玉」（圖 34）以數竿竹子喻黛玉所居，「薛寶琴」（圖 35）寶琴披凫裘與侍兒並立外，所謂「龍吟細細，鳳尾森森」的瀟湘館、紅梅立雪的園林雪景，其實只是滿幅屋宇亭臺牆欄窗椽由線條集結的界畫，是不稱景致。光緒時，上海廣百宋齋刊《增評補圖石頭記》與同文書局《增評補像全圖金玉緣》的人物繡像前，都附有一張「大觀園圖」（圖 36），是對大觀園形象的整體總攬，圖中園景深邃，「廳殿樓閣，崢嶸軒峻；樹木山石，蔥蔚洇潤」（第二回），堂館亭榭，鱗次櫛比，人物停佇，精雕細鏤。而圖前有「大觀園圖說」，繪者說明該圖是「謹就十七回中所載錄出，間有增益，俱參全書而貫串之」〔註 53〕的，但觀其內部聯繫，繪者顯然是以各景在書中的重要程度而定畫面位置的主次，重要的擺前面、中央，次要的則散至於後面、邊陲，此理解方式與一般讀者對故事中各景建築深淺印象相一致，而對還原文本中的大觀園景之方位、布局等，則多只隨意為之，是「圖說」末言此圖以「頭緒紛如，良多掛漏，閱者諒焉」〔註 54〕自解，而此圖之說明性固然不足，其藝術的欣賞性也令人每有「惜乎繪諸紙上，為亡是公之名園」〔註 55〕的慨嘆。另者，後來學者所繪關於大觀園鳥瞰平面圖〔註 56〕等，對園內各建築物的聯繫、地點方位、面積布局、屋宇水道、路徑門戶等，一律詳考明標，用意則在於搜括全園，供作看書瀏覽的遊園指南，以按圖索驥，加深印象。

第五節　其他文藝的取抉

　　《紅樓夢》自清乾隆末推出後，其影響廣泛而深遠，風行程度以至於「開

〔註 53〕　「大觀園圖說」錄於《大觀園論集》（臺北：明文，1985 年），頁 217～222，《廣百宋齋本》以後諸本多附有「大觀園圖」、「圖說」，但前此，王希廉評本的《雙清仙館本》中即有此篇「圖說」，惟有說無圖。另出自嘉、道間無名畫工之手有一幅最早的大觀園圖，嘉慶本的《痴人說夢》也有一幅。又筆者所用《鑄記書局本》的人物繡像屬與《廣百宋齋本》相同，但其「大觀園圖」則異，至於此圖是否就是 1884 年《上海同文書局本》刊印的大觀園圖，有待查證，是圖較諸《廣百宋齋本》者，為略較明顯的平面布置圖。

〔註 54〕　引自明文書局《大觀園論集》（臺北：明文，1985 年），〈大觀園圖說〉一文，頁 222。

〔註 55〕　清裕端《棗窗閒筆》語，引自顧平旦〈大觀園詩詞筆記文輯錄〉一文，收於《大觀園論集》（臺北：明文，1985 年）。

〔註 56〕　有關園圖的總圖、平面圖製作與書面說明，可另參明文書局《大觀園論集》一書（臺北：明文，1985 年）。

談不說紅樓夢，縱讀詩書是枉然」，〔註57〕人心對之傾倒、傳頌備至；而即使令雪芹縱筆伸紙的只在於賈府家裡「大大小小，前前後後，碟兒碗兒」〔註58〕之日常細事，其中件件事蹟、色色人物，總無不見雪芹「工於敘事，善寫性骨」〔註59〕的本領。清王希廉總評《紅樓夢》時，稱之：

> 一部書中，翰墨則詩詞歌賦、制藝尺牘、爰書戲曲，以及對聯扁額、
>
> 酒令、燈謎、說書笑話，無不精善。〔註60〕

是《紅樓夢》一方面爲中國古典小說藝術的總集結，另者其如畫似戲的人物與場景形象，由跌宕多姿的描繪乃至於偶像典型的概括，更是其他文藝創作取材的豐沛活水，即使後四十回的藝術性遜於前八十回，文藝作者仍一併取之。〔註61〕由文藝反映的熱衷程度可見《紅樓夢》風靡的端倪，除了前述評點與繡像外，如畫冊圖譜、戲曲改編及年畫花籤，都汲取極多《紅樓夢》典型性的題材。〔註62〕

　　對於《紅樓夢》典型性題材的抉取，以畫頁圖譜而言，或人或人景相配，以「黛玉葬花」深爲脂評著迷，曾有「欲畫之心久矣」，以終難倩筆描繪，至有「恨與阿顰結一筆墨緣之難」的唱嘆。〔註63〕而黛玉高度的藝術形象，始終最受繪者青睞。如李佩金「葬花圖」、龍海門「瀟湘妃子葬花圖」、陶巽人「黛玉葬花圖」等、「顰卿葬花圖」等；或以其他有關黛玉形象的，如「瀟湘妃子撫琴圖」、「瀟湘侍立圖」等。清改琦《紅樓夢圖詠》繪書中五十個人物，「其人物之工麗，布景之精雅，可與六如、章侯抗行」。〔註64〕如「黛玉」（圖

〔註57〕　是清得輿〈京都竹枝詞〉所記其時《紅樓夢》膾炙人口的流風，其語見於一
　　　　　粟編《古典文學研究資料紅樓夢卷》（臺北：新文豐，1989 年），頁 354。

〔註58〕　張竹坡評《金瓶梅》卷首語。是小說從藝術虛構的題材上，攏靠於反映實
　　　　　生活藝術真實性的追求。張語引自孫遜、孫菊園編《中國古典小說美學資料
　　　　　匯粹》（臺北：大安，1991 年），頁 77。

〔註59〕　清夢覺主人〈紅樓夢序〉以「清新不俗」稱《紅樓夢》時語，該序收於一粟
　　　　　編《古典文學研究資料紅樓夢卷》（臺北：新文豐，1989 年），頁 28～29。

〔註60〕　清王希廉《紅樓夢總評》引自一粟編《古典文學研究資料紅樓夢卷》（臺北：
　　　　　新文豐，1989 年），頁 149。

〔註61〕　如傳奇「焚稿」、「遣襲」、「卻塵」，子弟書「過繼巧姐」，八角鼓「寶玉哭靈」
　　　　　等。

〔註62〕　此處只論對推介《紅樓夢》時，其傳播力強的形式的；另如詩詞專著、筆記
　　　　　題識、詩注曲話、日記尺牘等不論。

〔註63〕　見陳慶浩《新編石頭記脂硯齋評語輯校》（臺北：聯經，1986 年），頁 455～
　　　　　456，二十三回「庚辰眉批」。

〔註64〕　《紅樓夢圖詠》，〈光緒五年淮浦居士序〉。引自一粟《紅樓夢書錄》（上海：

37）一幅純以人竹相發，所取簡潔而更具典型。繼者王墀《增刻紅樓夢圖詠》「爰將書中諸美，分繪百二十圖，各繫以事」，亦稱佳作。

　　以曲藝改編而言，將《紅樓夢》的一個人物、一段情節，乃至一種情懷，改編成戲曲唱詞為唱情敘事的戲曲說唱文學，敷演鋪陳，拆唱說表，劇種之多，有崑曲、平劇，乃至諸種地方戲曲，折段極夥；另子弟書、大鼓書、八角鼓、馬頭調等說唱藝術中更難計其數，〔註65〕是清《紅樓夢》流傳的一大動力。以書中單一的典型情節為改編重點，如《葬花》、《畫薔》、《乞梅》、《會玉摔玉》、《焚稿》、《晴雯補裘》、《寶釵撲蝶》等。以人物為主的抒情戲，如《寶玉》、《林黛玉》、《史湘雲》等。以全書為編寫劇本的對象的，如仲雲澗《紅樓夢傳奇》二十四齣、荊石山民《紅樓夢散套》十六折、陳德麟《紅樓夢傳奇》八十齣等。其多能就書中典型、濃具戲劇張力的場面，依戲劇說唱所擅的形式特質，抉選動人肺腑、賺人熱淚的片段，其中「葬花」一節，直是戲戲皆有、齣齣不漏，「當時貴族豪門，每於燈紅酒綠之餘，令二八女郎歌舞於氍毹上，以娛賓客，而「葬花」一齣，尤為人所傾倒」；〔註66〕甚至如「寶玉哭靈」，原是小說中所無的情節，所以創發，也是戲劇用為刻劃人物深層心理藝術效果的講求。由是看來，在人物繡像對小說主角立像說明，不須厚薄黛釵的立場下，在戲曲改編的份量中，寶釵顯然不若黛玉所受獨鍾，一者，寶釵在書中的出場極少描寫悲愁的情節安排；另者，則是黛玉悲劇普受同情所致。這種輕重有別的情形在晴襲二角上也可見到。

　　以年畫創製而言，年畫為表達人心嚮往人生理想的民俗裝飾版畫藝術，是其題材多偏於喜樂吉慶。以年畫性格決定內容的取材時，《紅樓夢》中正有極多飲讌、嬉樂、慶壽的場面描寫，是自光緒朝即大量繪印的《紅樓夢》年畫，如「慶壽辰寧府排家宴」、「史太君兩宴大觀園」、「薛蘅蕪諷和螃蟹詠」、「藕香榭吃螃蟹」、「紅樓夢慶賞中秋節」、「大觀園遊蓮花池」、「劉姥姥醉臥怡紅院」、「喜出望外平兒理妝」、「寶琴尋梅」、「瀟湘清韻」「四美釣魚」、「史湘雲偶填柳絮詞」等，其創作除了是出於對《紅樓夢》的激賞，其實恰是愜合理想生活的翹盼。也有少數年畫如「牡丹亭豔曲警芳心」、「椿齡畫薔癡及

　　　　　上海古籍，1981 年），頁 238。

〔註65〕一粟《紅樓夢書錄》（上海：上海古籍，1981 年）與胡文彬《紅樓夢敘錄》（長春：吉林人民，1980 年）「戲曲」部分，有詳細著錄，可參之。

〔註66〕吳克岐《懺玉樓叢書題要》論仲雲澗《紅樓夢傳奇》語，見於一粟《紅樓夢書錄》（上海：上海古籍，1981 年），頁 322。

局外」等，則是流連青春情態的另一種心聲。另如花籤印品，「人間天上總情痴」、「梅妝一色」、「裀眠芍藥」等典型的取材，更是《紅樓夢》獨特美學情境落實於生活的傳播形態了。

第四章　高峰之後
——版畫史上的地位－通俗趣味的走向

　　觀諸我國古典文學與版畫插圖藝術圖文並茂的組合，在傳統版畫的衍展中，實是一段以木刻版畫爲精髓的「體面的歷史」。〔註1〕我國傳統版畫藝術所以稱美的憑藉在於：一者是繪畫審美與雕印技術合流的歷時性美學積累；二者則是各時各地各類書籍奔競奇妍的並時性藝術展現。我國從前的圖畫繪製，除手繪外，其餘便是版畫，其工具是刀與木，「以鐵筆作穎生，以梨棗代絹素」，〔註2〕中國畫論標榜「無線者非畫」，〔註3〕而木刻版畫恰是線條的集組，以線條的運動作爲構組物象輪廓與輔助文飾的主要媒介，是不須顧慮繪畫中濃淡渲染的層次效果或水墨淋漓的即興作風。這種以刀木代筆紙，以一化百的造形藝術，迭經浸久綿延的發展，迄於明清，清末西方傳入石印版畫的新法，致木刻版畫從此消歇，而二者雖材質稍異，仍同屬於先繪後印的實用藝術。〔註4〕此外，就版畫藝術而言，總的來說，當明代諸輩名手造成其藝

〔註1〕魯迅〈木刻紀程〉小引有謂：中國木刻畫，在唐到明之間爲一體面的歷史。而清版畫藝術並不在記名之列。

〔註2〕明胡正言《十竹齋書畫譜・翎毛譜》楊文聰〈小序〉中，稱美該畫譜繪刻精善之語。

〔註3〕唐張彥遠《歷代名畫記》語。其實中國畫向以筆勝，以有筆法爲貴，而不在於丹青朱黃之工；日近代藝術家金原省吾：「藝術之基礎，不在點，不在面，而在線也；東洋畫（以中國爲主流之東方繪畫）即以線構成，因有線，始有畫面，故線爲東洋畫最初亦最終之要素。」是對中國畫講究筆法線條特性的極深刻體會。

〔註4〕版畫並非直接的繪畫，其成品是經繪才印的，因稱其間接性；複製性則指其印刷的功能。而石印版畫不須鐫刻便印，較木刻版畫近於原畫稿。印刷品爲

術顛峰後，清代接緒者在成果上，特別是繡像一類，表現往往平平；但一方面，清版畫藝術的光采確已另轉集於年畫，而非具木刻刀味的石印新法也自呈現了版畫的另一種藝術風味。

版畫由繪畫與印刷結組，因而是同時兼具間接性與複製性的藝術品類，其性質常被定義於「通俗」，所以如此，實是得自複製性與通俗文類的兩項秉承。就印刷術而言，印版用途在於一版多印，是相同的物象透過摹稿、版刻、印刷而能複製出若干份，對任何需要大量同樣的成品，複製性即發揮先記錄後傳播的功能。而手寫、手繪的成品，或也有幾份臨摹品，但以數量有限而必難敷使用，是「印」的複製性能正足堪「用量」的索求。此外，中國版畫的應用範圍，或宗教宣傳畫、或生活日用書籍插圖、或習畫用的圖譜、或深具群眾性的年畫，特別是明清通俗文學的戲曲小說，書中無不有繡像，因佔著小說戲曲的群眾性格與隨文共行的便宜，大肆的向讀者展示，是繡像之通俗性趣味的自我要求也是不能免了。

清代《紅樓夢》的小說版畫繡像，據其繪製技術，是有二法：《程甲本》、《三讓堂本》、《臥雲山館本》、《雙清仙館本》屬木刻繡像；《廣百宋齋本》、《上海同文書局本》、《古越頌芬閣本》、《桐蔭軒館本》與《求不負齋本》等則全是石印繡像，即《紅樓夢》繡像由光緒八年（1882）上海廣百宋齋首刊《紅樓夢》第一批石印繡像後，即至於今，木刻版畫不復見用於《紅樓夢》的插圖製作。是清《紅樓夢》繡像木刻、石印的版畫趣味，正可視爲清代版畫藝術趣味上的縮影。中國版畫史的璀璨光陰，固屬晚明清初一期，清中葉推出的《紅樓夢》繡像處於力不從心的大環境中，也誠然無能與明品《西廂》等相提並擬；但設若體貼其完成自身插圖史的獨立價值，其美感仍然存在。是以下就中國版畫藝術史的回顧起始、高峰、峰後，布列出清代《紅樓夢》繡像一個歷史的位置，及其繡像的若干審美考察與評價。

第一節　版畫史的回顧——起始於高峰－落於峰後的紅樓繡像

雕刻版畫的經驗源自於「版刻」，與雕版印刷的實作心得是密不可分。

傳播資訊的良品，是成其實用的功能。石印法爲直接施字於平板石，不必鐫刻，傅膠刷油，依油水互不相容的原理，顯出字跡畫像的印法。

〔註5〕究諸實物，殷商甲骨、有周金石、秦刻石樹碑、漢雕刻木簡、隋唐雕版刻書等版刻雛形物與成品，都因於雕版鏤刻經驗智慧積累中的相通互助，是我國版畫與版書二者關係始終相連的原因。而版畫藝術史借前舉經驗而展現的成長進程：起初源自隋唐五代的佛畫；發展爲宋元眾多書類的插圖，在版印技術上邁進朱墨雙印法；以至明代主以戲曲小說的黃金階段，細緻纖麗，而彩色畫譜也另成獨立藝術；迄於清代版畫雖普遍受到應用，但以光緒之後新式印術相繼傳入，傳統版畫藝術的發皇大勢從此遠去。

一、隋唐五代的宗教版畫

　　在雕印技術尚未發明前，文字圖像的抄寫摹謄一律出於手工，但可想見的是其再製的速度既慢，並且份數也極有限，必待到雕版印術的施用，人類文明的軌跡才有更鮮明可尋的記錄。雕印書籍發明於東漢，並出現於唐。稽查史錄，東晉之前，道教的若干符咒刻印，〔註6〕是開雕刻版畫的先河，而隋文開皇十三年（593）且詔：「隋皇佛弟子姓名，……廢像遺經，悉令雕版」，〔註7〕可知其時雕版印刷的實物今雖不存，但純熟成品的出現，前此時期者往往是該製作技術由生而熟、摸索改進的一個蘊釀過程。1907 年敦煌出土唐懿宗咸通九年（868）王玠雕印「金剛經」與扉圖「祇樹給孤獨園圖」，是目前

〔註 5〕 中國印術啓蒙於印章與摹拓的經驗。《中國印刷術源流史》作者卡特（Thomas Francis Carter，1882～1925）認爲中國印刷源自印章：「印章的目標是證明眞實（Authenticaton），印刷的目標是作成重複（Red-uplication）。」其意見直指印章爲雕版印刷的縮小，而雕版印刷是印章的擴大。至於刻印的陰陽文有否經驗的關聯，日人島田翰《古文舊書考》一言中地：「夫陰文刻石與陽文刻木，僅一轉之間耳。」是雕物版而印的心得，從刻字、印字以致刻畫、印畫的歷程極爲自然。關於版刻雕印相通經驗的論述，可參李書華〈印章與摹搨的起源及其對於雕版印刷發明的影響〉一文（收於喬衍琯、張錦郎編《圖書印刷發展史論文集》，臺北：文史哲，1982 年，頁 204～225）。

〔註 6〕 見於晉葛洪《抱朴子》：「古之人入山者，皆佩黃神越章之印，其廣四寸，其字一百二十。以封泥著所住之四方各百步，其虎狼不敢近其內也。行見新虎跡，以順印印之虎即去；以逆印之虎即還。」用木刻印，以印符咒，而具宗教神力。

〔註 7〕 固然印章摹拓是促成雕印的成長，但雕版印刷術確切產生的年代，尚難定論。明陸深《河汾燕閒錄》、胡應麟《少室山房筆叢》、清阮葵生《茶餘客話》、張澍《蜀典》乃至民國孫毓修《中國雕版源流考》、日人島田翰《古文舊書考》等人，以隋文帝「廢像遺經，悉令雕撰」爲證，斷爲隋時；另清王士禛《居易錄》、袁棟《書隱叢說》、俞樾《春在堂筆談》、葉德輝《書林清話》及日人朝藏龜三《日本古刻書史》則反對是說。

現存雕版成品中最早的實物，該圖佈局華麗壯闊，鐵線描之刻線流暢，技巧純練，風格肅穆，在我國印刷與版畫史上同具身價。

又五代之後，晉開運四年（947）「毗沙門天王像」、北宋初太平興國五年（980）王文沼雕版《陀羅尼經》版畫，將經圖附於經卷卷上、卷中或卷下，圖文相配，而觀者可易於深明其義。顯然，其時宗教宣傳活動熱絡，而類似此幅的經卷圖，即使始終不脫宗教氣味，但其傳播的功能與影響，倒深深向著大眾而去。

二、宋元眾多書類的插圖

北宋仁宗慶曆年間（1041～1048），畢昇活字印刷術加入印術陣容外；宋重文教，教育機構普設，講學風氣日熾及經濟基礎帶來的消閑文化，再再促進刻書事業，上至中央國子監，下達地方書坊及私家刻書者，無不積極從事，致書類大增，版畫製作的範圍更躍出宗教界，並向更遼闊的書籍地盤走訪探尋。至於民間木刻雕版印刷，多數是書籍插圖，如文學、曆書、醫書、畫譜與日用生活常識書，值得一提的是，宋時插圖傳統的特殊斬獲，乃是憑藉消閑文化戲曲傳奇等書籍，順勢而生的木刻繡像，這些繡像以各自依附的品類而題材豐富：神話、演義、愛情等。是此類版畫插圖的紮根滋長，適為明代小說戲曲繡像發展為繁花似錦的憑恃。名作如《列女傳》、《宣和博古圖》、《營造法式》、《梅花喜神譜》、《補注銅人腧穴鍼灸圖經》等，其中《列女傳》一百二十三幅插圖，為繡像之精美者，〔註8〕而其上圖下文的排置則是依宋代插圖本最普遍的形式。可見，此時的版畫插圖，多數能與民眾生活的實用用途相貼切。

元代版畫在原來黑白色彩的基礎上，做朱黑雙印的嘗試，元順帝至元元年（1340）無聞和尙《金剛經》注中，經文作墨色，經注及注中「靈芝圖」則以朱色，是為版畫色彩印刷上由單色、二色，乃至多色套印的先行試驗之作。要求色彩的變化，一方面是藝術在技術演進上的自主，另方面則是人們視覺心理對色彩欲望的滿足所致。此外，元英宗至治時期（1320～1323），所印《全相評話五種》〔註9〕的講詞插圖，是純粹的文學性繡像了。

〔註 8〕 清徐康《前塵夢影錄》：「繡像書籍，以宋槧列女傳為最精。」引自收於楊家駱主編「中國學術名著」第三輯、清葉德輝《書林清話》卷八〈繪圖書籍不始於宋人〉（臺北：世界，1988年，頁218）語。

〔註 9〕 即《全相三國志平話》、《全相武王伐紂平話》、《全相平話樂毅圖齊七國春秋

三、明代主以小說戲曲繡像與畫譜的黃金階段

我國繪畫史上的沿革，正當明代摹古風氣瀰漫，出路難尋，且畫壇沈寂之際，民間版畫製作卻正風起雲湧的展現其輝煌。尤其明中後期，社會條件恰逢其時的情勢，使主以人物為運作情節的小說戲曲等通俗文學，本本有繡像，且一本同時有多種的繡像，各家手競繪製。當畫壇人物畫早已隱退其盟位而拱手讓於山水畫時，〔註10〕小說戲曲以人物為導引繡像的題材，其飛黃騰達，是與整飭不振的文人畫，適成對比。〔註11〕

明初版畫，新意仍少。中期後，明神宗萬曆（1573～1620）直到思宗崇禎（1628～1644）時代的幾十年間，是版畫史上最稱風華絕代的時段。造就版畫質量與技術精進的黃金歲月中，其時商業活絡，讀者群需書殷切，書商鼎力支持，專業繪師、刻師、印師三眼三手的合作與提昇版畫藝術性的共識，「繪圖是當時名士，鑴刻者皆宇內奇士」，〔註12〕都是造就該歲月的磚瓦。甚至有畫壇名家跨刀出手為之繪圖的，如唐寅、仇英、陳洪綬、丁雲鵬、汪耕等，名刻工如劉希賢、劉素明、項南洲、新安黃氏一家等，善刻者其刀頭具眼，對於繪稿要能「鬚眉撇捺任依樣」而無走作，運刀流暢如「良馬之奔於平原，蝙蝠之夜遊」，〔註13〕一改工藝末技之譏，是不以工匠相稱。就版畫形式而言，有插圖、畫譜，而畫譜刻印內容無所不包，有專刻山水、人物、翎毛花卉、兵法武器、譜錄或印前人名畫的。就版畫技術與色彩而言，有純黑白陽刻、多色套印。明天啟（1621～1627）江寧吳發祥《蘿軒變古箋譜》變單色印刷為多色套印，而崇禎四年（1631）徽州胡正言《十竹齋書畫譜》更

後集》、《全相秦併六國平話》、《全相續前漢書平話》五種，1955年曾合編影印出版。

〔註10〕宋郭若虛《圖畫見聞志》論及唐宋藝術品類興衰時：「或問近代至藝與古人何如？答曰：近代方古多不及而過亦有之。若論佛道人物，士女牛馬，則近不及古；若論山水林石，花竹禽魚，則古不及近。」我國畫藝最早以人物畫為主流，迄明時，則山水畫後來居上。

〔註11〕就藝術史上下層文化消融的現象看來：當某種藝術內容或形式從上層文化活動消退下來，此種曾被尊重的藝術內容或形式往往滲於民間藝術中，是人物畫雖不盛於明代畫科，而卻在民間藝術形式如寫真、繡像的強韌活力中得到了支持空間。

〔註12〕轉引自梅創基言及「木刻畫譜和徽派刻工」繪畫師與雕版師逐漸分業之語，見於梅創基《中國水印木刻版畫》（臺北：雄獅圖書，1988年），頁30。

〔註13〕王伯敏言及書籍中的木刻版畫之引語，引自王伯敏《中國版畫史》（臺北：蘭亭，1986年），頁45。

揚其長，以餖版合拼，〔註14〕拱花壓印，〔註15〕木刻水印，寫形既妍，雕鏤亦巧，「淡淡濃濃，篇篇神采；疏疏密密，幅幅亂眞」，是水印木刻藝術的極致，令人「不敢作刻畫觀」；〔註16〕並且，此一多色套印新法一經傳播而對日本傳統版畫產生影響，十八世紀畫工奧材正信以套印製「紅繪」，後畫工鈴木與刻工金六更引多彩套印完成套版浮世繪。〔註17〕不過小說戲曲的繡像以掌握黑白對比的純熟細膩，對彩色套印倒極少應用。

其時版畫事業多以刻書業的中心而逐漸開展，北京、南京、建安（福建建陽）與徽州（安徽歙縣）四地刻業以地方特色形成派別，以文學性質版畫而言，徽州版畫的藝術性更高於其他三者：線條纖細、構圖緊湊，風格秀麗縝密，或出自名畫家、名刻手之筆，是「時人有刻，必求歙工」，如萬曆三十三年（1605）丁雲鵬繪《程式墨苑》原圖，由黃璘刻版；南明桂王六年（清順治九年，1652）陳洪綬繪《博古葉子》原圖，由黃子立刻版。流行極甚的《離騷》、《水滸傳》、《西廂記》繡像也出於陳氏之筆。當時最受注目的是眾多小說戲曲書籍中必附的繡像，「千容百態，遠近離合，具在刀頭之精」，〔註18〕如《西廂記》、〔註19〕《琵琶記》、《楊家將演義》、《紅拂記》、《水滸傳》、《西遊記》、《金瓶梅》等，無不附圖，圖圖皆美，多家刊印互相爭勝，書商一則以繡像吸引讀者注意，另亦努力於提升製圖水準，是版畫藝術在通俗文學之漸次推廣下，其版刻獨具的樸質美感，得到認定與佳賞。至於，插圖編排方式則在宋代上圖下文之主流上，更開發出了許多樣式：上文下圖、左圖右文、左文右圖、前圖後文、前文後圖、不規則插入等，〔註20〕甚至也

〔註14〕 係多色套印中將彩色書稿按顏色分別勾摹，各色刻製成小塊分版，再依色之淺深以逐色套印，是印出顏色，濃淡深淺、陰陽向背，幾與原作無異。

〔註15〕 即利用凹凸二版嵌合的原理，讓版面拱起花紋，產生立體感。此法常用於翎毛類的翎毛與山水版畫的行雲流水之製作。

〔註16〕 與「淡淡濃濃，篇篇神采；疏疏密密，幅幅亂眞」一句，均出於明胡正言《十竹齋書畫譜·翎毛譜》楊文聰〈小序〉語。

〔註17〕 亦木刻版畫，原意爲憂世繪，多描繪現實風俗世態，性質或近於我國年畫。

〔註18〕 王伯敏言及戲曲小說插圖之引語，引自王伯敏《中國版畫史》（臺北：蘭亭，1986年），頁82。

〔註19〕 《西廂記》繡像極多版本，不勝枚舉，如《新刊大字魁本全相參增奇妙注釋西廂記》、《重刻元本題評音釋西廂記》、《北西廂記》、《新校注古本西廂記》、《張深之先生正北西廂秘本》等數十種；且不乏高手參與，如汪耕、錢穀、陳洪綬等繪；黃鏻、黃應岳、黃應光等刻。

〔註20〕 可參王伯敏《中國版畫史》（臺北：蘭亭，1986年），頁17、41～44。

有如手卷的，顯見從事版畫者其刻意設計版式的用心。而插圖內容的處理往往有繪者自己生活所聞見的體會，其理解方式有時並不必然步趨於原書；而畫面的經營，不論是突破時空拘限的場面並置、門戶洞開的屋宇剖面，或畫面舞臺化組織，都更與讀者的欣賞習慣相繫。

晚明數十年華所以是中國版畫史上一個亮麗以致令人無法忽視的年代，社會經濟的穩定富庶、讀者大眾的餘裕消費、出版商家的銳利眼光、畫家藝人的藝術匠心與製作技術的改良提昇，皆是孕其充實的必要條件。

四、版畫普遍應用而以年畫爲洪流的清版畫

清代版畫除了仍用在前文舉述者外，其觸角更及於宮廷版畫、方志、畫冊與年畫的繪製。清初版畫重地仍以北京，而緊承晚明，是清初版畫尙能承其遺緒，蕭雲從之「離騷圖」可與陳洪綬者「足存千古」，此後明末高手趨於凋零，版畫漸呈衰退。猶稱佳品的如《繪像三國志》、《揚州夢》、《隋唐演義》、《封神榜》等繡像，但只守成於晚明，新意已缺缺，是清木刻版畫的重心已漸離繡像。另朝廷出資的殿版版畫，以物力無虞而完成的集體巨型版畫，借爲歌頌政事，如康熙時「耕織圖」、「萬壽盛典圖」，乾隆時「南巡盛典圖」、「凌煙閣功臣圖」、「皇清職貢圖」等。以「耕織圖」〔註21〕而言，其繪者焦秉貞、冷枚，〔註22〕以西法遠近合理的透視法處理畫面，是圖中人景的大小比例俱異於中國畫法，〔註23〕作風纖細麗都，無有晚明版畫活潑風趣的可觀性。「耕織圖」是宮廷版畫藝術中影響民間版畫最多的一部，或《程甲本》中細細作工的人物繡像曾受此風格影響。又有沈因伯聘王概主事的套色水印畫譜《芥子園畫傳》，可供作習畫者的入門教本，爲繼《十竹齋書畫譜》後的版畫傑作，是「每一圖出，不但嗜好者見之擊節稱賞，即善畫者見之，

〔註21〕 以耕田、織布等農事場面爲描繪主題的繪畫，多爲進獻皇室之用。南宋時樓璹即曾繪耕圖織圖四十五，各繫一詩，進於宋高宗。

〔註22〕 焦、冷皆籍山東，冷爲焦之門生。焦善畫肖像，爲清宮「御容」，嘗遊於西方教士，是熟知西方畫法，所畫人物山水樓觀之位置，遠近大小不爽毫髮，爲採透視明暗畫法。冷枚，字吉臣，亦供畫內廷，善人物界畫，多以西法寫生入畫。

〔註23〕 清鄒一桂《小山畫譜》論「西洋畫」時：「西洋人善勾骨法，故其繪畫於陰陽遠近，不差錙黍，所畫人物屋樹，皆有日影，其所用顏色與筆，與中華絕異。布影由闊而狹，以三角量之，畫宮室於牆壁，令人幾欲走進。」是中西畫絕異處在於空間深度的處理，中以散點，西以焦點。鄒語引自于安瀾編《畫論叢刊》（香港：中華，1977年），頁806。

莫不嘖嘖許可。」〔註24〕

此外，以清尚樸學，排斥紛華，書業略凋，插圖能手多轉繪年畫，是清雍、乾時期，取代單色墨線木刻繡像而起的是色彩繽紛的民間年畫。〔註25〕年畫本爲歲暮年初的買賣印品，借淺顯易懂的寓意圖像表達人心寄望的普遍理想，而取材「巧畫士農工商，妙繪財神菩薩」，以至戲文故實、里巷風俗，無一不可入圖。年畫因應於人心嚮往，是繪製原則也仍切中人性普遍審美的習慣，即：「畫中要有戲，百看才不膩；出口要吉利，才能合人意；人品要俊秀，能得人歡喜」，〔註26〕年畫必具熱鬧歡娛的場面與吉祥如意的主題。其中自明而清的三大年畫舖：河北天津楊柳青、江蘇蘇州桃花塢、山東濰縣楊家埠，爲產量多、銷路遠、影響大，且具濃厚地方風味者。各坊盛時作坊通街，畫牌相招，彩幌遙對。迄於清末，泰西新法傳入，年畫一方面固然汲取若干西式構圖遠近逼眞、色紙文具，但終不敵石印新奇討巧與廉價削競，木刻年畫氣數隨之亦衰。

至於，清代《紅樓夢》繡像的藝術處境，清廷明令題禁瑣語淫詞，稽查書籍頻繁，特別是與民心風化關聯最密的小說戲曲書籍〔註27〕多所禁燬，如《西廂記》、《金瓶梅》及《紅樓夢》常在搜捕之列。這類書籍，原是插圖所以依恃的最大空間，而書籍禁令屢頒，口氣益峻，繡像創作隨書籍流通的層層阻擾而漸次消歇，數量既少，品質亦降。因之，清《紅樓夢》繡像處於難於攀升的潮流中，不僅無法更新，連守住清初水準也有困難，其繡像藝術落於明代高峰之後必矣。藝術再創高潮，在於高度、持續的發揮水準，但發揮至極後的瓶頸突破，是藝術接緒者所面對的難題，當《紅樓夢》等出色文學的繡像，尚未擬成一個超越晚明插圖高峰的對策時，一再重申的禁令加壓下來，一流小說《紅樓夢》也不免要尷尬於明代美善的插圖藝術了。

〔註24〕王伯敏言及《芥子園畫傳》貢獻時，所引沈因伯之語，見於王伯敏《中國版畫史》（臺北：蘭亭，1986年），頁168。

〔註25〕又稱紙畫、畫片，道光後才有年畫之稱。爲過年時用爲祈願祝福、量體裁衣實用藝術品，是「隔歲痕猶在，房攏一例貼」。

〔註26〕年畫藝人的創作三訣，見於王伯敏《中國版畫史》（臺北：蘭亭，1986年），頁181。

〔註27〕如康熙五十三年（1714），清聖祖諭：「朕惟治天下，以人心風俗爲本。欲正人心，厚風俗，必崇尚經學而嚴絕非聖之書。……近見坊間多賣小說淫詞，荒語理鄙，殊非正理，……所關於風俗者非細，應即通行嚴禁。」是舉不啻是縮減了繡像創作的園地。

第二節　紅樓繡像的審美考察

　　清代《紅樓夢》繡像的版面全爲一面單幅,不與文字相混,既無明品手卷長幅式設計,也沒有上文下圖或上圖下文等形式,爲一種規整化的版面設計。是就其構圖而言,其在有限的畫幅中謀篇構思、經營畫面時,繡像固然也須要注意:「一尺半幅之上,上留天之位,下留地之位,中間方立意定景」,〔註 28〕並且,繡像繪製也有「豎畫三寸,當千仞之高;橫墨數尺,體百里之迥」,〔註 29〕用小爲大、以少表多的經營匠心,故能「省百里於方寸,圖萬態於毫端」。〔註 30〕但對於布顯出情景人物的文本,繡像構圖平面園林景觀時,在《紅樓夢》若干繡像有遠近合宜經營的嘗試外,畫論引爲繪忌的「布置迫塞,遠近不分」〔註 31〕的構圖,仍可於部分繡像見到。基於清代《紅樓夢》繡像曾以木刻、石印二種版畫材質製繪,同歸素樸,繪畫的性格則各具趣味:木刻繡像既繪又刻,其線條多具刻刀鏨痕,在繪畫性之外,另有獨特的鏤刻刀味;石印繡像以在版面上直接塗染,省去鏨刻,較木刻者能保留繪時原樣,而筆法圓潤,線條流暢,「細若牛毛,明如犀角」,〔註 32〕其易於纖細精美,近於素描效果,如 1889 年《上海同文書局本》第九回「嗔頑童茗煙鬧書房」(圖 38),垂柳描繪葉葉細膩,另者石印法對於繪製墨塊也比木刻方便得多。

〔註 28〕宋郭熙《林泉高致集》,〈畫訣〉語,引自于安瀾編《畫論叢刊》(香港:中華,1977 年),頁 25～26。

〔註 29〕南朝宋宗炳《畫山水序》語,引自俞劍華編《中國畫論類編》(香港:中華,1973 年),頁 583。

〔註 30〕明高濂《燕閒清賞箋論畫》語,引自俞劍華編《中國畫論類編》(香港:中華,1973 年),頁 122。

〔註 31〕元饒自然《繪宗十二忌》以此二者爲山水畫忌之首:「一曰:佈置迫塞。凡畫山水,……小幅巨軸,……亦須上下空闊。四傍疎通,庶幾瀟灑。若充天塞地,滿幅畫了,便不風致,此第一事也。二曰:遠近不分。作山水先要分遠近,使高低大小合宜。」此語引自俞劍華編《中國畫論類編》(香港:中華,1973 年),頁 691。

〔註 32〕清黃式權《淞南夢影錄》曾說明石印法:「石印書籍,用西國石板,磨平如鏡,以電鏡映像之法,攝字跡於石上,然後傅以膠水,刷以油墨,千百萬頁之書不難竟日而就,細若牛毛,明如犀角。」是石印快速,且字跡分明,不差毫釐。黃語轉引自張秀民《中國印刷史》(上海:上海人民,1989 年),頁 579。

一、簡疏經營的人物繡像

《紅樓夢》人物繡像本的構圖問題大致單純，多以處理人物爲主要考慮。《程甲本》繡像構圖飽滿，而《三讓堂本》、《臥雲山館本》的布景多自《程甲本》來，但又比《程甲本》簡潔得多。《雙清仙館本》則除了「可卿」、「史湘雲」、「晴雯」等有少許設景外，其餘純是由角色兀自立於畫幅中央。這種在畫面上別無長物，角色擺在畫幅中央位置的情形，《廣百宋齋本》以後的人物繡像一應如此，是無所謂經營位置。至於《滬上石印本》、《求不負齋本》等繡像的布景因人而設，構圖主以安排人物位置，景的份量及組織並不重要。《程甲本》繡像構圖飽滿，畫風尙稱秀麗。將人物衣紋、欄柱、地板的井字型圖案，都施以長長短短的線條，是滿幅少有留白，如「元春」（圖39）、「史太君」、「薛寶釵」等，幅幅布滿繁複縱橫的線條，「元春」幅中之衣冠、門窗、地磚、儀仗等花紋繁密而工整。至於空間的處理，《程甲本》對於把屋宇作剖面開放展覽的興趣顯然不大，但對襲自「耕織圖」遠近透視法的努力或力仍未逮，如「妙玉」（圖40）中，深化其空間時，暗示空間的斜線把握不當，以致室內室外伸縮不合理，視線緊迫，而屋角若掀。另如「惜春」暖香塢外遠處的屋宇林木也有此病。《三讓堂本》與《臥雲山館本》人物繡像的內容物多襲自《程甲本》，如「寶玉」、「元春」、「僧道」，而布置簡疏，大多削去環境描繪，什物極少。《三讓堂本》「史湘雲」（圖4）在眠芍的背後置一大石，線條轉挫，刀味甚重，而《臥雲山館本》「史湘雲」（圖41）穿漏的大石，線條則潤，石旁芍藥花比例被特意加大，以突顯眠芍場景。而諸本對人物造型所施用的線條變化，即使所重不在於如實表現合理的實際身軀結構，有女角尖臉削肩柳腰等纖弱仕女風格的審美觀點，但往往也因缺乏明顯個人特徵的標識，只有身份的區別。

二、多樣排場的回目繡像

清沈宗騫《芥舟學畫編》論及繪事布景與用筆於人景物器時，要能「當合題中氣象：如讌會則有忻悅意思，離別則有愁慘意思」，〔註33〕引起氣氛。在畫幅中，對內容物之間上下位置、遠近距離、前後層次、左右間隔與虛實關係等平面布列的手法，就《紅樓夢》回目繡像處理事件而釋出的視覺感受而言，其繡像的畫面經營除了本文第三章所及「逐項細開的內容」外，

〔註33〕引自俞劍華編《中國畫論類編》（香港：中華，1973年），頁538。

尚有：

（一）簡省的空間處理

在《紅樓夢》繡像中極常見，此法其實源自明代繡像的經營手法，乃是將畫面的某部份省去，建築物只露出部分，餘者不予畫出，是暗示無邊延伸的空間深度，《廣百宋齋本》、《滬上石印本》等幾乎每幅如此。如第八回《廣百宋齋本》「薛寶釵巧合識通靈」（圖 42），偌大天空以數紋雲影交代空間，其餘不著一筆。十八回《滬上石印本》「天倫樂寶玉呈才藻」（圖 43），用一布幕隔斷畫面，使近三分之一的畫面空無一物，而人物活動全集中於布幕之下。1889 年《上海同文書局本》七十九回「薛文起悔娶河東吼」（圖 44）中，對空間的處理略爲率性，其中牆壁只存數條界畫，留白極多。

（二）超現實時空意象 [註34]

針對小說揉合相異時空之人事的情節描述，而將之同時擺布於一畫面上，以作爲繪者對該情節想像空間的詮釋。最常見的例子是有關夢境神游的，如第五回《廣百宋齋本》「賈寶玉神游太虛境」（圖 45），從可卿房帳中曳出一縷如雲夢境探訪，在雲霧線條的界線裡，另外描繪寶玉在太虛幻境中與警幻情節的夢中情事；另第一回「甄士隱夢幻識通靈」的夢境在《廣百宋齋本》、《求不負齋本》（圖 20）、八十二回《滬上石印本》「病瀟湘癡魂驚噩夢」（圖 46）也有一致的處理方式。此外《程甲本》「尤三姐」（圖 47）、一百九回《廣百宋齋本》「還孽債迎女返眞元」（圖 48），雲霧變成是死亡的象徵。

至於對空間深度的處置，由於並不偏重如明代繡像舞臺畫面的處理方式，《紅樓夢》回目繡像顯然多有較合理的空間透視感，其「布影由闊而狹，以三角量之；畫宮室於牆壁，令人幾欲走進」，[註35] 如四十回《滬上石印本》「金鴛鴦三宣牙牌令」（圖 49），左右對稱的兩排人物，往幅中賈母、薛姨媽二人坐處推移，人物面向觀者，地板的比例從寬而狹，漸次縮於畫面焦點，而形成空間深度。又如 1889 年《上海同文書局本》四十七回「獃霸王調情遭

〔註34〕黃才郎就明代版畫中小說戲曲圖像營造的現象，以「離／還魂的主題和情境，或涉及神鬼意識、死生相易、陽賞陰報以及解脫塵寰、逍遙冥想」等超現實題材爲其時此類圖像畫面經營的特點之一。其文〈明代版刻圖像的畫面經營〉，收於行政院文建會《明代版畫藝術圖書特展專輯》（臺北：中央圖書館，1989 年），頁 284～293。

〔註35〕鄒一桂《小山畫譜》「西洋畫」語，引自于安瀾編《畫論叢刊》（香港：中華，1977 年），頁 806。

苦打」（圖 50），利用一河分劃前景、後景，柳湘蓮舉拳薛蟠的場面在前，而人後與後景河岸線的推曳，也深具空間感。另外繡像多將地板、水紋、山石、樹葉等物象簡化爲規格的造型，如十七回《廣百宋齋本》「大觀園試才題對額」（圖 27）的石塊由數個四方幾何形狀組成；六十八回「苦尤娘賺入大觀園」（圖 51），數種樹葉形狀則作以極圖案化的處理。

　　清代《紅樓夢》小說繡像出於匠役，就其藝術性而言，木刻繡像顯然不及石印繡像細緻生動，其木刻繡像往往引人訾議，甚至有「程偉元刻《紅樓夢》，其繡寶哥哥、林妹妹之像，一團俗氣，固無論矣，刻工刀法之粗率，雪芹見之，必將痛哭九泉」的意見，〔註 36〕整體而言，以《程甲本》可稱工麗纖巧外，後來翻刻的《東觀閣本》繡像模糊難辨，線條粗劣；此後《三讓堂本》、《臥雲山館本》，雖努力於簡化布景、濃縮主題，而線條板滯，人物模樣多至獃拙，至無可觀。《雙清仙館本》人物繡像以六十四幅爲號召，人物以纖巧輕盈引人注目，但造型多無創意，或從坊間現成人物畫譜中，縮放尺寸摹刻而來。至於石印繡像以不失繪畫筆味的素描屬性，人物繡像與回目繡像對人物、場面等繁複細節都能繪印纖細，線條柔潤，即使畫面也只黑白搭配，較諸木刻繡像的素樸風格之外，又添靈動之美了。

〔註36〕 戴不凡對清代小說木刻繡像之意見：「自清初以降，雖繡像小說大行，而全相、出像之製幾廢，其中竟罕有稍具藝術價值者。」其對《程甲本》二十四頁人物繡像責論極深。其意見引自戴不凡《小說見聞錄》（杭州：浙江人民，1982年），頁 294～298，〈小說插圖〉。

第五章　市場取向
——基於接受理論的考量

　　中國書籍附圖的傳統已久，而書籍插圖，不論是宗教性、文學性乃至藝術性的，多具有宣傳的屬性及淺顯的特點，或借生動寫實的畫面以輔文字不足，教人理解，增加趣味；或附麗書籍美觀，加強可看性。關於看書瀏覽插圖的快意，晉陶淵明在其〈讀山海經〉時說：

　　　　汎覽周王傳，流觀山海圖，俯仰終宇宙，不樂復何如？

而通俗文學繡像更有濃厚的淺顯易懂的特性。以看小說固然取樂，欣賞繡像更能直接快人心目，況且看戲曲演出，賞看幾頁小說，向來是市井細民勞動生活之餘，一種低消費、隨手可得又簡便直接的文娛活動。當雕版印術為記錄文明軌跡，插圖也借此大量複製、流傳迅速，以致通俗文學繡像編制的有無也成為書籍暢銷滯銷的關鍵，明天啟年間：

　　　　戲曲無圖，便滯不行，故不憚仿摹，以資玩賞，所謂未能免俗，聊

　　　　復爾爾。〔註1〕

針對這種喜好看圖的閱讀心理，使其時書坊多樂意在通俗書名冠上「纂圖」、「繪像」、「繡像」、「全像」、「圖像」、「全圖」、「出相」、「補相」等字樣，既迎時目，更廣招徠，作為商業的促銷手法。

　　話須通俗方傳遠，把通俗易讀、消閒娛樂的群眾性歸為小說的傳統文學功能，應不過分。雖然雪芹表面上早早表態創作《紅樓夢》的出發點，是使人「消愁破悶」、「噴飯供酒」（第一回）把玩而已，但書一出，即便是文字讀

〔註1〕是明時坊肆出版小說戲曲書籍，以市場需要而慣常繪附繡像的風氣。該語轉
　　　　引自張秀民《中國印刷史》（上海：上海人民，1989年），頁489。

者，也「閱者各有所得」、喜愛不一，〔註2〕或視之爲情書、悟書、淫書、閒書等；〔註3〕或戲曲觀眾對其題材演出「感嘆欷歔，聲淚俱下」；〔註4〕或續書仿作蜂起；〔註5〕更有嗜讀以致飲泣嘔血而卒，青樓鶯燕爭名釵黛〔註6〕等引起當時若干匪夷所思的非常態社會效應，再再更見《紅樓夢》迷人入勝的藝術包容。

〔註2〕 清諸聯《紅樓評夢》以《紅樓夢》風行於世，評論讀紅者之心得，是：「閱者各有所得：或愛其繁華富麗，或愛其纏綿悲惻，或愛其描寫口吻一一逼肖，或愛隨時隨地各有景象，或謂其一肚牢騷，或謂其盛衰循環提矇覺瞶，或謂因色悟空回頭見道，或謂章法句法本諸盲左腐遷。亦見淺見深，隨人所近耳。」讀者所見各異。諸聯語，見於一粟編《古典文學研究資料紅樓夢卷》（臺北：新文豐，1989年），頁117。

〔註3〕 是讀者所見《紅樓夢》題旨各自取端，青花月癡人〈紅樓幻夢自序〉命曰「情書」，明鏡主人命曰「悟書」，又有淫書、閒書、影書、社會平等書、夢書、哭書等。魯迅〈紅樓夢雜論〉即說之：「單是命意，就因讀者的眼光而有種種：經學家看見《易》，道學家看見淫，才子看見纏綿，革命家看見排滿，流言家看見宮闈秘事。」

〔註4〕 清梁恭辰《北東園筆錄》中記到《紅樓夢》「串成戲齣演作彈詞」時，觀眾激動的情事。而梁氏爲極力反對《紅樓夢》者，既斥雪芹「以老貢生橘死牖下」爲編造淫書的「顯報」，並曾親焚《紅樓夢節要》書版，欲以杜絕該書刊印。梁恭辰語，見於一粟編《古典文學研究資料紅樓夢卷》（臺北：新文豐，1989年），頁366～367。

〔註5〕 清夢癡學人說其時《紅樓夢》盛況「家家喜閱，處處爭購」，乃至世態爲之狂顚：「於是續之，補之，評之，論之，遂撰遂刻，肆無忌憚，而昧者模形，迷者襲跡，仿效爭趨。」（〈夢癡說夢〉，引自一粟編《古典文學研究資料紅樓夢卷》，臺北：新文豐，1989年，頁219）。而續仿未曾或斷，魯迅：「《紅樓夢》方板行，續作及翻案者即奮起，各竭智巧，使之團圓，久之，乃漸興盡，蓋至道光末而始不甚作此等書。然其餘波，則所被尚廣遠，惟常人之家，人數鮮少，事故無多，縱有波瀾，亦不適於《紅樓夢》筆意，故遂一變，即由敘男女雜沓之狹邪以發洩之。」但續書往往被譏添足，仿作亦無甚筆墨。見於魯迅《中國小說史略》（臺北：谷風，出版年缺），〈清之狹邪小說〉，頁267。

〔註6〕 清時有讀《紅樓夢》而致命致疾的，如陳鏞《樗散軒叢談》：時人有貪看《紅樓夢》，而「每到入情處，必掩卷冥想，或發聲長嘆，或揮淚悲啼，寢食並廢，匝月間連看七遍，遂至神思恍惚，心血耗盡而亡。」陳其元《庸閒齋筆記》：杭州一女以酷嗜《紅樓夢》致疾，「當綿惙時，父母以是書貽禍，取投諸火。女在床，乃大哭曰：奈何燒殺我寶玉！遂死。」或有爲之飲泣，而得癇疾。甚者，光緒間上海妓女竟有以貫探春、賈惜春、薛寶釵爲名，顧家相《五餘讀書廛隨筆》名黛玉的，「豔名尤噪，屢嫁人而復屢出爲娼」，更要痛煞雪芹之心。所引例可見一粟編《古典文學研究資料紅樓夢卷》（臺北：新文豐，1989年），頁349、382、388、414等。

最早《紅樓夢》流傳是由北京少數曹家親友文人向外輾轉傳抄開的。當《程甲本》為《紅樓夢》結束小眾流傳，由北京萃文書屋發行時，在書序中倡言「搜羅全璧」，〔註7〕繡像更是其標榜驚世的賣點之一，以後才又加進評點。小說繡像的通俗性格與社會大眾審美能力、習慣息息相關，而社會大眾文娛消遣也經常是制約於經濟許可的消費條件，供需之間互有制衡：在無力為之時或流於奢侈，可有可無；但在經濟許可時，它們又會變成生活裡消閒娛樂的必需品。中國社會經濟的都市化，始於南宋，蓬勃於明清：〔註8〕城市經濟的繁榮、悠遊生活的餘裕、印刷技術的便利等，都是仲介精神食糧的出版單位與讀者群二者所能逐漸形成的背景。如此一來，消閒書籍既廣行於眾，讀者群更日益龐大。為滿足讀者群的殷求，其時提供書籍的書肆便相應而有迎合的舉動。是以下分述出版者行銷的經濟效益；讀者群的審美消費。

第一節　行銷的經濟效益

行銷，此指以銷售為目的，經印刷而重複出現的書面物的發行與推銷，即書籍生產者將書籍推向讀者群，引起注意、閱讀或消費行為的商業過程與策略。緣自唐宋以後，刻書機構的分工已經確立，而相對於官刻、家刻嚴肅把持刻書質精量少的權責態度，〔註9〕所刻典籍詩文書類，與販夫走卒生活現

〔註7〕 其時《紅樓夢》無全璧，無定本，而讀者殷望全本。是程偉元〈新鐫全本繡像紅樓夢〉序自表：「然原目一百二十卷，今所傳祇八十卷，殊非全本。即間稱有全部者，及檢閱仍祇八十卷，讀者頗以為憾。不佞以是書既有百二十卷之目，豈無全璧？爰為竭力搜羅，自藏書家甚至故紙堆中無不留心，數年以來，僅積有二十餘卷。一日偶於鼓擔上得十餘卷，遂重價購之，欣然繙閱，見其前後起伏，尚屬接筍，然漶漫不可收拾。乃同友人細加釐剔，……」。該序見於一粟編《古典文學研究資料紅樓夢卷》（臺北：新文豐，1989年），頁31。

〔註8〕 以本論文端視繡像的文學與社會功能，至於通俗文學與社會經濟之間的脈動，筆者不擬論述史料。

〔註9〕 我國自宋後，書籍出版方式主要有：官刻、家刻、坊刻。官刻：由官方主事資助，以國家正統經史典籍為刻印重點。家刻：為私家刻印，主印私人詩文集，自費刻印。坊刻：專印大眾性的通俗書籍，如生活實用指南用書、書塾書本，與通俗小說、戲曲書籍。以職責而言，官刻重在延續正統，私刻時有逐名嫌疑，坊刻則以營利為主。前二者不須售取蠅利以支持印事，坊刻旨在營利，是不免講究行銷，而三者以家刻本最精：「以其經營此事者，第一為專

實所需立即性排解藉慰之功能並不相干，而如曆算醫藥、小說戲曲等大眾性、生活化通俗書籍，就靠尋常書坊提供。歷來坊刻業的使命顯然不必如官家刻者鄭重，其出版事業深具商業性，坊肆為售書營利單位，主顧是大眾，書的口味也要大眾化。以小說戲曲等消閒書而言，書商要能預估社會閱讀反應的事實，看準書籍的銷路，並予多印多售。並且坊刻往往因不考究精緻或避免內容猥瑣家常，品質一再被訾罵，但藉著廣大讀者群的擁護，仍可以不理會執問，又能理直氣壯的在經濟市場裡一枝獨秀，歷久不衰。是其對書籍校訂精確、印刷清晰、裝訂講究，既不在群眾的挑剔中，坊肆也能省則省，書價稱廉。

　　明北京江南刻書事業興盛非常，江南尤為刻書重鎮，〔註10〕並且多有以經營事業而致富的例子。〔註11〕明時小說戲曲蓬勃，市場極大，坊肆由於洞察讀者喜看繡像的閱讀習慣，明代書舖：

> 本坊僅依經書重寫繪圖，參訂編次大字本，唱與圖合，使寓于客邸，行於舟中，閑游坐客，得此一覽始終，歌唱了然，爽人心意。

〔註12〕

是多用心於繡像設計：

> 坊間繡像不過略似人形，止供兒童把玩，茲編特懇名筆妙手、傳神阿堵，曲盡其妙，一展卷而奇情艷態勃勃如生，不啻顧虎頭、吳道子之對面，豈非詞家韻事，案頭珍賞哉？

> 繡像每幅皆選集古人佳據與事符合者，以為題詠證左，妙在簡中，

門績學之士，或重刻古籍以廣流傳，或刊行先著以資顯揚，或校印孤稿以防佚失，或印輯，自作以備餽贈。第二為顯官商富，嗜尚所及，下逮附庸風雅之輩，鋪張門面之流，皆能聘請名儒，招致良匠，不惜工本，以事剞劂，其嘉惠士林之功，亦不可使其泯沒。」（王漢章〈刊印總述〉語，收於楊家駱主編「中國學術名著」第三輯、清葉德輝《書林雜話》（臺北：世界，1988年），卷二，頁23～36。

〔註10〕 明胡應麟《少室山房筆叢》記：「凡刻之地，有三：吳也，越也，閩也。……其精，吳為最；其多，閩為最，越皆次之。其直重，吳為最；其直輕，閩為最，越皆次之。」胡語見收於楊家駱主編「中國學術名著」第三輯、清葉德輝《書林餘話》（臺北：世界，1988年），卷上，頁9。

〔註11〕 如徽商，徽州以田少民稠，是商賈居十之九；又特產紙墨，版刻精細而盛，加以書籍銷量極大，徽商多有以經營書業而獲利致富，是能購田置屋，衣裘乘車。

〔註12〕 為明弘治戊午十一年（1498）金台岳家《奇妙全相西廂記》書尾出版說明。轉引自王伯敏《中國版畫史》（臺北：蘭亭，1986年），頁72。

　　趣在言外，誠海內諸書所未有也。〔註13〕

足見其為顧全生意，體貼讀者的作法。清初後，刻書之風仍盛，是：

　　藏書不如讀書；讀書不如刻書。讀書以為己；刻書以利人。以上壽
　　作者之精神，下以惠後來之修學，其道更廣。〔註14〕

北京、南京、蘇州、佛山等地同為重要刻書處。

　　當《紅樓夢》還是廟市傳抄本時，便價昂數十金，〔註15〕索購者尚且向隅。是乾隆末，程偉元與高鶚整理漶漫舊稿，以連史紙、聚珍版為之擺印《紅樓夢》首印時，書標「新鐫全部繡像紅樓夢」，一以百二十回全本為銷售號召，再以附刊繡像為賣點，而儘管程高二人並非書賈，〔註16〕其順時推出以供「同好傳玩」，〔註17〕也是端詳《紅樓夢》書市正待開發的時機，二版時以「坊間再四乞兌爰公議定值」，定價出售，是《紅樓夢》流傳擺脫抄本不敷所求而將席捲書市的轉機。並且在此流風之下，迄於嘉慶、道光年間時，書籍刷印更有價廉物美的供應，因之《紅樓夢》既深具市場潛力，供料低廉無虞，此後坊肆便無不用心於掌握讀者心理與運用銷書策略，以提高購書、看書的欲望，是翻印、翻刻本便一時風行，以至「翻印日多，低者不及二兩」，而在乾隆、嘉慶時，京都即「人家案頭必有一本紅樓夢」了。〔註18〕《紅樓

〔註13〕「人瑞堂本隋煬帝艷史凡例」語。

〔註14〕清張海鵬〈藏書記事詩〉語，引自淨雨〈清代印刷史小記〉，收於楊家駱主編「中國學術名著」第三輯、清葉德輝《書林雜話》（臺北：世界，1988年），卷一，頁123。明清輯刻書輯之風極盛，其時文人流傳「起個號，娶個小，刻部稿」的說法，是以為刻書之用，既使書籍終古不廢，而刻書之人也能不泯其名。

〔註15〕見諸程偉元〈新鐫全部繡像紅樓夢〉序：「《紅樓夢》小說本名《石頭記》，……好事者每傳抄一部，置廟市中，昂其值得數十金，可謂不脛而走者矣。」是《紅樓夢》流傳至此，實只欠一印而已，毋怪印本一出，爭睹搶購者甚夥，且「一時風行，幾於家置一集」了。

〔註16〕自胡適以程偉元為奸利書商後，直到史料發現，程偉元身份才得翻案，乃為一有舉人資格且具藝術修養的文人；高鶚則是乾隆末進士，是二人都非書肆中人。有關辨明程高身份的資料，可參文雷（胡文彬、周雷）〈程偉元與紅樓夢〉、日人伊藤漱平〈程偉元刊新鐫全部繡像紅樓夢小考餘說──關於高鶚與程偉元的探討札記〉、潘重規〈紅學史上一公案──程偉元偽書牟錄的檢討〉等文。

〔註17〕程偉元、高鶚《程乙本》「引言」。

〔註18〕《紅樓夢》流傳的記錄，見於清毛慶臻《一亭考古雜記》、郝懿行《曬書堂筆錄》都收於一粟編《古典文學研究資料紅樓夢卷》（臺北：新文豐，1989年）。

夢》流風的地域方向，由北而南，其出版書肆如在北京的萃文書屋、東觀
閣、聚珍堂等；〔註19〕蘇州的三元堂；佛山的連元閣；上海的同文書局、廣
百宋齋、皐記書局。

這些由私人掌管的坊肆爲招攬生意，《紅樓夢》的推銷上多見招數，或以
書名標題直接陳列噱頭：

以「新鐫」強調印本。

以「全本」、「全部」、「全傳」強調完整本刊印。

以「繡像」、「繡像全圖」、「補圖」強調加圖。

以「批評」、「批點」、「新評」、「增評」強調加批。

以「繡像批點」、「新評繡像」、「增評補圖」、「繡像全圖增批」強調
插圖評點合印。

或在內容加圖附贊的設計：在繡像上，不僅數量愈來愈多，也偶見精美。並
因禁書令的緣故，多數繪刻者不敢留名，以工匠製圖，多少節省了成本。甚
至對像贊位置的編排也無不體貼讀者觀覽的便利，「乾嘉刊本三十回後紅樓夢
刊刻凡例」即說到：

凡說部書繡像皆贊在陽頁，像在陰頁，不便觀覽，此書皆像在陽頁，

贊在陰頁，先贊後像，兩頁對開，以便觀覽。

後並委倩評點諸手，重新評點《紅樓夢》，藉以提高小說知名度，是後評本蜂
起。而以王希廉、張新之、姚燮三人評批成爲《紅樓夢》的最暢銷評本。在
小說戲曲中加圖給予讀者執書想像與說明，增加美感；而評點也是對讀提
供看書的指引與提醒，坊肆對小說戲曲書籍如此的裝潢，其實正是投讀者所
好的。

清以政治整飭，屢下禁書令，以風俗計，誨淫誨盜者爲禁書屬階，搜繳
燬版、議處管吏、科罰坊肆者時有，如蘇州書坊編刊小說獲利，引起官方查
禁；〔註20〕既冠《紅樓夢》以「淫跡罕露，淫心包藏」、「宣淫縱慾，流毒無

〔註19〕光緒二年（1876）聚珍堂本《紅樓夢》扉頁有「京都隆福寺路南聚珍堂書坊
發兌」字樣，是聚珍堂在北京無疑。至於萃文書屋與東觀閣也在北京的考證，
可參日人伊藤漱平〈程偉元刊「新鐫全部繡像紅樓夢」小考〉、王三慶《紅樓
夢版本研究》「下篇」（文化中文博，1980 年），「肆、程高刻本新鐫全部繡像
紅樓夢刊行地點試論」。

〔註20〕其告諭蘇州書坊：「若能前編刻淫詞、小說、戲曲、壞亂人心，傷敗風俗者，
將書板立行焚毀，其編者、刊者、讀者一並重責，枷號通衢。仍追原工價，
勒限另刻古書一部，完日發落。」轉引自張秀民《中國印刷史》（上海：上海

窮」，〔註21〕是《紅樓夢》與其續書更是禁榜上之常客。〔註22〕輿論界也以端正人心，或發言諄諄，或急急責難。〔註23〕在熄禁技窮無可如何之時，便擬出「抽換板片」、「或續或增，或刪或改，仍其面目，易其肺肝」，〔註24〕為釜底抽薪、一勞永逸之法。坊肆既為鬻利，其因應是更改書名，朝令的要脅反倒成了出版的靈感，改《紅樓夢》名「金玉緣」、「大觀瑣錄」；〔註25〕甚至直以「京本」、「本衙藏本」〔註26〕的名義掩護，宣稱是經官方批准或發兌的合格本，以照常流通。況且禁榜上的禁書名單，多曾至二百六十種之多，臚列詳細，不啻是指引書商出版和讀者注意搜羅的絕佳線索。

人民，1989 年），頁 555。

〔註21〕清齊學裘《見聞隨筆》、汪堃《寄蝸殘贅》語，見一粟編《古典文學研究資料紅樓夢卷》（臺北：新文豐，1989 年），頁 380、381。

〔註22〕如同治七年（1868）四月十五日丁日昌「江蘇省例：查禁淫詞小說」：「淫詞小說，向干例禁，乃近來書賈射利，往往鏤板流傳，揚波扇燄。……大率少年浮薄以綺膩為風流，鄉曲武豪藉放縱為任俠，……惟是尊崇正學，尤須力黜邪言，合亟將應禁書目黏單札飭。……計開應禁書目：……《紅樓夢》、《續紅樓夢》、《後紅樓夢》、《補紅樓夢》、《紅樓圓夢》、《紅樓復夢》、《紅樓重夢》……《增補紅樓》、《紅樓補夢》……。」此禁令文字錄自一粟編《古典文學研究資料紅樓夢卷》（臺北：新文豐，1989 年），頁 379。

〔註23〕如清《選色編》卷中勸書肆語：「夫開設書林，以取利身。試思何書不可獲利，而必借此壞人心敗風俗等書，以覓蠅頭，計亦左矣。萬懇絕此淫書，概不發刻，並不收兌，所謂？陽功於冥冥，獲福利於昭昭也。」欲以果報道理曉喻書肆勿因利忘義。而責難者則以雪芹著書傷風教而入地獄甚苦，或視《紅樓夢》為流毒，或以河豚比此書淫毒之深等的議論，更時有所發。

〔註24〕清余治《得一錄》中記有建議刪改禁書意見的：「江蘇紳士遂有禁毀淫書之舉，……惟收毀淫書，搜羅必難遍及，況利之所在，旋毀旋刻，望澤驚嘆，徒喚耐何！向嘗於無可如何之中，擬一釜底抽薪之法，欲羅列各種風行小說，除《水滸》、《金瓶梅》百數十種業已全禁毀外，其餘苟非通部應禁，間有可取者，盡可用刪改之法，擬就其中之不可為訓者，悉為改定，引歸於正，抽換板片，仍可通行，所有添改之處，則必多引造作淫詞及喜看淫書一切果報，使天下後世撰述小說者，皆知殷鑑，不致放言無忌。如用藥然，大黃巴豆，一經泡製，即堪治病。抽換淫書一法，洵足以濟毀禁之窮，標著作之準，宜約集同人，籌款設局，匯集各種小說，或續或增，或刪或改，仍其面目，易其肺肝，使千百年來習傳循誦膾炙人口諸書，一旦汰其蕪穢，益以新奇。」是為妙想奇招。余氏治書語轉引自魏同賢〈匯評本金玉緣論略〉一文（載於《紅樓夢研究集刊》十四，頁 386～387）。

〔註25〕由《紅樓夢訟案》（錄於一粟《紅樓夢書錄》，上海：上海古籍，1981 年，頁 62～63）所記：光緒十八年（1892）上海公署受理萬選書局繪圖石印本《金玉緣》訴訟案件，可知更改書名，以續禁絕。

〔註26〕如「本衙藏板本」《新鐫全部繡像紅樓夢》。

清末《紅樓夢》繡像雖偶有新作、佳作，但疵品更夥，以坊肆一意言商，牟利心切，書籍品質也受商品化的汙染，繡像繪製編訂草草：

> 清代坊刊小說多小本，前附繡像多不倩人繪製，而往往以「縮放尺」自金古良之《無雙譜》、上官周之《晚笑堂畫傳》、《芥子園畫傳四集‧百美圖》諸書中剽竊翻刻者。此等圖譜中之人像與小說本來毫無關係，益以縮尺既不精密，刻工又復潦草，往往成為奇觀，亦可殆已。〔註27〕

是繡像之美已備受商業歪風的波及，以致繡像製作粗糙，剽襲成風，錯漏難堪了。

第二節　讀者的審美消費

　　清代《紅樓夢》流行風光，其中世態人情隱耀，是言情紀事之書盈篋滿架，全讓《紅樓夢》敻敻獨得其第。當乾隆時，文人圈盛談《紅樓夢》，市井所樂談的仍是《三國演義》、《水滸傳》一類。此後市井接觸《紅樓夢》與受《紅樓夢》影響的，或宥於經濟消費，或限於審美能力，更或口味習慣的差異，而多半自民間曲藝或圖畫等淺易的作品而來，如聽子弟書的黛玉「悲秋」，甚且車乘窗上「條幅齊紈畫蔓延」，還圖染湘雲憨眠的景象。〔註28〕是《紅樓夢》的文學技巧之高，人取稗販而寓倦目，對多數無力直接欣賞其文字曼妙的，娛目賞心的圖像與戲曲，正是汲益這群社會身份尋常者的方式。其時更有租書店肆，疊架盈箱，任君挑選，「昨日看完，明日又租。真個詩書不負我，擁此數卷腹可果」，〔註29〕其樂無窮；又《紅樓夢》描寫男女旖旎，

〔註27〕戴不凡意見，見其著《小說見聞錄》（杭州：浙江人民，1982年），頁298，〈小說插圖〉。

〔註28〕清得輿《京都竹枝詞》「西韻悲秋書可聽」句下有「『悲秋』即《紅樓夢》中黛玉故事。」為記《紅樓夢》改編戲曲事。另張子秋《續都門竹枝詞》也有：「紅樓夢已續完全，條幅齊紈畫蔓延。試看熱車窗子上，湘雲猶是醉憨眠。」是其時《紅樓夢》題材已為人熟知熱愛。

〔註29〕清魏晉錫《學政全書》卷七〈書坊禁例〉：「甚至收買各種，疊架盈箱，列諸市肆，租賃與人觀看。」是賃書鋪為租賃小說極便利的場所。而其經營理念更是「藏書何必多，西遊、水滸架上鋪；借非一瓶，還則需青蚨。」（《生涯百詠》卷一〈租書〉）令看書人常看常忘常租。所引轉引自王利器《耐雪堂集》（臺北：貫雅，1991年），〈元明清三代統治階級對待小說戲曲的態度〉一文。

人性所思，即使被禁，人心更加好奇，「雪夜閉門讀禁書」，也是一樂。《紅樓夢》一者「深者見深，淺者見淺，高下共賞，雅俗咸宜」，〔註30〕另者紅迷知紅、迷紅的入手門徑也不盡相同。當然，《紅樓夢》引人顛倒的魅力，多自此發散開來。

　　繡像與文字圖文並茂的編制，深入淺出的內容，繡像之用，一者是讀者登門文學的階梯，二者更是物美價廉的視覺享受。而繡像通俗，其俗是人之常習常情所欣賞的，是藝術口味有雅俗，但未必能分高下，只是令人心滿意足的口味不同，譬諸：

> 畫之鑑賞，在人心目所會，各有去取。若此冊品別，有我以爲甲，而人以爲乙者。我以爲乙，而人以爲甲，似未可定。然總屬眞賞中。〔註31〕

甚且如墨子意見「食必求飽，然後求美；衣必常暖，然後求麗；居必常安，然後求樂」（《說苑·反質》），是繡像爲一種審美的視覺滿足，明朱一是說到手捧繡像之樂：

> 今之雕印，佳本如雲，不勝其觀。誠爲書齋添香，茶肆添閒；佳人出遊，手捧繡像，於舟車中如拱璧；醫人有術，檢閱篇章，索圖以示病家。凡此諸百事，正雕工得剞劂之刀，萬載積德，豈遜於聖賢傳道授經也？〔註32〕

是繡像對小說戲曲書籍作具象化、重點式闡明，以說明模糊，使觀者能完成當下且不須延宕的審美滿足，是對執書覽圖者而言，其內涵同時兼具：一種輕鬆娛樂的消遣性質；一種精神向上向善需要的誘發；一種奠基美術教育的啓蒙藝術。

〔註30〕清張其信〈紅樓夢偶評〉以此語譽《紅樓夢》爲說部書中之不朽著作，語見一粟編《古典文學研究資料紅樓夢卷》（臺北：新文豐，1989年），頁215。

〔註31〕《珊瑚網》「韻齋眞賞」語，轉引自《中國美術全集》（臺北：錦繡，1989年），第二十冊「版畫」，頁19～29，范志民〈枯木逢春花爛漫——中國古代版畫插圖析賞〉一文。

〔註32〕明崇禎壬午（1642）朱一是讀清白堂刊本《蔬果爭奇》跋語，轉引自《中國美術全集》（臺北：錦繡，1989年），第二十冊「版畫」，頁1～18，王伯敏〈中國古代版畫概觀〉一文。

第六章　結論與建議

　　小說、戲曲與版畫都崛起於民間，重視市井情懷，而自宋話本、宋明版畫以來，戲曲小說與繡像也一直是為娛樂大眾而作。當明清說部文學繼唐詩、宋詞、元曲，明清繡像也繼正統人物畫科等赫赫來頭者之後，並成為引領風騷的文藝洪流時，正足以說明社會生活中，生長於民間的戲曲、小說、繡像，一以演劇、一以案頭、一以畫幅的文藝形式與尋常大眾之間取得密切的供需聯繫，都是社會尋常大眾所樂聞慣見的，並且流布深遠。若小說是中國營養大眾、娛育大眾的最佳書面讀物，那麼，戲曲與繡像更是失學或文盲小民簡省又有聲有色的娛育來源。明清以來，繡像一方面推動了小說戲曲的流傳與普及，另者又是小說戲曲繁榮的必然產物。亦即繡像在擴大小說讀者人口與發揮小說娛樂性、社教性上，確實盡過力，並且繡像「寫載其狀，託之丹青」，更是一種美術品，隨書暢銷，使人心所縈迴、手所摩挲之際，得到最初的美術教育，與戲曲小說扮演著藝術在社會無可推諉傳媒角色和僕役的功能。

　　清代《紅樓夢》的小說繡像並不十分出色，或《紅樓夢》藝術內涵難以企及，或繪者不用功所致，以木刻繡像而言，既無法擬同於《西廂記》插圖，也未必能超越改琦的人物圖詠，而石印繡像如今也無人聞問，然而《紅樓夢》繡像在清代卻是行銷廣大且耳熟能詳的：小說繡像固然並非版畫藝術中最有創意與突出的類型，然而它在維繫繡像的傳統上可謂恪盡職責，甚至清代的小說繡像也可說是木刻繡像史上的最後一個守候者。如此說來，清代《紅樓夢》的小說繡像到底是維繫住了繡像的本分與功能：畢恭畢敬的正視文本，導遊讀者以按圖索驥；歷歷指繪以推廣文學。

　　或有以版畫爲繪畫亞流，是難登大雅之堂，然而二者同屬丹青，價值卻不妨互異，趣味本無爭辯，在版畫藝術的自足中，構成一個可觀、可遊的藝術天地，透露淳厚率眞的情感消息，是其價值不在材料貴賤，不在製作精粗，陽春白雪下里巴人本即各取所需，況且拐彎抹角、品精值昂的趣味在嗜好通俗淺顯者看來，又何補於現實的奔競？

　　當《紅樓夢》研究一方面在學術領域中佔地爲王，另一方面卻令人視之爲古董，不敢親近，筆者突想：對於想重溫古典文學、卻欲近不敢的多數人而言，不必等待古典文學在未來重獲寵愛的渴想，值得經營的是：再將紅學回歸小說本身，甚至將小說予以生活化、美學化的延展；在學術研究、古典文學的畦徑與現實人生、通俗藝術之間，將未嘗不是個良善的開發！

附錄：清代《紅樓夢》繡像版本系統概說

綜觀《紅樓夢》的流傳史，須以乾隆五十六年（1791）爲分嶺：此前的，大致是以《石頭記》爲名的抄本時期；此後的是依《紅樓夢》爲名的印本階段。〔註1〕而繡像原來是指撚線繡成的佛教人物像，與繪畫原不相涉，到了明代戲曲小說中，多數附有以木刻版畫法刷印的人物插圖，其筆勾勒精細，線條有若線繡，所以沿用「繡像」之稱，表其工緻。是繡像既屬於版畫的插圖，爲印刷品，那麼在手寫的抄本裡，自然便不見有繡像。〔註2〕

《紅樓夢》的首印本在乾隆五十六年（1791）發行，由程偉元、高鶚整理渙漫的散稿後，在該年冬至後五日，擺印了百二十回的《紅樓夢》，題其名「新鐫全部繡像紅樓夢」，後被習稱爲「程甲本」。《程甲本》一出，後來的《紅樓夢》都以此爲翻刻或重印的祖本，其流布最廣、影響也最大。〔註3〕向來歸納《紅樓夢》的版本系統，都自其底本正文的比照異同入手，以此決定各本的版本源流。各本在底本上相互的承繼、移植與增刪，相當繁複，涉及的問

〔註1〕 這是大致的分法，但有些晚期的抄本，其實就已出現《紅樓夢》的名字，如《程甲本》的目錄、每回正文前題「紅樓夢」，是抄本第一個以紅樓夢爲名的本子，《己酉本》也有相似的題名。

〔註2〕 一粟《紅樓夢書錄》（上海：上海古籍，1981年），頁31上另外著錄一本引自《石頭記集評》卷下的抄本，而有白描圖像：「會稽章雪庭少尉彭齡道經介休張蘭鎮，見骨董肆中有抄本《石頭記》一部，且有白描圖像，因值昂未購。予驟聞之，急遣人往覓，已售去多日矣，惜哉。」此白描圖像可能只是出於手繪，而不是印刷的繡像。

〔註3〕 是本在《紅樓夢》流傳史上的意義是：使得它從《石頭記》到《紅樓夢》；八十回本到百二十本；脂本到程本；抄寫到印刷。

題也多，〔註4〕是學界致力釐清的部份。雖然，每個本子的繡像之間，也有彼此挪用、增減的情形：或是底本相同，繡像也同；〔註5〕底本相同，繡像互異；〔註6〕底本不同，繡像卻同；〔註7〕底本不同，繡像亦異。〔註8〕因而在底本與繡像之間搭配並不一致的情況下，底本字句的比較實際上並無益於繡像系統的整理，而必須再搜集、尋繹各本繡像現象的差異，再行爬梳排比，重新羅列組合，另立一個以繡像為分類憑準的《紅樓夢》版本系統，作為本論文研究的起點與論述的依據。

　　古代戲曲小說的插圖有「繡像」、「全圖」兩種。〔註9〕狹義的繡像只指人物插圖，廣義的繡像還包括畫以回目情節的全圖。早期的繡像都與正文並列於書中，並專指人物畫而言，其實繡像的內容雖然是以人物為主，但還是有若干的景物、建物或器物，以作為畫面的配置；並且，各回回前的全圖除了裝訂的位置以外，其繪製的內容，也大致和繡像一樣。以此論之，繡像有「人物繡像」、「情節繡像」二種。前者總置於書前，也稱「卷前繡像」或「卷前插圖」；後者則逐回插附於各回回前，也稱「回前繡像」、「回目繡像」或「回目插圖」，即全圖。而一部戲曲小說繡像的發展，以人物繡像為先，繼而衍生回目繡像，《紅樓夢》的插圖正有人物繡像、回目繡像二者，回目繡像多較人物繡像晚出，因之具有人物繡像的本子，未必有回目繡像；而附有回目繡像

〔註4〕《紅樓夢》版本問題比起他書來得繁複，除了一般版本學上校訂訛誤舛奪之外，尚且牽涉到書中人物形象的整體與分歧、故事情節的連貫與割裂，甚至株及《紅樓夢》一書真本偽續等問題。這些問題大致是由於後四十續書的關係。校諸《紅樓夢》所有抄本、印本的底本正文，竟沒有兩個是同時完全相同的，意即：當《紅樓夢》每被抄或印一次，它的正文便多少遭到一些移置或增刪。

〔註5〕如《同文堂本》、《緯文堂本》、《三元堂本》、《佛山連元閣本》、《翰選樓本》、《五雲樓本》、《文元堂本》、《忠信堂本》、《經綸堂本》、《務本堂本》、《登秀堂本》等，其底本及繡像都是翻印自《三讓堂本》。

〔註6〕如同治元年（1862）寶文堂刊《新增批評繡像紅樓夢》的底本同於《東觀閣本》，但並未採用《東觀閣本》二十四頁繡像，而改以道光十二年（1832）雙清仙館刊《新評繡像紅樓夢全傳》的六十四頁繡像。

〔註7〕如上註本與王評本之間的關係。

〔註8〕以下所列的十七種系統，即是這種底本、繡像都原各自成類的情形。

〔註9〕繡或作俗字綉，像或作相、象。全圖也稱「全相」，或作「全像」、「全象」，其實是異名同實。大抵從書名可看出戲曲小說中的繡像內容，如冠有「繡像」、「補相」，是有人物繡像的本子；冠有「全圖」、「繪圖」、「補圖」或「圖」的，則是附有情節繡像的本子。

的本子，則多半也有人物繡像。

今筆者主要以一粟（周紹良、朱南銑）《紅樓夢書錄》（上海：上海古籍出版社，1981年）爲整理版本的依憑，並參酌他書（各見註釋，不一一記明），自《程甲本》始，先以各本繡像所本之最早母本的書題爲標的（書題下並附記該書在一粟《紅樓夢書錄》中出現的頁數，以供參檢），紀錄該系統的繡像數量、畫題與配置的形式，並以繡像爲經，時代爲緯，在各標的下收錄繡像現象相同的其他版本，分別載明其出版年代、出版書店，並收錄各書題記，資於判別版本。

一、《新鐫全部繡像紅樓夢》（《紅樓夢書錄》頁17）

乾隆五十六年辛亥（1791）萃文書屋木活字本。封面題：「繡像紅樓夢」，扉頁題：「新鐫全部繡像紅樓夢，萃文書屋」。即《程甲本》。有木刻繡像二十四頁：石頭、寶玉、賈氏宗祠、史太君、賈政王夫人、元春、迎春、探春、惜春、李紈賈蘭附、王熙鳳、巧姐、秦氏、薛寶釵、林黛玉、史湘雲、妙玉、薛寶琴、李紋李綺邢岫煙、尤三姐、香菱襲人、晴雯、女樂、僧道。形式是：一頁一贊，前圖後贊。繡像系統與此版本相同的：

（一）《新鐫全部繡像紅樓夢》（《紅樓夢書錄》頁24）

乾隆五十七年壬子（1792）萃文書屋木活字本，即《程乙本》。〔註10〕

（二）《新鐫全部繡像紅樓夢》（《紅樓夢書錄》頁37）

約乾隆六十年乙卯（1795）東觀閣刊本。扉頁有題記，背面題：「新鐫全部，繡像紅樓夢，東觀閣梓行」。〔註11〕

〔註10〕關於程本刊行的次數問題，屢有二印、三印、四印的議論，據王三慶以木活字的特性，針對各程本底本的異版提出判讀，斷定程本的刊印次數實僅《程甲本》、《程乙本》兩次：並詳析所謂三印、四印說，大抵是被各程本的異植字版或混合版給混淆了。不過對於以繡像的現象來看版本而言，即使程本除了甲本、乙本外，還有徐氏兄弟主張的丙本、丁本（無繡像）（見徐仁存、徐有爲《程刻本紅樓夢新考》，臺北：國立編譯館，1982年，頁15～26），對這幾個在繡像上反覆翻印的本子，影響並不大，惟愈後起的繡像，確實是較甲本模糊的多，甚至丁本並無繡像；至於「元春」像在《程甲本》與胡天獵藏本的圖案差異，只屬後人增補的痕跡，與繡像無關，故不論。有關程本刊行次數的檢討，可參王三慶《紅樓夢版本研究》（文大中文博，1970年）下篇，頁525～611。

〔註11〕《東觀閣本》的繡像，雖然仿自《程甲本》，但二本其中有兩幅的頁邊標題不同：《程甲本》的第五圖是「賈政王夫人」，第十三圖是「秦氏」；《東觀閣本》

（三）《新鐫全部繡像紅樓夢》（《紅樓夢書錄》頁 36）

約嘉慶初年，本衙藏版本。扉頁有題記，背面題：「新鐫全部，繡像紅樓夢，本衙藏板」。〔註 12〕

（四）《繡像紅樓夢》（《紅樓夢書錄》頁 37）

嘉慶四年己未（1799）抱青閣刊本。扉頁題：「嘉慶己未年鐫，抱青閣梓」。〔註 13〕

（五）《新增批評繡像紅樓夢》（《紅樓夢書錄》頁 37）

嘉慶十六年辛未（1811）東觀閣重刊本。扉頁題：「嘉慶辛未重鐫，文畬堂藏板，東觀閣梓行，新增批評繡像紅樓夢」。〔註 14〕

（六）《批評新大奇書紅樓夢》（《紅樓夢書錄》頁 38）

善因樓刊本。扉頁題：「批評新大奇書紅樓夢，善因樓梓行」。

（七）《批評新奇繡像紅樓夢》（《紅樓夢書錄》頁 38）

善因樓刊本。扉頁題：「批評新奇，繡像紅樓夢，善因樓梓」。

二、《繡像紅樓夢》（《紅樓夢書錄》頁 39）

嘉慶十一年丙寅（1806）寶興堂刊本。扉頁題：「嘉慶丙寅新刻全部，繡像紅樓夢，寶興堂藏板」。有木刻繡像十六面：石頭、寶玉秦可卿、史太君、王夫人李紈賈蘭附、元春、迎春探春、惜春、王熙鳳巧姐、薛寶釵、林黛玉、

改爲「王夫人」、「秦可卿」，而像贊字體也較《程甲本》拙劣。

〔註 12〕 一粟《紅樓夢書錄》（上海：上海古籍，1981 年），頁 37，記到《東觀閣本》時說到：《東觀閣本》的題記與《本衙藏本》的全同，只在題記末多了「東關主人識」五個字。但依二本出版的年代先後看來，應是《本衙藏本》襲自《東觀閣本》，並去了這五個字。

〔註 13〕 據魏紹昌《紅樓夢版本小考》（北京：中國社會科學，1982 年），頁 52～83，〈紅樓夢版本簡表〉一文，頁 59 的「表二、程本甲表」，著錄有九思堂刊的《繡像紅樓夢》，並依據《抱青閣本》翻印，以筆者無從得知該二本繡像現象是否相同，備爲一說，暫不妄論。

〔註 14〕 此外，東觀閣本還有一些翻刻本，在一粟《紅樓夢書錄》中不見著錄的：高陽《紅樓一家言》（臺北：聯經，1977 年），頁 147，記到一本在嘉慶二十三年《東觀閣重刊本》，書名是「新增批評繡像紅樓夢」，扉頁題：「嘉慶戊寅重鐫，東觀閣梓行」。又見於吳恩裕《考稗小記》（香港：中華，1979 年），頁 106，第 134 條，錄有一本道光二年重鐫東觀閣本的本子，書名是《新增批評繡像紅樓夢》，扉頁題：「道光壬午重鐫，東觀閣梓行，新增批評繡像紅樓夢」。

史湘雲妙玉、薛寶琴李紋李綺邢岫煙、尤三姐、晴雯香菱襲人、女樂、僧道。形式是：一圖一贊，上贊下圖。

三、《繡像紅樓夢》（《紅樓夢書錄》頁39）

約嘉慶二十三年庚辰（1818）金陵籐花榭刊本。扉頁題：「繡像紅樓夢，籐花榭藏板」。另一本題：「嘉慶庚辰鐫，繡像紅樓夢，籐花榭藏板」。有木刻繡像十五頁：石頭、寶玉、元春、迎春、探春、惜春、李紈、王熙鳳、巧姐、秦可卿、寶釵、林黛玉、史湘雲、妙玉、僧道。形式是一圖一贊，前圖後贊。繡像系統與此版本相同的：

（一）《重鐫全部繡像紅樓夢》（《紅樓夢書錄》頁40）

籐花榭重刊本。扉頁題：「重鐫全部，繡像紅樓夢，籐花榭藏板」。

（二）《繡像批點紅樓夢》（《紅樓夢書錄》頁41）

道光九年己丑（1829）三讓堂刊本。扉頁題：「繡像批點紅樓夢，三讓堂藏板」。每回首頁中縫有「三讓堂」字樣。此本底本屬於東觀閣本，繡像則同於籐花榭本。

（三）《繡像紅樓夢》（《紅樓夢書錄》頁40）

同治三年甲子（1864）耘香閣刊本。扉頁題：「繡像紅樓夢，籐花榭原板，耘香閣重梓」，背面有題記：「紅樓夢一書，向來只有抄本，僅八十卷。近因程氏搜輯，始成全璧。但彼用集錦板，校勘非易，不無顛倒錯亂。籐花榭校讎刊刻，始極精詳。茲本坊又將籐花榭刊本細加釐正，較定訛舛，壽諸梨棗，公行海內，閱者珍之。甲子夏日本堂主人謹識」。

（四）《繡像紅樓夢》（《紅樓夢書錄》頁40）

濟南會錦堂刊本。扉頁題：「繡像紅樓夢，濟南會錦堂藏板」。背面有題記，題記同於耘香閣本。

（五）《繡像紅樓夢》（《紅樓夢書錄》頁40）

濟南聚和堂刊本。扉頁題：「繡像紅樓夢，濟南聚和堂藏板」，背面有題記，題記同於耘香閣本。

（六）《繡像紅樓夢》（《紅樓夢書錄》頁41）

道光十一年辛卯（1831）凝翠草堂刊本，扉頁題：「道光辛卯孟冬，繡像

紅樓夢，凝翠草堂監印」。

（七）《繡像紅樓夢》（《紅樓夢書錄》頁 41）

咸豐九年己未（1859）刊本。扉頁題：「咸豐己未年秋鐫，繡像紅樓夢」。

（八）《新增批點繡像紅樓夢》（《紅樓夢書錄》頁 41）

同文堂刊本。扉頁題：「曹雪芹原本，右文堂發兌，新增批點繡像紅樓夢，同文堂藏板」，背面有題記，題記同於東觀閣本。若干回首頁中縫有「三讓堂」字樣。

（九）《繡像批點紅樓夢》（《紅樓夢書錄》頁 41）

緯文堂刊本。扉頁題：「繡像批點紅樓夢，緯文堂藏板」。若干回首頁中縫有「三讓堂」字樣。

（十）《新增批評繡像紅樓夢》（《紅樓夢書錄》頁 42）

三元堂刊本。扉頁題：「東觀閣梓行，三元堂藏板，新增批評繡像紅樓夢」。若干回頁中縫有「三讓堂」、「三元堂板」字樣。

（十一）《新增批點繡像紅樓夢》（《紅樓夢書錄》頁 42）

佛山連元閣刊本。扉頁題：「曹雪芹原本，新增批點繡像紅樓夢，佛山連元閣藏板」。中縫字樣同於《三元堂本》。

（十二）《繡像紅樓夢》（《紅樓夢書錄》頁 42）

翰選樓刊本。扉頁題：「繡像紅樓夢，翰選樓藏板」。若干回頁中縫有「三讓堂」字樣。

（十三）《繡像紅樓夢》（《紅樓夢書錄》頁 42）

咸豐九年己未（1859）五雲樓刊本。扉頁題：「咸豐己未新鐫，繡像紅樓夢，五雲樓藏板，光華堂發兌」。若干回頁中縫有「三讓堂」字樣。

（十四）《繡像批點紅樓夢》（《紅樓夢書錄》頁 43）

文元堂刊本。扉頁題：「繡像批點紅樓夢，文元堂藏板」。若干回頁中縫有「三讓堂」字樣。

（十五）《繡像批點紅樓夢》（《紅樓夢書錄》頁 43）

忠信堂刊本。扉頁題：「繡像批點紅樓夢，忠信堂藏板」。若干回頁中縫

有「三讓堂」字樣。

（十六）《繡像批點紅樓夢》（《紅樓夢書錄》頁 43）

經綸堂刊本。扉頁題：「繡像批點紅樓夢，經綸堂藏板」。

（十七）《繡像批點紅樓夢》（《紅樓夢書錄》頁 43）

務本堂刊本。扉頁題：「繡像批點紅樓夢，務本堂藏板」。

（十八）《繡像批點紅樓夢》（《紅樓夢書錄》頁 43）

經元升記刊本。扉頁題：「繡像批點紅樓夢，經元升記梓」。繡像缺「僧道」一幅。

（十九）《繡像批點紅樓夢》（《紅樓夢書錄》頁 44）

登秀堂刊本。扉頁題：「繡像批點紅樓夢，登秀堂藏板」。

四、《新評繡像紅樓夢全傳》（《紅樓夢書錄》頁 44）

王希廉評本。道光十二年壬辰（1832）雙清仙館刊本。扉頁題：「新評繡像紅樓夢全傳」，背面題：「道光壬辰歲之暮春上浣開雕」。有木刻繡像六十四頁：警幻、寶玉、黛玉、寶釵、可卿、元春、迎春、探春、惜春、史湘雲、薛寶琴、邢岫煙、妙玉、李紈、李紋、李綺、熙鳳、尤氏、尤二姐、尤三姐、夏金桂、傅秋芳、巧姐、嬌杏、佩鳳、偕鸞、香菱、平兒、鴛鴦、襲人、晴雯、紫鵑、鶯兒、翠縷、金釧、玉釧、彩雲、彩霞、司棋、侍書、入畫、雪雁、麝月、秋紋、碧痕、柳五兒、小紅、春燕、四兒、喜鸞、寶蟾、傻大姐、萬兒、文官、齡官、芳官、藕官、蕊官、藥官、葵官、艾官、荳官、智能、劉姥姥。形式是：每頁各配以《西廂》曲句一句，再配予一花名，前人後花，為一人一頁一句一花。繡像系統與此版本相同的：

（一）《新增批評繡像紅樓夢》（《紅樓夢書錄》頁 38）

同治元年壬戌（1862）寶文堂刊本。扉頁題：「同治壬戌重鐫，東觀閣梓行，寶文堂藏板，新增批評繡像紅樓夢」。背面有題記，題記、回目全同於東觀閣本，繡像則依道光十二年雙清仙館刊本。

（二）《繡像紅樓夢》（《紅樓夢書錄》頁 46）

王希廉評本。光緒二年丙子（1876）聚珍堂刊本。扉頁題：「光緒丙子年校印，繡像紅樓夢，京都隆福寺路南聚珍堂書坊發兌」。

（三）《新評繡像紅樓夢全傳》（《紅樓夢書錄》頁 47）

王希廉評本。光緒三年丁丑（1877）翰苑樓刊本。扉頁題：「新評繡像紅樓夢全傳」，背面題：「光緒丁丑歲之暮春上浣開雕」，中縫題：「翰苑樓藏板」，一本中縫題：「龍藏街翰苑樓藏板」。

（四）《新評繡像紅樓夢全傳》（《紅樓夢書錄》頁 47）

王希廉評本。光緒三年丁丑（1877）廣東芸居樓刊本。扉頁題：「新評繡像紅樓夢全傳」，背面題：「光緒丁丑歲之暮春上浣開雕」，中縫題：「芸居樓藏板」。

五、《繡像石頭記紅樓夢》（《紅樓夢書錄》頁 53）

張新之評本。光緒七年辛巳（1881）湖南臥雲山館刊本。扉頁題：「光緒辛巳新鐫，妙復軒評本，繡像石頭記紅樓夢，臥雲山館藏板」。有木刻繡像二十頁：石頭、寶玉、太君、元春、迎春、探春、惜春、李紈、王熙鳳、巧姐、秦可卿、寶釵、林黛玉、史湘雲、妙玉、薛寶琴、尤三姐、香菱襲人、晴雯、僧道。形式：一頁一贊，前圖後贊。

六、《增評補圖石頭記》（《紅樓夢書錄》頁 56）〔註15〕

王希廉、姚燮評本。光緒八年壬午（1882）上海廣百宋齋鉛印本。扉頁題：「增評補圖石頭記」。有石印繡像十九頁：青埂峰石絳珠仙草、通靈寶玉、辟邪金鎖、警幻仙子、寶玉、元春、迎春、探春、賈惜春、李紈、王熙鳳、巧姐、秦可卿、薛寶釵、林黛玉、史湘雲、妙玉、茫茫大士、渺渺真人。形式是：一頁一贊，前圖後贊。並有大觀園圖及圖說。每回前又有回目繡像一頁二幅，共二百四十幅。此本是《紅樓夢》回目繡像繪製的首帙。繡像系統與此版本相同的：《精校全圖鉛印評註金玉緣》（《紅樓夢書錄》頁 60），王希廉、姚燮評本。鑄印書局鉛印本。封面題：「原本重刊大字全圖石頭記，鑄印書局鉛印」（一本題：「精校全圖足本鉛印金玉緣」），扉頁題：「精校全圖鉛印評註金玉緣，蟄道人題」，中縫題「紅樓夢」。

〔註15〕另一本相同題名的《紅樓夢》，該書內附有大觀園總圖、插圖四十七幅，每回有情節繡像二幅。該書收入於胡文彬《紅樓夢敘錄》（長春：吉林人民，1980年），頁46。

七、《增評補像全圖金玉緣》(《紅樓夢書錄》頁 60)

王希廉、張新之、姚燮評本。光緒十年甲申（1884）上海同文書局石印本。扉頁題：「增評補像全圖金玉緣」，背面題：「光緒十年甲申仲冬上海同文書局石印」。有石印繡像一百二十頁：絳珠仙草通靈寶玉、跛道人瘋僧、寶玉、黛玉、賈母、賈赦賈璉、賈政、賈敬、賈珍、賈蓉、賈蘭、邢夫人、王夫人、熙鳳、李紈、寶釵、尤氏、可卿、元春、迎春、探春、惜春、湘雲、岫煙、寶琴、李紋、李綺、巧姐、薛姨媽、夏金桂、尤三姐、傅秋芳、媿嬧將軍、胡氏、賈薔、賈芸、賈芹、賈環趙國材、賈代儒賈瑞、薛蟠、薛蝌、秦鐘、甄寶玉、邢大舅王仁、北靜王、柳湘蓮、詹光程日興單聘仁、張友士、晴雯、紫鵑、鴛鴦、平兒、香菱、妙玉、智能、秋紋、麝月、雪雁、柳五兒、金釧、玉釧、繡橘、侍書、蕙香、春燕、翠縷、鶯兒、司棋、入畫、小螺、翠墨、佩鳳、碧痕、偕鸞、素雲、碧月、嬌杏、秋桐、翡翠、豐兒、寶珠、瑞珠、喜鸞、茜雪、琥珀、珍珠、抱琴、善姐、小紅、小鵲、嫣紅、卍兒、彩雲、傻大姐、趙姨娘、周姨娘、尤二姐、襲人、芳官、齡官、藕官、蕊官、荳官、葵官、焦大、包勇、賴大、焙茗、潘又安、周瑞家、來旺婦、王善保、李嬤嬤、劉老老、板兒、馬婆、蔣玉函、甄士隱、賈雨村、警幻仙姑。形式是：除首頁上有「願天下有情人都成了眷屬」字，末頁下「警幻仙姑」像外，其餘的皆下圖上贊，圖贊同面。有大觀園圖及圖說，並每回前有回目繡像一頁二幅，共二百四十幅，繡像系統與此版本相同的：

（一）《增評補像全圖金玉緣》(《紅樓夢書錄》頁 62)

王希廉、張新之、姚燮評本。光緒十四年戊子（1888）上海石印本。扉頁題：「增評補像全圖金玉緣」，背面題：「戊子仲冬滬上石印」。

（二）《增評補像全圖金玉緣》(《紅樓夢書錄》頁 62)

王希廉、張新之、姚燮評本。光緒十五年己丑（1889）上海石印本。扉頁題：「增評補像全圖金玉緣」，背面題：「己丑仲夏滬上石印」。

（三）《增評補像全圖金玉緣》(《紅樓夢書錄》頁 62)

王希廉、張新之、姚燮評本。光緒十八年壬辰（1892）上海石印本。扉頁題：「增評補像全圖金玉緣」，背面題：「壬辰仲夏上海石印」，一本題：「壬辰仲夏文選石印」。

八、《增評繪圖大觀瑣錄》（《紅樓夢書錄》頁 58）

王希廉、姚燮評本。光緒十二年丙戌（1886）鉛印本。扉頁題：「增評繪圖大觀瑣錄」，背面題：「光緒十有二年六月校印」。該本底本、繡像同於光緒八年上海《廣百宋齋本》，但缺大觀園圖，並且回目繡像是每二回一頁二幅，共百二十幅，又異於《廣百宋齋本》。

九、《增評補像全圖金玉緣》（《紅樓夢書錄》頁 62）

王希廉、張新之、姚燮評本。光緒十五年己丑（1889）上海同文書局石印本。扉頁題：「鐵城廣百宋齋藏本，上海同文書局石印」，扉頁背面題：「己丑仲夏上海同文書局石印」。此本的底本同於光緒八年上海《廣百宋齋本》，但其石印繡像僅四十二頁，〔註16〕亦異於《廣百宋齋本》。並每一回前有回目繡像一頁二幅，共二百四十幅。

十、《石頭記》（《紅樓夢書錄》頁 58）

王希廉、姚燮評本。光緒十八年壬辰（1892）古越頌芬閣鉛印本。扉頁題：「古越頌芬閣藏板，護花主人黃【王】原批、大某山民姚加評石頭記，泉唐毛承基署」，背面題：「光緒十八年歲次壬辰重刊校印」。有石印繡像十六頁：〔註17〕青埂峰石絳珠仙草、通靈寶玉、辟邪金鎖、警幻仙子、寶玉、元春、迎春、探春、賈惜春、李紈、王熙鳳、巧姐、秦可卿、薛寶釵、林黛玉、史湘雲。形式是：一頁一贊，前圖後贊。缺大觀園圖。每回前又有回目繡像一頁二幅，共二百四十幅。

十一、《增評補圖石頭記》（《紅樓夢書錄》頁 58）

王希廉、姚燮評本。光緒二十四年戊戌（1898）上海石印本。扉頁題：「增評補圖石頭記」，背面題：「光緒戊戌季夏上海石印」。此本的人物繡像雖然同於光緒八年上海《廣百宋齋本》，但回目繡像則緊附於人物繡像後，非逐回隨

〔註16〕該本的繡像畫題，待日後補闕。

〔註17〕據阿英《小說閒談四種》之〈小說四談〉（上海：上海古籍，1985 年），頁 119，此本的底本及部分的繡像畫題，雖然襲自光緒八年《增評補圖石頭記》而來，但並非如一粟《紅樓夢書錄》（上海：上海古籍，1981 年），頁 58 所記其繡像同於《廣百宋齋本》，而是《古越頌芬閣本》除了短少「妙玉」、「茫茫大士」、「渺渺真人」三幅繡像外，經筆者比對，《古越頌芬閣本》的繡像顯然自成一格，故獨立一類。

列，並且只有百二十幅。

十二、《繡像全圖金玉緣》（《紅樓夢書錄》頁 64）

王希廉、張新之、姚燮評本。光緒二十四年戊戌（1898）上海書局石印本。扉頁題：「繡像全圖金玉緣」，背面題：「光緒戊戌孟夏上海書局石印」。有石印繡像四十二面：青埂峰石絳珠仙草、辟邪金鎖通靈寶玉、北靜王、警幻仙姑、賈赦賈璉、賈政、賈敬、賈代儒賈瑞、跛道人瘋僧、寶玉、賈蓉、賈蘭、秦鍾、甄寶玉、賈母、王熙鳳、王夫人、邢夫人、黛玉、寶釵、元春、迎春、探春、惜春、妙玉、智能、襲人、香菱、湘雲、寶琴、尤氏、可卿、李紈、李綺、尤二姐、尤三姐、晴雯、鴛鴦、薛姨媽、薛蟠、甄士隱、賈雨村。形式是圖贊同面。每二回有回目繡像一頁二幅，共百二十幅。有大觀園圖及圖說。

十三、《繡像全圖增批石頭記》（《紅樓夢書錄》頁 59）

王希廉、姚燮評本。光緒二十六年庚子（1900）石印本。扉頁題：「繡像全圖增批石頭記，悼紅軒原本，鍾山居士題」，背面題：「光緒二十有六年庚子石印」，中縫題：「增評補圖石頭記」，此本底本同於光緒二十四年上海書局石印本，但繡像則異，有石印繡像二十四面：青埂峰石絳珠仙草、辟邪金鎖通靈寶玉、林黛玉、史湘雲、警幻仙子、寶玉、李綺、尤三姐、鴛鴦、襲人、惜春、薛寶釵、妙玉、李紈、探春、秦可卿、傅秋芳、巧姐、李紋、王熙鳳、寶琴、邢岫煙、元春、迎春。形式是：除首二面外，其餘的均各配《西廂》曲句一句，及配花，一頁一句一花。並每四回有回目繡像一頁八幅，共二百四十幅。

十四、《增評加批金玉緣圖說》（《紅樓夢書錄》頁 66）

王希廉、蝶薌仙史評本。光緒三十二年丙午（1906）上海桐蔭軒石印本。扉頁題：「全圖增評金玉緣，光緒丙午九秋石薌」（一本題：「足本全圖金玉緣」），背面題：「光緒丙午菊秋月上海桐蔭軒石印」。但書前均題：「增評加批金玉緣圖說，蝶薌仙史評訂」。有石印繡像六十頁：絳珠仙草通靈寶玉、跛道人瘋僧、寶玉、黛玉、賈母賈赦賈璉、賈政、賈雨村、襲人、尤二姐、甄寶玉、王夫人、熙鳳、邢夫人、李紈、寶釵、尤氏、可卿、元春、迎春、探春、惜春、湘雲、岫煙、薛姨母、夏金桂、尤三姐、傅秋芳、姽嫿將軍、胡

氏、賈薔、賈芸、賈環趙國材、賈芹、賈代儒賈瑞、薛蟠、薛蝌、秦鍾、繡橘、侍書、翠縷、蕙香、春燕、鶯兒、司棋、入畫、小螺、嬌杏、琥珀、珍珠、小紅、傻大姐、焦大、包勇、賴大、焙茗、藕官、蕊官、荳官、葵官。形式是：除首頁上有「願天下有情人都成了眷屬」字，末頁下「葵官」像外，其餘的皆下圖上贊，但多錯亂。並每二回有回目繡像一頁二幅，共百二十幅。

十五、《增評全圖足本金玉緣》（《紅樓夢書錄》頁 64）

王希廉、張新之、姚燮評本。光緒三十四年戊申（1908）求不負齋石印本。扉頁題：「增評全圖足本金玉緣」，背面題：「光緒戊申九月求不負齋印行」。有石印繡像十八面，其形式圖贊配置不一：青埂峰石絳珠仙草一頁（前圖後贊），辟邪金鎖、通靈寶玉二面（圖贊同面），寶玉、黛玉二頁（前贊後圖），賈赦賈璉賈政、賈敬賈珍、跛道人瘋僧賈母、賈蓉邢夫人、熙鳳李紈、寶釵尤氏、可卿元春、迎春賈蘭、探春惜春、湘雲岫煙、李紋李綺、巧姐薛姨母、夏金桂尤三姐、傅秋芳姽嫿將軍、胡氏賈薔、賈芸賈芹、寶琴賈環趙國材、賈代儒賈瑞王夫人（圖贊同面，配置多錯亂）。並每回回前有回目繡像一頁二幅，共二百四十幅。

十六、《評註加批紅樓夢全傳》（《紅樓夢書錄》頁 65）

王希廉、張新之、姚燮評本。上海江東書局石印本。扉頁題：「評註加批紅樓夢全傳，上海江東書局石印」。有石印繡像二十二面：青埂峰石絳珠仙草、辟邪金鎖通靈寶玉、北靜王、警幻仙姑、賈赦賈璉賈政、賈敬賈代儒賈瑞、跛道人瘋僧寶玉、賈蘭賈蓉、秦鍾甄寶玉、王熙鳳賈母、邢夫人王夫人、寶釵黛玉、元春迎春、探春惜春、妙玉智能、襲人香菱、寶琴湘雲、李紈李綺、尤二姐尤三姐、晴雯鴛鴦、薛蟠薛姨媽、甄士隱賈雨村。其形式除了首二面外，其餘的皆無贊。並每四回有回目繡像一頁四幅，共百二十幅。

十七、《增評加批金玉緣圖說》（《紅樓夢書錄》頁 67）

王希廉、蝶薌仙史評本。宣統元年己酉（1909）上海阜記書局石印，封面題：「繪圖石頭記」，扉頁題：「全圖增評金玉緣」，背面題：「宣統元年季冬上海阜記書局石印」，但書前均題：「增評加批金玉緣圖說，蝶薌仙史評訂」。有石印繡像六面：絳珠仙草通靈寶玉跛道人瘋僧、賈赦賈政賈雨村賈璉甄寶

玉、賈母邢夫人王夫人、元春迎春探春惜春李紈可卿岫煙、薛寶釵林黛玉賈寶玉、史湘雲王熙鳳襲人尤氏尤二姐。並每四回有回目繡像一頁二幅，共六十幅。〔註 18〕

綜上，清代《紅樓夢》繡像的幾個主要翻刻系統，人物繡像的有：《程甲本》、《金陵籐花榭本》、《雙清仙館本》、《廣百宋齋本》、1884 年《上海同文書局本》；回目繡像的有：《廣百宋齋本》、1884 年《上海同文書局本》、光緒十年鉛印本、光緒二十四年上海書局石印本。〔註 19〕大觀園圖首次在《廣百宋齋本》出現，到了 1884 年《上海同文書局本》石印，都曾刊印。

就繡像的數量而言：由乾隆五十六年的《程甲本》展開初頁，先有二十四頁人物繡像；繼而在道光十二年，《雙清仙館本》增至六十四幅，又屢有其他數量不等的繪製。光緒一朝，石印法的應用使大量繪製繡像變成可行，八年時，上海廣百宋齋於是在十九頁人物繡像之外，更上層樓，刊行了《紅樓夢》第一批回目繡像，一回兩目，是每一回各有兩幅，記有二百四十幅；光緒十年，上海同文書局同時刊印了一百二十幅的人物繡像，二百四十幅回目繡像，為《紅樓夢》刊本中繡像數量最多的一次，達到三百六十幅之數。而就繡像的印製方法而言，除《程甲本》、《寶興堂本》、《金陵籐花榭本》、《雙清仙館本》、《臥雲山館本》為木刻的以外，自《廣百宋齋本》以後的，悉屬石印。〔註 20〕

大抵清代《紅樓夢》繡像的發展，由少而多：《程甲本》首開其端，單評本則繼踵增華，到了合評本時，前期的一方面繼續繽紛充實；但另一方面，卻也愈見亂象，像後期的一些本子大多胡亂拼湊，以致圖贊的配置錯誤百出，顯得繁雜。

〔註 18〕 又阿英《紅樓夢書錄》（收於《小說閒談四種》之〈小說四談〉，上海：上海古籍，1985 年，頁 1～103）錄有數本：光緒上海排印本《增評繪圖大觀瑣錄》，石印《增評加注全圖紅樓夢》，大、小字本《悼紅軒本紅樓夢》，光緒己丑本、壬寅本，石印本《蝶薌仙史評本紅樓夢》，阿英記錄極簡，不得知其所指何本，暫且不論。

〔註 19〕 筆者依一粟《紅樓夢書錄》所記及手邊材料，歸納出情節繡像本當不止此數，但因無法一一目驗，故暫從阿英的說法，其說見於上註書之頁 111。

〔註 20〕 雖然若干本子有進以鉛印排印，但僅止於正文上的應用，繡像還是以石印法製作，與鉛印無關。

主要參考書目

一、版　本

1. 《繡像批點紅樓夢》，三讓堂本影印。
2. 《繡像石頭記紅樓夢》，湖南臥雲山館本影印。
3. 《增評補圖石頭記》，上海廣百宋齋本影印。
4. 《增評補像全圖金玉緣》，上海同文書局滬上石印本影印。
5. 《增評補像全圖金玉緣》，上海同文書局本影印。
6. 《石頭記》，古越頌芬閣本影印。
7. 《增評加批金玉緣圖說》，上海桐蔭軒本影印。
8. 《增評全圖足本金玉緣》，求不負齋本影印。
9. 《精校全圖足本鉛印金玉緣》，臺北：廣文書局（線裝八冊）。
10. 《程甲本新鐫全部繡像紅樓夢》，臺北：廣文書局，1977 年。
11. 《程乙本新鐫全部繡像紅樓夢》，臺北：廣文書局，1977 年。
12. 《東觀閣本新鐫全部繡像紅樓夢》，臺北：廣文書局，1977 年。
13. 《王希廉評本新鐫全部繡像紅樓夢》，臺北：廣文書局，1977 年。
14. 《紅樓夢三家評本》，上海：上海古籍出版社重印，1988 年。

二、參考工具書

1. 一粟（周紹良、朱南銑）：《紅樓夢書錄》（上海：上海古籍出版社，1981 年）。
2. 上海紅學會、師大文學所編：《紅樓夢鑑賞辭典》（上海：上海古籍出版社，1988 年）。
3. 王世德：《美學辭典》（北京：知識出版社，1986 年）。

4. 宋隆發：《紅樓夢研究文獻目錄》（臺北：臺灣學生書局，1982 年）。

5. 胡文彬：《紅樓夢敘錄》（長春：吉林人民出版社，1980 年）。

6. 雄獅圖書公司：《中國美術辭典》（臺北：雄獅圖書公司，1989 年）。

7. 馮其庸、李希凡編：《紅樓夢大辭典》（北京：文化藝術出版社，1990 年）。

三、《紅樓夢》研究專著

1. 田禾編：《紅樓夢詩詞曲賦評注》（臺北：源流出版社，1982 年）。

2. 余英時：《紅樓夢的兩個世界》（臺北：聯經出版事業公司，1978 年）。

3. 周中明：《紅樓夢的語言藝術》（臺北：木鐸出版社，1985 年）。

4. 周汝昌、周建臨：《紅樓夢的歷程》（哈爾濱：黑龍江人民出版社，1989 年）。

5. 周汝昌：《紅樓夢新證》（北京：人民文學出版社，1976 年）。

6. 周汝昌：《紅樓夢與中國文化》（臺北：東大圖書公司，1989 年）。

7. 胡適：《胡適紅樓夢研究論述全編》（上海：上海古籍出版社，1988 年）。

8. 胡文彬、周雷：《紅學叢譚》（太原：山西人民出版社，1983 年）。

9. 故宮博物院明清檔案部編：《關於江寧織造曹家檔案史料》（臺北：偉文圖書出版有限公司，1977 年）。

10. 徐仁存、徐有為：《程刻本紅樓夢新考》（臺北：國立編譯館，1982 年）。

11. 俞平伯：《俞平伯論紅樓夢》（上海：上海古籍出版社，1988 年）。

12. 康師來新：《石頭渡海──紅樓夢散論》（臺北：漢光文化事業公司，1985 年）。

13. 高陽：《紅樓夢一家言》（臺北：聯經出版事業公司，1977 年）。

14. 孫遜：《紅樓夢脂評新探》（上海：上海古籍出版社，1981 年）。

15. 孫遜：《紅樓夢探究》（臺北：大安出版社，1991 年）。

16. 陳詔：《紅樓夢小考》（上海：上海古籍出版社，1985 年）。

17. 陳慶浩：《新編石頭記脂硯齋評語輯校》（臺北：聯經出版事業公司，1986 年）。

18. 馮其庸等：《紅樓夢大觀》（香港：百姓半月刊，1987 年）。

19. 趙岡：《紅樓夢論集》（臺北：志文出版社，1975 年）。

20. 趙岡、陳鍾毅編：《紅樓夢研究新編》（臺北：聯經出版事業公司，1975 年）。

21. 鄧雲鄉：《紅樓夢風俗譚》（北京：中華書局，1987 年）。

22. 劉夢溪：《紅樓夢新論》（北京：中國社會科學出版社，1982 年）。

23. 魏紹昌：《紅樓夢版本小考》（北京：中國社會科學出版社，1982 年）。

24. 韓進廉：《紅學史稿》（石家莊：河北教育出版社，1989 年）。

25. 顧平旦、曾保全：《紅學散論》（北京：文化藝術出版社，1987 年）。

四、論叢、選編

1. 一粟：《古典文學研究資料紅樓夢卷》（臺北：新文豐出版公司，1989 年）。

2. 巴金等：《我讀紅樓夢》（天津：天津人民出版社，1982 年）。

3. 王國維等：《紅樓夢藝術論》（臺北：里仁書局，1984 年）。

4. 幼獅月刊社編：《紅樓夢研究集》（臺北：幼獅文化事業公司，1982 年）。

5. 江畬經編：《歷代小說筆記選（清)》（臺北：臺灣商務印書館，1980 年）。

6. 朱一玄編：《明清小說資料選編》（濟南：齊魯書社，1989 年）。

7. 余英時等：《曹雪芹與紅樓夢》（臺北：里仁書局，1985 年）。

8. 吳世昌等：《散論紅樓夢》（臺北：蒲公英出版社，1984 年）。

9. 梁啟超等：《晚清文學叢鈔小說戲曲研究卷》（臺北：新文豐出版公司，1989 年）。

10. 郭豫適編：《紅樓夢研究文選》（上海：華東師範大學出版社，1988 年）。

11. 劉夢溪編：《紅學三十年論文選編》（天津：百花文藝出版社，1983 年）。

五、文學專書

1. 宋・蘇軾：《蘇軾文集》（北京：中華書局，1986 年）。

2. 明・李贄：《焚書》、《續焚書》（臺北：漢京文化事業有限公司，1984 年）。

3. 清・葉德輝：《書林清話・書林雜話》（臺北：世界書局，1988 年）。

4. 王利器：《耐雪堂集》（臺北：貫雅文化事業公司，1991 年）。

5. 西諦：《中國文學中的小說傳統》（臺北：木鐸出版社，1985 年）。

6. 吳功正：《小說美學》（南京：江蘇文藝出版社，1985 年）。

7. 何春蘭：《文學社會學》（臺北：桂冠圖書公司，1989 年）。

8. 宗白華：《美從何處尋》（板橋：元山書局，1986 年）。

9. 阿英：《小說閒談四種》（上海：上海古籍出版社，1985 年）。

10. 胡適：《水滸傳與紅樓夢》（臺北：遠流出版事業股份有限公司，1988 年）。

11. 胡適：《中國古典小說研究》（臺北：遠流出版事業股份有限公司，1988 年）。

12. 柯慶明：《文學美綜論》（臺北：長安出版社，1986 年）。

13. 康師來新：《晚清小說理論研究》（臺北：大安出版社，1986 年）。

14. 孫遜、孫菊園：《中國古典小說美學資料匯粹》（臺北：大安出版社，1991 年）。

15. 孫遜：《明清小說論稿》（上海：上海古籍出版社，1986 年）。

16. 魯迅：《中國小說史略》（臺北：谷風出版社，出版年缺）。

17. 魯迅：《花邊文學》（臺北：風雲時代出版公司，1990 年）。

18. 陳平原：《中國小說敘事模式的轉變》（臺北：久大文化股份有限公司，1990 年）。

19. 郭紹虞編：《宋詩話輯佚》（臺北：文泉閣出版社，1973 年）。

20. 郭紹虞編：《中國歷代文論選》（臺北：木鐸出版社，1981 年）。

21. 張少康：《古典文藝美學論稿》（臺北：淑馨出版社，1989 年）。

22. 張庚、郭漢城：《中國戲曲通史》（臺北：丹青圖書有限公司，1985 年）。

23. 張高評：《宋詩之傳承與開拓》（臺北：文史哲出版社，1990 年）。

24. 曾祖蔭：《中國古代文藝美學範疇》（臺北：文津出版社，1987 年）。

25. 傅鏗：《文化：人類的鏡子》（上海：上海人民出版社，1990 年）。

26. 莊因：《話本楔子彙說》（臺北：聯經出版事業公司，1978 年）。

27. 詹宏志：《兩種文學心靈》（臺北：皇冠出版社，1987 年）。

28. 樂蘅軍：《古典小說散論》（臺北：純文學出版社，1976 年）。

29. 蔡英俊：《比興物色與情景交融》（臺北：大安出版社，1986 年）。

30. 謝昕等：《中國通俗小說理論綱要》（臺北：文津出版社，1992 年）。

31. 戴不凡：《小說見聞錄》（杭州：浙江人民出版社，1982 年）。

32. 龔鵬程：《文化文學與美學》（臺北：時報文化出版企業有限公司，1988 年）。

33. 龔鵬程：《文學批評的視野》（臺北：大安出版社，1990 年）。

34. 阿諾德‧豪澤爾著，居延安編譯：《藝術社會學》（臺北：雅典出版社，1988 年）。

35. 萊辛著，朱光潛譯：《詩與畫的界限》（即《拉奧孔》，臺北：蒲公英出版社，1986 年）。

36. Herbeert J. Gans，韓玉蘭、黃絹絹譯：《雅俗之間》（臺北：允晨文化實業股份有限公司，1985 年）。

37. Robert Escarpit，顏美婷編譯：《文藝社會學》（臺北：南方叢書，1988 年）。

38. Terry Eagleton：《當代文學理論導論》（香港：旭日出版社，1987 年）。

39. H. R.姚斯、R. C 霍拉勃：《接受美學與接受理論》（瀋陽：遼寧人民出版社，1987 年）。

六、圖版、藝術專書

1. 清・改琦：《紅樓夢人物圖》（上海：上海古籍書店，1980 年）。

2. 王伯敏：《中國版畫史》（臺北：蘭亭書店，1986 年）。

3. 王樹村：《中國民間年畫史論集》（天津：天津楊柳青畫社，1991 年）。

4. 中國美術全集編輯委員會：《中國美術全集》第二十冊「版畫」（臺北：錦繡出版事業有限公司，1989 年）。

5. 周蕪：《中國古代版畫百圖》（臺北：蘭亭書店，1986 年）。

6. 陳炎鋒：《日本浮世繪簡史》（臺北：藝術家出版社，1990 年）。

7. 張秀民：《中國印刷史》（上海：上海人民出版社，1989 年）。

8. 梅創基：《中國水印木刻版畫》（臺北：雄獅圖書股份有限公司，1988 年）。

9. 傅惜華：《中國古典文學版畫選集》（上海：上海人民美術出版社，1981 年）。

10. 楊繩信：《中國版刻綜錄》（西安：陝西人民出版社，1987 年）。

11. 行政院文建會：《明代版畫藝術圖書特展專輯》（臺北：中央圖書館，1989 年）。

七、專　刊

1. 中國社會科學院文學研究所：《紅樓夢研究集刊》（上海：上海古籍出版社）。

2. 中國藝術研究院紅樓夢學刊編輯委員會：《紅樓夢學刊》（天津：百花文藝出版社、北京：文化藝術出版社）。

3. 香港中文大學新亞書院中文系：《紅樓夢研究專刊》（香港：香港中文大學新亞書院中文系）。

八、學位論文

1. 王三慶：「《紅樓夢》版本研究」（文化中文博，1980 年）。

2. 衣若芬：「鄭板橋題畫文學研究」（臺大中文碩，1990 年 6 月）。

3. 吳盈靜：「王希廉的紅學研究」（中央中文碩，1990 年 5 月）。

4. 秦英燮：「《紅樓夢》的主線結構研究」（臺大中文碩，1987 年 6 月）。

5. 崔溶澈：「清代紅學研究」（臺大中文博，1991 年）。

6. 崔溶澈：「《紅樓夢》的文學背景研究」（臺大中文碩，1983 年 6 月）。

7. 顏榮利：「《紅樓夢》中詩詞題詠之研究」（臺大中文碩，1975 年 6 月）。

8. 關華山：「《紅樓夢》中建築研究」（成大中文碩，1978 年 4 月）。

九、其　他

1. 安平秋、章培恒編：《中國禁書大觀》（上海：上海文化出版社，1990 年）。

2. 吳永猛：《中國經濟發展史導論》（臺北：中國文化出版社，1982 年）。

3. 吳國欽：《中國戲曲史漫話》（臺北：木鐸出版社，1983 年）。

4. 周邨：《江蘇風物志》（江蘇：江蘇古籍出版社，1985 年）。

5. 孫殿起輯：《琉璃廠小志》（北京：北京古籍出版社，1982 年）。

6. 陳正祥：《中國文化地理》（臺北：木鐸出版社，1982 年）。

7. 張舜徽：《中國文獻學》（臺北：木鐸出版社，1983 年）。

8. 喬衍琯、張錦郎編《圖書印刷發展史論文集》（臺北：文史哲出版社，1982 年）。

十、單篇論文

1. 吳哲夫：〈明代版畫的發展與特色〉，行政院文建會：《明代版畫藝術圖書特展專輯》（臺北：中央圖書館，1989 年）。

2. 胡萬川：〈傳統小說的版畫插圖〉，《中外文學》16：12，1988 年 5 月，頁 28～50。

3. 高友工著，方蕪譯：〈中國敘述傳統中的抒情世界〉，侯健：《國外學者看中國文學》（臺北：中央文物供應社，1982 年）。

4. 夏志清：〈文人小說家與中國文化〉，《文人小說與中國文化》（臺北：勁草文化出版社，1975 年）。

5. 浦安迪著，孫康宜譯：〈西遊記紅樓夢的寓意探討〉，《中外文學》8：2，1979 年 7 月，頁 36～62。

6. 浦安迪：〈談中國長篇小說的結構問題〉，葉維廉編：《中國古典文學比較研究》（臺北：黎明文化事業股份有限公司，1977 年），頁 277～287。

7. 康師來新：〈紅樓夢人物圖像大展〉，《國文天地》66，6：6，1990 年 11 月。

8. 張敬：〈詩詞在中國古典小說戲曲中的應用〉，《中外文學》3：11，1975 年 4 月，頁 42～63。

9. 陳世驤：〈論時：屈賦發微〉，葉維廉編：《中國古典文學比較研究》（臺北：黎明文化事業股份有限公司，1977 年），頁 47～108。

10. 莊伯和：〈明代小說繡像版畫所反映的審美意識〉，行政院文建會：《明代

版畫藝術圖書特展專輯》（臺北：中央圖書館，1989 年）。

11. 鄭明娳：〈小說評點學初探〉，《古典小說藝術新探》（臺北：時報文化出版企業有限公司，1987 年）。

12. 錢存訓：〈印刷術在中國傳統文化中的功能〉，《漢學研究》8：2，1990 年 12 月。

13. 關海山：〈首屆國際紅樓夢研討會紀實〉，《中國古典小說研究專集》三（靜宜文理學院中國古典小說研究中心編，臺北：聯經出版事業公司，1981 年），頁 259～282。

附　表

附表一：清代《紅樓夢》底本版本系統表

1791 程甲本	1795 東觀閣本 1811 重刊本 1862 寶文堂本 善因堂本 善因樓本 文畬樓本	1829 三讓堂本	同文堂本、緯文堂本、三元堂本、佛山連元閣本、翰選樓本、1859 五雲樓本、文元堂本、忠信堂本、經綸堂本、務本堂本、經元升記本、登秀堂本。	
		1832 雙清仙館王評本 1876 聚珍堂本 1877 翰苑樓本 1877 芸居樓本	1882 上海廣百宋齋王姚合評本	1886 鉛印本 1892 古越頌芬閣本 1898 上海石印本 1900 石印本 1905 日本鉛印本 鑄記書局鉛印本
			1884 上海同文書局石印王張姚合評本	1888 上海石印本 1889 上海石印本 1892 上海石印本 1898 上海書局石印本 1908 求不負齋石印本 江東書局石印本
			1906 上海桐蔭軒石印王蝶合評本	1909 上海阜記書局石印本
	1799 抱青閣本	本衙藏本、九思堂本		
	1818 藤花榭本	藤花榭重本、1864 耘香閣本、濟南會錦堂本、濟南聚和堂本、經義堂本、1831 凝翠草堂本、1859 咸豐九年本		

附表二：清代《紅樓夢》繡像版本系統表

祖　　　　本	相同系統之版本	人物繡像	回目繡像 回：頁：幅
1791 程甲本	1792 程乙本 1795 東觀閣本 　　　　本衙藏本 1799 抱青閣本 1811 東觀閣重刊本 　　　　善因樓本 　　　　善因樓本	24 頁	無
1806 寶興堂本		16 面	無
1818 籐花榭本	籐花榭重刊本 1829 三讓堂本 1864 耘香閣本 濟南會錦堂本 濟南聚和堂本 1831 凝翠草堂本 1859 咸豐九年本 同文堂本 緯文堂本 三元堂本 佛山連元閣本 翰選堂本 1859 五雲樓本 文元堂本 忠信堂本 經綸堂本 務本堂本 經元升記本 登秀堂本	15 頁	無
1832 雙清仙館王評本	1862 寶文堂本 1876 聚珍堂本 1877 翰苑樓本 1877 芸居樓本	64 頁	無
1881 臥雲山館張評本		20 頁	無
1882 上海廣百宋齋 　　王姚合評本	鑄記書局鉛印本	19 頁	1：1：2 共 240 幅
1884 上海同文書局石印 　　王張姚合評本	1888 上海石印本 1889 滬上石印本 1892 上海石印本	120 頁	1：1：2 共 240 幅

1886 丙戌王姚合評本		19 頁	2：1：2 共 120 幅
1889 上海同文書局石印 王張姚合評本		42 頁	1：1：2 共 240 幅
1892 古越頌芬閣 王姚合評本		16 頁	1：1：2 共 240 幅
1898 戊戌上海石印 王張姚合評本		19 頁 同 1882 廣百宋齋本	繡像後 120 頁是 120 幅
1898 上海書局石印 王張姚合評本		42 面	2：1：2 共 120 幅
1900 庚子石印 王姚合評本	1905 日本鉛印本	24 面	4：1：8 共 240 幅
1906 上海桐蔭軒石印 王蝶合評本		60 頁	2：1：2 共 120 幅
1908 求不負齋石印 王張姚合評本		5 頁 18 面	1：1：2 共 240 幅
上海江東書局石印 王張姚合評本		22 面	4：1：4 共 120 幅
1909 上海阜記書局石印 王蝶合評本		6 面	4：1：2 共 60 幅

附表三：清代《紅樓夢》人物繡像版本角色序次表

人物繡像 ＼ 版本系統	程甲本	寶興堂本	籐花榭本	雙清仙館本	臥雲山館本	廣百宋齋本	1884上海同文書局本	丙戌本	古越誦芬閣本	上海戊戌本	上海書局石印本	庚子石印本	桐蔭軒本	求不負齋本	江東書局本	阜記書局本
石頭〔註1〕	1	1	1		1											
寶 玉	2	2	2	2	2	5	3	5	5	5	10	6	3	4	7	5
賈氏宗祠	3															
賈 母	4	3		3		5					15		5	8	10	3
賈 政	5					7					6		7	6	5	2
王夫人	5	4				13					17		12	23	11	3
元 春	6	5	3	6	4	6	19	6	6	6	21	23	19	12	13	4
迎 春	7	6	4	7	5	7	20	7	7	7	22	24	20	13	13	4
探 春	8	6	5	8	6	8	21	8	8	8	23	15	21	14	14	4
惜 春	9	7	6	9	7	9	22	9	9	9	24	11	22	14	14	4
李 紈	10	4	7	14	8	10	15	10	10	10	33	14	15	10	18	4
賈 蘭	10	4					11				12			13	8	
王熙鳳	11	8	8	17	9	11	14	11	11	11	16	20	13	10	10	6
巧 姐	12	8	9	23	10	12	28	12	12	12		18		17		
秦可卿	13	2	10	5	11	13	18	13	13	13	32	16	18	12		4
薛寶釵	14	9	11	4	12	14	16	14	14	14	20	12	16	11	12	5
林黛玉	15	10	12	3	13	15	4	15	15	15	19	3	4	5	12	5
史湘雲	16	11	13	10	14	16	23	16	16	16	29	4	23	15	17	6
妙 玉	17	11	14	13	15	17	54	17		17	25	13			15	

〔註1〕「石頭」自《廣百宋齋本》後，易稱「青埂峰石」，是改記於「青埂峰石」項下。1889年《上海同文書局本》四十二頁人物繡像畫題，暫從缺，待補。1886年《丙戌本》、1898年《上海戊戌本》的十九頁人物繡像畫題，全同於1882年上海《廣百宋齋本》。

薛寶琴	18	12		11	16		25				30	21		22	17	
李　紋	19	12		15			26				19			16		
李　綺	19	12		16			27				34	7		16	18	
邢岫煙	19	12		12			24				22	24	15			4
尤三姐	20	13		20	17		31				36	8	27	18	19	
香　菱	21	14		27	18		53				28				16	
襲　人	21	14		30	18		98				27	10	9		16	6
晴　雯	22	14		31	19		49				37				20	
女　樂	23	15														
瘋　僧	24	16	15		20		2				9		2	8	7	1
跛道人	24	16	15		20		2				9		2	8	7	1
警幻仙姑				1		4	120	4	4	4	4	5			4	
尤　氏				18			17				31		17	11		6
尤二姐				19			97				35	10			19	6
夏金桂				21			30						26	18		
傅秋芳				22			32				17		28	19		
嬌　杏				24			77						48			
佩　鳳				25			72									
偕　鸞				26			74									
平　兒				28			52									
鴛　鴦				29			51				38	9			20	
紫　鵑				32			50									
鶯　兒				33			67						44			
翠　縷				34			66						41			
金　釧				35			60									
玉　釧				36			61									
彩　雲				37			93									
彩　霞				38												
司　棋				39			68						45			
侍　書				40			63						40			

名稱												
入　畫	41		69				46					
雪　雁	42		58									
麝　月	43		57									
秋　紋	44		56									
碧　痕	45		73									
柳五兒	46		59									
小　紅	47		89				51					
春　燕	48		65				43					
四　兒	49											
喜　鸞	50		83									
寶　蟾	51											
傻大姐	52		94				52					
萬（卍）兒	53		92									
文　官	54											
齡　官	55		100									
芳　官	56		99									
藕　官	57		101				57					
蕊　官	58		102				58					
藥　官	59											
葵　官	60		104				60					
艾　官	61											
荳　官	62		103				59					
智　能	63		55			26			15			
劉老老	64		114									
青埂峰石		1		1		1	1			1	1	
絳珠仙草		1	1	1	1	1	1	1	1	1	1	1
通靈寶玉		2	1	2	2	2	2	2	1	2	2	1
辟邪金鎖		3		3	3	3	2	2		3	2	
茫茫大士		18		18		18						
渺渺真人		19		19		19						
賈　赦			6			5	6	6		5		2

賈　璉						6			5	6	6	5	2
賈　敬						8			7		7	6	
賈　珍						9					7		
賈　蓉						10			11		9	8	
邢夫人						12			18	14	9	11	3
薛姨媽						29			39	25	17	21	
娬孅將軍						33				29	19		
胡　氏						34				30	20		
賈　薔						35				31	20		
賈　芸						36				32	21		
賈　芹						37				34	21		
賈　環						38				33	22		
趙國材						38				33	22		
賈代儒						39			8	35	23	6	
賈　瑞						39			8	35	23	6	
薛　蟠						40			40	36		21	
薛　蝌						41				37			
秦　鍾						42			13	38		9	
甄寶玉						43			14	11		9	2
邢大舅						44							
王　仁						44							
北靜王						45			3			3	
柳湘蓮						46							
詹　光						47							
程日興						47							
單聘仁						47							
張友士						48							
繡　橘						62				39			
蕙　香						64				42			
小　螺						70				47			
翠　墨						71							

素 雲						75							
碧 月						76							
秋 桐						78							
翡 翠						79							
豐 兒						80							
寶 珠						81							
瑞 珠						82							
茜 雪						84							
琥 珀						85				49			
珍 珠						86				50			
抱 琴						87							
善 姐						88							
小 鵲						90							
嫣 紅						91							
趙姨娘						95							
周姨娘						96							
焦 大						105				53			
包 勇						106				54			
賴 大						107				55			
焙 茗						108				56			
潘又安						109							
周瑞家						110							
來旺婦						111							
王善保						112							
李嬤嬤						113							
板 兒						115							
馬 婁						116							
蔣玉函						117							
甄士隱						118			41			22	
賈雨村						119			42		8	22	2

附 圖

圖1　寶玉：程甲本

圖 2 香菱襲人：程甲本

圖3　李紋李綺邢岫煙：程甲本（以「東觀閣本」代）

圖4　史湘雲：三讓堂本

圖5　寶玉：廣百宋齋本

圖 6　元春：雙清仙館本

一個仕女班頭

圖 7　芳官：雙清仙館本

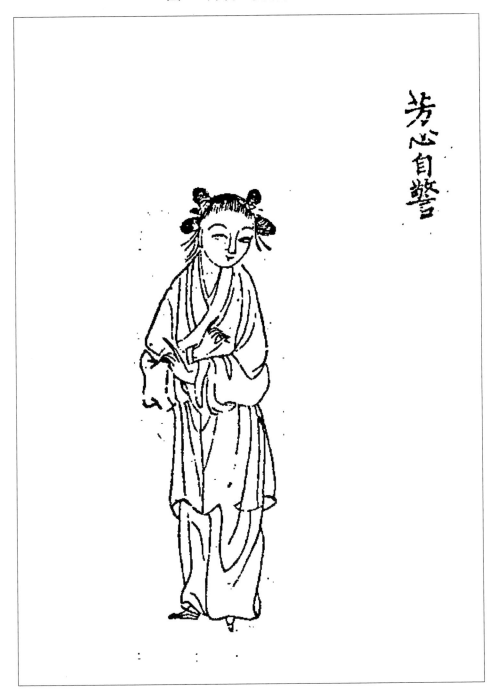

圖 8　迎春：三讓堂本

圖 9　惜春：臥雲山館本

圖 10　黛玉：滬上石印本

圖 11　賈赦賈璉、賈政：求不負齋本

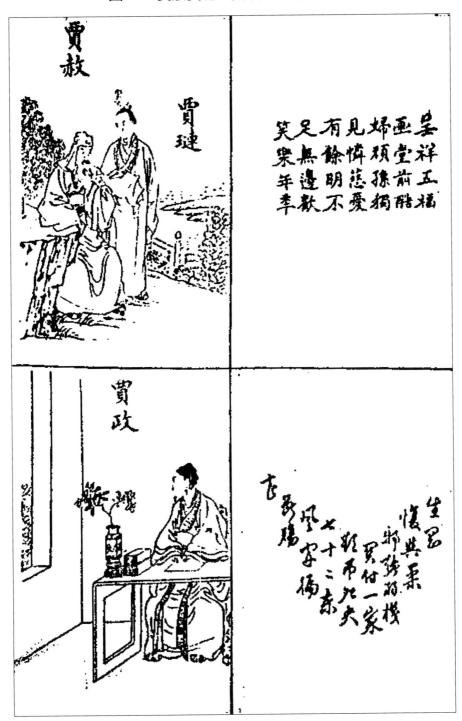

圖 12　王熙鳳：廣百宋齋本

圖 13　寶玉：古越頌芬閣本

圖 14　薛寶釵：廣百宋齋本

圖 15　王熙鳳：古越頌芬閣本

圖16　寶玉：滬上石印本

圖 17　滴翠亭寶釵戲彩蜨：廣百宋齋本

圖 18　滴翠亭寶釵戲彩蜨：1889 年上海同文書局本

圖19　憨湘雲醉眠芍藥裀：滬上石印本

圖 20　甄士隱夢幻識通靈：求不負齋本

圖 21　風雨夕悶製風雨詞：滬上石印本

圖 22　情切切良宵花解語：古越頌芬閣本

圖23　劉姥姥一進榮國府：廣百宋齋本

圖 24　劉姥姥醉臥怡紅院：廣百宋齋本

圖 25　彫欄獨倚聽鸚鵡：明《吳騷集》

圖26　史湘雲偶填柳絮詞：廣百宋齋本

圖 27　大觀園試才題對額：廣百宋齋本

圖 28　林黛玉俏語謔嬌音：廣百宋齋本

圖29　見熙鳳賈瑞起淫心：滬上石印本

圖 30　秋爽齋偶結海棠社：滬上石印本

圖31 敏探春興利除宿弊：桐蔭軒館本

圖32　賈寶玉品茶櫳翠庵：滬上石印本

圖 33　喜出望外平兒理妝：求不負齋本

圖34　林黛玉：程甲本

圖 35　薛寶琴：程甲本（以「東觀閣本」代）

圖 36　大觀園總圖：廣百宋齋本

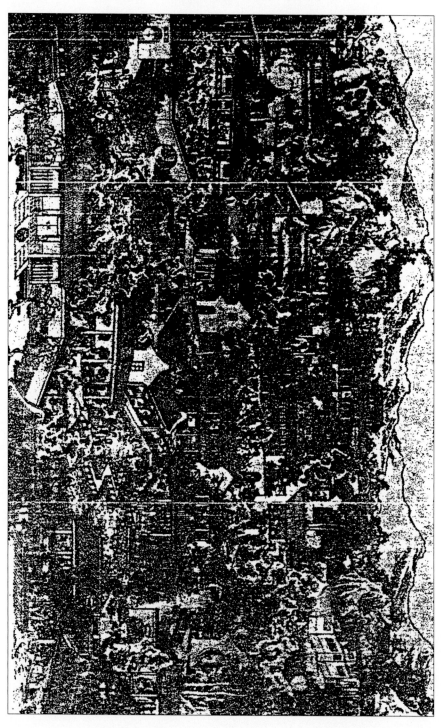

圖 37　黛玉：改琦《紅樓夢圖詠》

圖 38　嗔頑童茗煙鬧書房：1889 年上海同文書局本

圖39　元春：程甲本

圖40　妙玉：程甲本

圖 41　史湘雲：臥雲山館本

圖 42　薛寶釵巧合識通靈：廣百宋齋本

圖 43　天倫樂寶玉呈才藻：滬上石印本

圖 44　薛文起悔娶河東吼：1889 年上海同文書局本

圖 45　賈寶玉神遊太虛境：廣百宋齋本

圖 46　病瀟湘癡魂驚噩夢：滬上石印本

圖47　尤三姐：程甲本（以「東觀閣本」代）

圖 48　還孽債迎女返真元：廣百宋齋本

圖49　金鴛鴦三宣牙牌令：滬上石印本

圖 50　獸霸王調情遭苦打：1889 年上海同文書局本

圖51 苦尤娘賺入大觀園：廣百宋齋本